KB156583

화이트리스트

— 파국의 날

화이트리스트—파국의 날

ⓒ박철현 2019

초판1쇄 인쇄	2019년 8월 23일
초판1쇄 발행	2019년 8월 28일
지은이	박철현
펴낸이	박대일
편집	이문영 · 신지연 · 전보라 · 곽현주
교정	이재일
마케팅	임유미 · 손태석
디자인	박현주
펴낸곳	파란미디어
출판등록	2004년 9월 14일 제313-2004-00214호
주소	03992 서울시 마포구 동교로23길 14 국제빌딩 6층
전화	02.3141.5589 영업부 070.4616.2012 편집부
팩스	02.3141.5590
전자우편	paranbook@gmail.com
카페	http://cafe.naver.com/paranmedia
페이스북	http://www.facebook.com/paranbook
ISBN	978-89-6371-689-3(03810)

* 이 책의 판권은 지은이와 파란미디어에 있습니다.
　이 책 내용의 전부 또는 일부를 재사용하려면 반드시 양측의 서면 동의를 받아야 합니다.
* 잘못된 책은 구입하신 서점에서 바꾸어 드립니다.

화이트리스트

―파국의 날

박철현 장편소설

새파란상상

차 례

프롤로그 | 7

갑론을박 | 12

접촉 | 17

작전 개시 그리고 결심 | 22

조중일보 전영재 | 28

근거 자료 156개 항목과 조작 | 34

언론의 폭격 | 41

양심의 가책 | 49

교감 | 61

결단의 징조 | 67

결단과 대응 | 74

청와대 긴급회의 | 81

밀고 | 91

오사카G20정상회의 | 107

오사카작전회의 | 114

악의 | 121

오사카임시각료회의 | 126

에어포스원과 공군1호기 | 134

판문점 북미회담과 관방부 긴급회의 | 145

159 | 화이트리스트 1차 공습의 날

176 | 경산성 내부의 갈등

183 | 개돼지들

188 | 퍼블릭 오피니언

201 | 참의원 선거 패배

205 | 주저와 혼란 그리고 확고한 대응

221 | 야마나시 회합

228 | '재플린'의 비극

244 | 중대한 결심

256 | 파국의 날

267 | 장례식

272 | 결정적 제보

276 | 마지막 결심

282 | 재판

289 | 파멸의 날

294 | 귀환

297 | 에필로그

301 | 작가의 말

※ 본 소설은 현실에 벌어진 일을 두고 쓴 미래예측소설로 등장하는 인물과 기관명은 작가가 임의로 창작한 것으로 실제 인물과 기관명이 아닙니다.

"もう大変だ！総理がその手を打つらしい。"(큰일 났다! 총리가 그 방법을 쓰려고 해.)

처음에는 별것 아니라는 듯 수화기 저편의 말을 듣고 있던 히라오 무역관리관의 목소리 톤이 점점 올라갔다. "하이! 하이!"를 수차례 외치고 수화기를 내려놓은 히라오는 회의실 안쪽 벽에 걸린 백 인치 모니터 화면에 집중하던 무역관리부 계원들을 향해 긴박하게 외쳤다.

2019년 6월 30일.

보통이라면 쉬는 날이다. 하지만 일본 경제정책 입안 및 집행의 심장부, 도쿄 가스미가세키霞が関 경제산업성 삼 층에 마련된 대회의실에는 대여섯 명의 쿨비즈 정장 차림의 공무원들이 모여 있었다.

　그들은 한반도의 접경 지역인 판문점에서 한국과 미국 그리고 북한의 지도자가 회동을 가질지도 모른다는 소식에 긴급히 모였다. 경제산업성 무역관리부 무역관리과 넘버2로 불리는 히라오 아쓰시平尾敦도 마찬가지였다. 원래대로라면 나카노 제1중학교에서 열리는 도쿄도 청소년야구대회 예선전을 응원하고 있어야 했다. 중학교에 다니는 그의 아들이 처음으로 주전 멤버로 출전하는 대회다.

　아침부터 삼각 김밥과 닭튀김을 만들었고, 아내 치에와 함께 응원전에 나설 채비를 할 무렵, 히라오의 휴대폰으로 전화가 걸려 왔다.

　"여보세요?"

　"히라오 관리관입니까? 총리관저 관방비서관 다나카입니다."

　"네! 히라오입니다. 비서관님, 무슨 일이십니까?"

　본능적으로 히라오의 목소리가 경직되었다.

　한 달 전쯤 요시다 시게하루吉田重春 경제산업성 대신이 주재한 회의에서 다나카와 히라오는 서로의 직통 전화번호를 주고받긴 했었다. 하지만 경제산업성의 일개 무역관리관에게 내각관방부의 수석비서관이 휴대폰으로 전화를 걸어오는 경우는 극히 드물었고, 실제로 히라오의 이십 년 관료 경력상 처음 있는 일이었다.

　"오늘 반도의 상황이 엄중한 거 아시죠?"

"네, 소식은 듣고 있습니다."

"그래서 말인데, 나중에 어떻게 될지 모르니 오늘 무역관리부가 긴급하게 움직일 수 있습니다. 오카무라 사무차관, 스즈키 국장과는 이미 통화를 했고, 상황 봐서 지시가 내려갈 수 있으니까 준비 좀 해 주세요."

"지시라면, 그, 그것 말입니까?"

"네, 어쩌면 총리 각하께서 그것을 발표할지도 모릅니다. 요시다 대신님에게는 총리 각하가 따로 연락할 겁니다."

"네, 알겠습니다! 바로 출발하겠습니다."

히라오는 초조한 기색으로 우두커니 서 있던 아내 치에에게 "오늘 아무래도 비상대기해야 될 것 같네. 응원은 혼자 가야 할 것 같아."라고 말하고 황급히 쿨비즈 정장을 갈아입었다.

그는 불안한 표정으로 배웅하는 치에를 뒤로한 채, 택시를 타고 바삐 이동한다. 택시 기사가 틀어 놓은 NHK 라디오에서는 미국의 트럼프 대통령과 한국의 문재현 대통령이 오찬을 나눈 후 이미 비무장지대 내의 미군 초소 오울렛을 향했다는 속보가 흘러나오고 있었다. 히라오는 멋도 모르고 "이야, 정말 트럼프가 김정운이를 만나는 건가?"라고 혼잣말을 하는 택시 기사에게 "좀 더 빨리 가 주세요! 좀 더 빨리!"를 몇 번이고 큰 소리로 외쳤다.

2019년 6월 27일.

따르릉! 따르릉!

오사카G20정상회의에서 배포될 보도자료를 검토하던 다나카 히로유키田中博之 내각관방부 수석비서관에게 한 통의 전화가 걸려 왔다.

액정을 힐끗 보니 1번 내선, 즉 소가 유키오宗賀幸雄 관방장관이다. 보통의 일상적인 업무라면 2번 내선인 관방부장관이 연락해 오지만 간혹 1번으로부터 전화가 걸려 올 때도 있다. 그래서 아무렇지 않게 수화기를 들었는데, 난데없는 벼락이 떨어진다.

"다나카! 너 지금 어디야?"

"비서관실에서 G20 보도자료 준비 중입니다."

"그건 적당히 하면 되고, 지금 상황이 급해졌다."

"네? 무슨 상황이⋯⋯?"

"지난 3월에 준비하라고 한 거 있지?"

다나카는 속으로 '준비하라고 한 게 한두 개냐.'라고 투덜거렸지만 전혀 그런 내색을 하지 않고 재빠르게 탁상용 달력을 넘기다가 3월 15일에서 손이 멈췄다.

새롭게 내려온 극비 명령, 'G1'이다.

"G1 말씀이십니까?"

"그래, 가브먼트 원."

"그런데 이걸 왜요?"

"이번 오사카정상회의 끝나면 어떻게 될지 모르니까 경제산업성에 확인해 봐. 6월 14일에 냈던 최종 보고서 말고 더 준비한 거 혹시 있는지."

"그때 낸 게 마지막이었⋯⋯⋯ 네? 설마 이거 합니까?"

"확인만 해 보라고, 바카야로!"

"아, 네. 알겠습니다. 바로 확인해 보겠습니다."

다나카는 수화기를 내려놓은 후 한동안 멍한 상태로 있었다.

3월 15일 달력을 뚫어지게 쳐다보다가 갑자기 자리에서 일어나 캐비닛으로 향했다. 수북한 파일 철 사이에서 검정색 서류 금고를 발견하고 조그마한 액정 화면에 자신의 손가락을 댔다. '지문 인식 완료'라는 음성 메시지와 함께 금고가 열린다.

다나카는 금고 안을 잠시 뒤지다가 수십 페이지짜리 서류를 하나 꺼낸다. 'G1'이라는 커다란 글자가 적혀 있고, 그 밑에는 '대한민국을 화이트리스트에서 삭제하는 정령안 개정을 위한 근거 작성 보고서 및 소재부품 리스트─경제산업성 무역관리부 무역관리과 동아시아 수석관리관 히라오 아쓰시 책임 작성'이라고 표기되어 있었다.

갑론을박

—

"근데 이게 말이 되냐?"

"솔직히 말씀드리면, 음…… 말이 안 되죠."

"근데 야스베 총리는 왜 이런…… 아니다, 됐다. 히라오!"

"네."

2019년 3월 15일.

경제산업성 무역관리부 대회의실은 기묘한 분위기에 휩싸여 있었다. 일본 경제산업성의 관료 조직 일인자인 오카무라 슈헤이岡村修平 사무차관이 기다랗게 놓인 회의 탁자의 가운데에 앉아 몇 번이고 고개를 갸웃거리며 "이건 말이 안 되는데……."만 반복한다. 그의 오른편에 앉은 스즈키 야스히토鈴木康人 무역관리부 국장 역시 조심스럽게 그 의견에 동조한다. 가장 곤

혹스러운 사람은 스즈키 국장 바로 옆에 앉은 히라오 무역관리관이다.

점심시간이 지나고 옥상에서 담배를 한 대 피우며 휴식을 즐기고 있었는데, 오카무라 사무차관으로부터 직접 회의를 주재한다는 연락이 왔다. 대회의실이라 많은 사람들이 모여 있을 줄 알았는데, 참석자는 단 세 명이다. 오카무라 사무차관과 스즈키 국장 그리고 히라오였다. 분위기가 심상치 않다. 특별한 지령이 떨어질 것만 같다. 속칭 '극비회의'라는 느낌이 왔다.

긴장하는 히라오에게 사무차관은 자신의 양복 상의 품속에서 한 장의 팩스를 꺼냈다. 아니나 다를까, 'Confidential(극비)' 인감이 뚜렷하게 찍혀 있다. 게다가 발신인은 내각관방부였다. 히라오는 저도 모르게 꽉 쥔 주먹 안으로 땀이 차는 것을 느꼈다.

"히라오, 이거 읽어 봐."

"네!"

팩스 자체는 몇 줄 되지 않았다. 하지만 그 내용은 히라오가 경제산업성에 들어온 이래 이십 년이 흐른 지금까지 단 한 번도 상상 못 했던 내용이 적혀 있었다.

〈Confidential〉

1. 수신인: 경제산업성 요시다 시게하루 대신

2. 발신인: 내각관방부 소가 유키오 관방장관(실무자 다나카 히로유키 관방수석비서관)

3. 건명: G1–대한민국을 화이트리스트에서 삭제하는 정령안 개정을

위한 근거 보고서 작성 건

4. 내용

상기 건명의 목적을 달성하기 위해 각종 데이터 및 정보를 취합하여 근거 보고서를 작성할 것. 특히 대한민국의 공식적인 정보 및 데이터도 포함시켜 국제적 여론에 있어 정당성을 획득할 수 있는 방법을 강구할 것. 기한은 3개월이며 중간보고는 보고서 버전이 갱신될 때마다 실무자인 다나카 수석비서관에게 담당자가 직접 연락할 깃. 끝.

히라오는 혹시나 싶어 팩스 뒷면을 들추어 보았다. 하지만 뒷면에는 아무것도 안 적혀 있다. 앞면을 다시 한 번 훑어본 후 고개를 들어 스즈키 국장을 쳐다본다. 의아함이 가득한, 혹은 도움을 간절히 원하는 눈빛이다.

"국장님, 죄송합니다만 이게 무슨 말이죠?"

"몰라, 나도."

스즈키 국장 역시 영문을 모르겠다는 어투다. 둘의 짧은 대화를 지켜보던 오카무라 사무차관도 답답한 듯 필립모리스 아이쿠오스를 꺼내 한 대 물면서 말한다.

"뭔 소린지 아무도 모르니까 그냥 일단 자네가 써 보게. 그래도 한국 사정에 가장 정통한 관리관이 자네니까."

"사무차관님, 제가 물론 주한대사관이나 코트라에 파견도 오래했고 한국에 지인들도 많습니다만, 이건 좀……."

"아, 됐고, 그냥 써 보라고. 일단 보고서라잖아."

"아니, 근데 이걸 갑자기⋯⋯."

그러자 스즈키가 히라오의 뒤통수를 가볍게 친다.

"인마, 그냥 써 보라고. 반도체, 전략물자, 조선, 자동차, 철강, 전기유도장치 등등 많잖아."

"근데 근거를 만들어야 하지 않습니까. 지령에도 근거 보고 서라고 적혀 있는데⋯⋯."

"그러니까 너밖에 없잖아. 네가 한국통이잖아, 이 자식아!"

"어허, 스즈키! 무슨 짓이야?"

"죄송합니다. 이놈이 말귀를 못 알아듣는 것 같아서 그만⋯⋯."

잠시 정적이 흐른다.

오카무라 사무차관은 어느새 한 개비를 다 폈다. 그는 아이쿠오스 본체를 양복 옆 주머니에 넣고 회전의자를 뒤로 빼면서 자리에서 일어나 히라오에게 말한다.

"아무튼 써 봐. 실제로 북한에 들어간 것들도 있을 테고. 총련 쪽, 한국 쪽 인맥 다 동원해. 너 조중일보 애들하고도 교분 있잖아. 덴 상하고도 연락해 보고."

"덴 상? 아, 조중일보 논설위원 하시는 전영재 상 말입니까?"

"그래. 내가 얼마 전에 만나기도 했으니까 그쪽 정보 좀 받아. 아니다, 덴 상은 내가 연락할 테니까 넌 신경 쓰지 마. 아무튼 우리 입장에서 '근거'를 만들려면 저쪽이 블랙 의혹이 있다는 걸 반드시 적어야 한다."

오카무라 사무차관은 이 말을 마지막으로 대회의실 문을 열고 나갔다.

사무차관이 나가자 스즈키 국장이 아까와는 달리 웃는 얼굴로 히라오에게 격려의 멘트를 날렸다.

"작성만 하는 거야, 작성만. 설마 ㄱ게 가능하겠냐? 대강 써, 대강."

"네, 알겠습니다……."

"이 자식이 답변하는 자세가 왜 이래? 야, 후배!"

"아…… 넵! 선배님!"

"우린 일본 최고의 엘리트다. 알아서 잘 하자. 알겠지?"

"네, 알겠습니다."

스즈키는 히라오의 머리를 다정하게 쓰다듬고는 밖으로 나간다.

텅 빈 대회의실에 혼자 남겨진 히라오는 다시 한 번 팩스를 훑어보았다. 그리고 가방에서 암호화된 비밀번호가 설정된 휴대용 스캐너를 꺼내 PDF 파일로 저장한 후 원본은 서류 분쇄기에 넣었다.

저장된 PDF 파일 명은 물론 'G1'이다.

접촉

—

"건우야, 수고 많다. 그런데 이번엔 일본인들도 좀 초대하고 그래 보지?"

"아, 네. 안 그래도 총영사님도 오시고 해서 저도 지금 알음알음으로 연락하고 있습니다."

"그래, 수고해라. 이걸로 애들 밥 좀 사 주고."

2019년 5월 17일.

도쿄 수이도바시의 한국 YMCA회관 구 층에선 다음 날 있을 제39주년 5.18광주민주화운동 행사 준비로 한창이다. 한국 집권 여당 민주당의 해외지부 도쿄민주포럼의 사무국장 서건우는 와세다대학의 젊은 유학생들과 함께 행사 플래카드를 걸고 마이크 테스트를 하는 등 회장을 분주하게 오갔다. 그런 그들을 격려하고 또 준비 상황을 체크하기 위해 왔던 도쿄민주포럼의 정광일 상임대표는 행사장을 한번 둘러본 후 흡족한 미소를 지으며 건우에게 자원봉사하러 온 학생들 밥이라도 사 먹이라고 삼만 엔을 건넸다.

정 대표가 떠나자 건우는 학생들을 불러 모은 후 "최종 테스트 끝났으니 오늘은 이만하고 이 층에서 밥 먹고 해산하자. 수고했어."라고 말한다.

같은 건물 이 층 한국식당 '사랑채'에 도착하니 이미 이십 인분의 식사가 한가득 차려 있다. 무쇠도 씹어 먹는 식성의 이십 대 청년들은 "잘 먹겠습니다!"를 외치고 바삐 숟가락을 들었다. 한식을 오랜만에 먹는다는 유학생 몇몇은 감격에 겨운 듯 휴대폰을 꺼내 사진을 찍어 금세 인스타그램에 올리기도 한다.

건우는 학생들이 한 숟갈씩 뜨는 모습을 보고 흐뭇한 미소를 지으며 자리를 잡고 앉았다. 그때 라인LINE으로 메시지가 왔다.

[건우 씨, 항상 수고가 많으시오. 내일 광주 행사 예정대로 하는 거 맞소?]

발신자는 재일본조선인총연합회, 속칭 '총련'의 산하 단체인 평화통일연합의 송석진 사무국장이었다. 건우와 석진은 이 개월 전 일본의 재일동포 및 뉴커머 시민사회단체가 참가한 3.1절 백 주년 기념식에 참가하면서 안면을 텄다. 이후 뒤풀이 자리에서 둘 다 마흔세 살 같은 나이임을 알게 돼 친구 맺기로 했었지만, 그래도 아직 어색한지 군데군데 존댓말이 섞여 나온다. 건우는 반가운 마음에 금세 답장을 보냈다.

[네, 맞습니다. 내일 저녁 여섯 시까지만 오시면 됩니다.]

일단 그렇게 보낸 후 잠깐 시간을 두고, 건우의 손이 다시 빠르게 움직였다.

[그런데 우리 친구하기로 하지 않았어?]

그러자 금방 다시 알림 소리가 울렸다.

[아참, 맞지. 나보다 건우 씨가 기품도 있고 중후하니까 항상 존대를 하게 되네. 하하하.]

[뭐야? 나이 들어 보인다는 거?]

[……]

건우와 석진은 짧고 굵은 장난을 친다. 건우의 입가에 자연스레 미소가 번진다. 그때 송석진이 다시 메시지를 보내왔다.

[그런데 다른 게 아니고 내일 일본 사람 데리고 가도 되나?]

[당연하지.]

[그게 일본 정부 측 사람인데 괜찮으려나?]

[그럼. 아참, 근데 공안은 아니지? ㅋㅋㅋ]

[공안은 아니고 그냥 관료야. 우리보다 두어 살 많은데 우리말도 잘한다.]

[이름이 뭔데? 참석 예정자 명단에 적어 놔야 하는데. 이왕이면 직책도.]

잠시 시간을 두고 송석진이 메시지를 보내왔다.

[히라오 아쓰시. 일본 경제산업성 무역관리관이야.]

건우는 내심 놀랐지만, 별거 아니라는 투로 답장을 보냈다.

[헐…… 그런 사람이 뭐 하러 광주민주화운동 기념식에 참가해?]

[옛날부터 반도통으로 불리는 사람인데, 도쿄 총영사도 참석하고 그런다니까 흥미를 보이네. 내가 간다니까 자기도 가도 되겠네라고 하는데 뭐 할 말이 있어야지. 공화국 사람이 간다니까 신기해하는 것도 있고.]

[반도통이라는 사람이 뭐 그런 걸로 신기해하냐? 한국 정권 바뀐 지가 언젠데.]

[그러게 말이야. ㅋㅋㅋ 아무튼 같이 가는 걸로 해 줘. 이게 기회가 돼서 건우도 일본 정부에 정보원 하나 있음 좋잖아.]

[정보원이고 뭐고 요즘 그런 세상 아니잖아.]

[하긴 북남과 일본이 이제 잘해 나갈 일만 남았지. ㅎㅎㅎ]

[오케이, 알았어. 내일 보자고, 동무. ㅋㅋㅋ]

건우는 메시지를 길게 주고받은 후 식어 버린 해장국을 먹으며 왼손으로 히라오 아쓰시를 검색했다. 현역 관료라면 구글에 어떤 식으로든 등재되어 있을 것이다. 아니나 다를까, '히라오 아쓰시 경제산업성 한국'을 넣자마자 관련 페이지가 좌라락 떴다.

[1998년 도쿄대학 문학부 졸업. 커리어 관료 국가공무원 시험 합격 후 경제산업성 입성. 무역관리과 주사, 무역관리과 계장을 거쳐 2003년 한국 전경련 파견, 2006년 한국 코트라 도쿄본부 파견, 2010년 무역관리부 담당서기관, 2016년 주한대사관 경제참사관 파견, 2017년 귀국 후 현재 경제산업성 무역관리부 무역관리과 과장 및 동아시아 수석 관리관.]

실로 화려한 이력이었다. 그리고 송석진이 말한 것처럼 이십

년의 커리어 관료 이력 중 칠 년여를 한국 관련 부서에서 일했다. 이 정도면 친한파겠구나, 당연히 광주민주화운동에도 관심 가지겠구나, 라고 건우는 생각했다.

그때 건우의 건너편에 앉은 학생이 말한다.

"사무국장님, 해장국 다 식겠어요. 다시 데워 달라고 부탁할까요?"

"응? 아냐, 아냐. 그냥 먹어도 돼. 고마워."

건우는 휴대폰을 탁자에 내려놓고 식어 버린 해장국에 밥을 말았다.

작전 개시 그리고 결심
—

"아주 감동받았스무니다. 이런 행사가 매년 열리고 있었다니 깜짝 놀랐스무니다."

"아이고, 아닙니다. 오늘은 히라오 상뿐만 아니라 일본분들도 많이 참석해 주셔서 저도 아주 보람찼습니다."

"보람? 보람이 무엇입니까?"

"아, 일본어로 야리가이라고 합니다."

"아, 야리가이遣り甲斐. 좋은 것입니다. 보람이라……."

5.18광주민주화운동 행사가 성황리에 끝나고 히라오와 송석진 그리고 서건우는 우에노로 이동해 따로 자리를 가졌다. 다른 관계자들이 한국식당 사랑채에서 뒤풀이를 한창 하는 중이었다.

원래 서건우도 이 뒤풀이에 참석할 예정이었지만 송석진이 눈치를 줬다. 아무래도 뉴커머 한국인들이 주축이 된 행사에 재일동포, 그것도 총련 산하 단체 임원과 일본 정부의 고위 관료가 섞여 있는 것이 불편했던 모양이다. 아무리 한국 정권이 바뀌었다고 해도 어색한 느낌은 분명히 존재했다.

껌새를 알아챈 서건우는 '알았다'는 뉘앙스로 고개를 끄덕인 후 행사위원장인 정광일 도쿄민주포럼 상임대표에게 다가가 귀엣말을 했다. 정 대표는 몇 번 고개를 끄덕거리더니 자신의 지갑에서 봉투를 꺼내 서건우에게 줬다. 건우는 손사래를 몇 번 쳤지만 결국 받았고, 정광일은 송석진과 히라오에게도 밝은 미소를 띠며 몰래 빠져나가라는 손짓을 했다.

그렇게 빠져나온 셋은 한국 YMCA회관 앞에 준비돼 있던 몇 대의 예약 택시 중 한 대를 잡아타고 우에노로 넘어갔다.

십오 분 후, 셋은 허름하지만 분위기는 괜찮은 카운터 바 '재플린'에 들어가 시바스리갈 12년을 한 병 시키고 마스터로부터 얼음이 담긴 온더록스 글라스 세 개를 건네받았다.

건우가 그 잔에 양주를 따르려던 찰나, 히라오가 단호하게 말했다.

"저는 한국식으로 먹겠스무니다. 스트레이토로 주십시오."

"와, 진짜 히라오 상 한국 스타일이시네. 하하하. 알겠습니다. 저도 스트레이트로 마시죠."

그러자 송석진도 이어 말했다.

"뭐야? 그럼 나도 스트레이트. 공화국 남자의 기개를 보여주갔어."

그렇게 스카치위스키 스트레이트가 몇 순배 돌고 셋 다 어느 정도 술기운이 올랐다. 시바스리갈 한 병을 더 시켰다. 정 대표에게 받은 봉투 겉면에 오만 엔이라고 적혀 있어서 그 정도는 추가로 주문해도 괜찮았다.

새 병을 따고 한 잔씩 돌렸을 때 히라오가 입을 뗀다.

"아까 서 상이 나한테 말했던 보랑? 보라?"

"보람."

"아, 맞스무니다. 보람."

"네. 야리가이."

"참 대단하무니다. 자기 일도 분명히 있을 것인데 시간을 일부러 내어서 그런 활동을 한다는 것이."

"아니요. 저는 오히려 히라오 상이 '임을 위한 행진곡'을 안다는 것이 더 놀라웠습니다. 그 노래 아는 일본인들은 옛날 좌파, 그러니까 '가쿠마루ఠ㇏ル' 같은 활동을 하는 사람들 빼곤 거의 없다고 생각했거든요."

"와, 서 상은 가쿠마루도 압니까?"

"아, 실제로 아는 사람은 없고 그냥 그런 이야기를 들었습니다."

"사실은 제가 대학 다닐 때 가쿠마루 도쿄대 학생지부에 있었습니다. 지금은 없어졌지만."

"아! 그러시군요. 어쩐지 느낌이 다르다 생각했습니다."

그러자 히라오는 자신의 한국 파견 경험을 이야기하기 시작했다.

"한국은 참 대단한 나라입니다. 제가 2016년 겨울에 한국에 있었거든요. 일본대사관에서 조금만 걸어 나가면 종로 그리고 광화문인데, 매주 촛불을 든 사람들로 가득 찼어요. 정말 대단 했죠. 그리고 얼마 지나지 않아 최근실 대통령이 탄핵되고…… 아무튼 대단했어요. 아마 한국 역사에 남을 현장이었을 것인데 일본인인 제가 본 겁니다. 대단하다는 생각밖에 안 들었어요. 마냥 대단했어요. 혼토니 스고캇타."

"와! 저는 한 번도 실시간으로 못 봤는데 부럽습니다. 한국인 인 제가 못 보고 일본인인 히라오 상이 봤네요. 그것도 참 아이 러니하네요. 하하하."

송석진이 끼어든다.

"나는 아예 한국 땅엔 가지도 못하니까 내가 제일 불쌍하 네, 뭐."

서건우가 석진의 말을 가볍게 받으며, 하지만 진지한 어조로 말했다.

"이제 남북 사이가 좋아지면 갈 수 있을 날이 오겠지. 아참, 근데 지금 대통령 시절엔 촛불집회 볼 순 없겠구나. 대통령 반 대파들은 촛불이 아니라 태극기를 드니까. 하하하."

"아, 그걸 뭐라더라? 틀탁? 톨딱?"

"아니, 히라오 상은 그런 건 또 어떻게 알아? 이분 정말 한국 사람이네. 푸하하하."

쉴 새 없이 터져 나오는 박장대소가 허름한 바를 가득 채웠다.

두어 시간에 걸친 환담은 심야 열한 시가 넘어 끝났다. 셋은 조만간 다시 만나자는 이야기를 한 후 헤어졌다. JR 오카치마치 역으로 비틀비틀 걸어가는 히라오는 간만의 해방감과 시원한 밤바람에 한껏 기분이 들떴다. 그때였다.

삐리릭! 삐리릭!

업무용 휴대폰의 벨소리가 낮고 강렬하게 울렸다. 스즈키 국장이다. 술이 확 깬다. 바로 응답 버튼을 눌렀다.

"어디야?"

"아, 네. 지금 끝났습니다."

"둘 다 만났어?"

"네, 만났습니다."

"어떻게…… 엮을 수 있겠어?"

"그게…… 오늘은 처음 본 거라서요. 조만간 다시 만나기로 했습니다."

"잘 꼬셔서 정보 얻어 봐. 이제 한 달밖에 안 남았으니까. 그 서건우란 녀석, 좀 알아보니까 한국 민주당하고 끈이 있더구먼. 송석진이도 최근에 단둥 자주 간다고 네가 말했잖아."

"아, 송석진 상은 안 그래도 5월 30일에 단둥 간다고 했습니다."

"또 가? 뭔가 냄새가 나는데."

"무슨 냄새 말입니까?"

"인마, 그 정도 직책에 있는 사람이 놀러 갈 리는 없잖아. 아무튼 어떻게든 구워삶아서 좀 빼내라고. 조중일보는 사무차관님이 직접 접촉한다고 했으니까. 중요한 건 문서로 된 자료야,

자료. 분명히 있을 테니까 반드시 엮어야 한다."

"네, 알겠습니다……."

"이 자식, 또 이런다. 야! 정신 차리고 보고서만 작성하면 된다. 이거 진짜로 될 리도 없으니까 그냥 우린 문서만 작성한다고 생각하라니까. 알았어? 인마, 내가 다음에 차관 해야 너도 국장 할 거 아니냐. 관저에서 직접 명령 온 거니까 이번만 제대로 잘 하자."

"네, 알겠습니다."

전화를 끊고 히라오는 잠시 무언가를 생각하더니 다시 오카치마치 역으로 걸어간다. 아까는 기분 좋은 비틀거림이었다면 지금은 뭔가를 결심한 듯한 발걸음이다. 거침이 없었지만, 어떻게 보면 극히 위험해 보이는 직진이었다.

조중일보 전영재

—

봄비답지 않은 세찬 비가 경제산업성 꼭대기 층의 통유리 창문을 때린다. 멀리 국회의사당이 보인다.

오카무라 사무차관은 반대편 창문 쪽으로 천천히 발걸음을 옮긴다. 이번에는 수상 관저와 내각관방부가 차창 밖 흘러내리는 빗줄기 사이로 게슴츠레 비친다.

아이쿠오스 밸런스 궐련을 두어 개피 연속으로 피운 오카무라는 한동안 고민하더니 무언가를 결심한 듯 자신의 책상 쪽으로 이동해 수화기를 들었다. '001'을 누르고 '82'를 눌렀다. 대한민국으로 거는 국제전화였다. 전화기 액정 화면의 날짜 표시란은 '2019–4–16'을 가리키고 있었다.

통화음이 몇 번 울리더니 수화기를 드는 소리가 들려온다.

"덴 상, 나요. 오카무라."

"오! 오카무라 차관님. 아니, 어쩐 일로 휴대폰도 아니고 유선전화를, 그것도 사무실 전화로. 하하하."

수화기 너머로 유창한 일본어가 들려온다. 오카무라의 국제전화 상대는 한국 조중일보의 전영재 논설위원이었다. 그의 성인 '전⽥'을 일본어로 '덴'이라고 발음하기 때문에 전영재를 아는 일본인들, 그러니까 오카무라 같은 이는 그를 '덴'이라고 불렀다. 전영재도 그렇게 불리는 것을 좋아했다.

오카무라와 전영재의 친교는 이십 년 전으로 거슬러 올라간다.

1999년 전영재가 조중일보 도쿄 특파원으로 파견 나와 있을 때 친분을 쌓았다. 한국이 한창 IMF의 상흔에서 회복하려는 그 무렵, 경제산업성의 고급 정보를 바탕으로 전영재는 일본발 특종 기사를 여럿 썼다. 오카무라는 그때 전영재에게 이런저런 정보를 주던 무역관리관이었다. 이십 년이 지난 지금, 한쪽은 실세 중의 실세인 경제산업성 사무차관, 한쪽은 한국 일등 매체의 논설위원으로 출세 가도를 달렸다.

"그냥 덴 상 안부나 물어보려고 전화했지."

"에이, 사무차관님처럼 바쁜 분이 그럴 리가 없는데."

"하하하. 하여튼 덴 상은 못 속인다니까. 그건 그렇고, 왜 이리 잡음이 들려오는 거야? 사무실로 전화했으니까 밖은 아닐 테고, 아무튼 꽤 시끄러운 거 같은데?"

"아, 우리 사옥 앞에서 세월호 집회 한다고 아주 떼거리로 몰려왔네요. 정신없어 죽겠어요. 저런다고 죽은 애들이 살아오

나. 돈 받아 처먹었으면 됐지."

"아, 그거 배 침몰한 거? 오늘이 그날인가?"

"네. 4월 16일이니까. 벌써 오 년이나 지났는데 좀 잊지, 하여튼 짜증나 죽겠어요. 잠깐만요. 창문 좀 닫고."

전영재가 자리에서 일어나 개인 논설위원실 이중 창문을 굳게 닫은 후 잠금장치까지 단단하게 걸자 잡음이 멈췄다.

"근데 정말 무슨 일이십니까? 저희 만난 게 3월 초인데, 이렇게 빨리 연락 주시는 게 처음인 거 같은데요."

"음, 딴 게 아니고 말이야……."

"이거 사무차관님이 자꾸 뜸들이시는 것 보니까 큰 건 같은데요?"

"일단은 극비 정보니까 내가 지금 덴 상한테 서약서라도 받아야 하나 고민 중이야."

"어휴, 참 나. 아니키兄貴(형님)! 저 아시잖아요. 의리 하나는 확실한 거."

오카무라 사무차관은 조금 더 망설이다가 '아니키'라는 말에 마음이 흔들렸는지 결국 입을 뗀다.

"그래, 모르겠다. 어차피 덴 상 도움을 안 받으면 알 수가 없지."

"제가 당연히 우리 형님 도와드려야죠. 말씀해 보세요."

"사실은 말이야…… 음, 관방부에서 극비 팩스 문서 한 장이 날아왔는데……."

"네? 내각관방부요?"

"응. 근데 그 내용이 좀 충격적이야."

"뭔데요?"

"대한민국을 화이트리스트 국가에서 배제하는 근거를 만들라는 거야."

"네? 수출관리할 때 그 화이트리스트요?"

"응, 그거."

"아니, 갑자기 왜……. 근데 그거 정령안이 정해져 있어서 힘들잖습니까."

"그래. 그러니까 정령안을 개정할 수 있게끔 근거 보고서를 작성하라는 명령이지."

"한국 말고 다른 나라는요?"

"없어."

"네? 그게 가능합니까?"

"그건 모르겠고, 아무튼 지난 3월 중순에 그 지령이 내려와서 우리 관리관 녀석 하나 시켜서 근거 보고서 쓰라고 해 놨는데……. 아참, 히라오 알지?"

"아! 히라오 군, 알죠. 주한일본대사관에 있던 친구 아닙니까?"

"응, 맞아. 우리 직속 후배. 그런데 이 녀석도 꽤 신경 쓰이나 봐. 이게 말 그대로 무슨 '근거'가 있어야 하잖아."

"그렇죠. 화이트리스트에서 배제되어야만 하는 근거, 그러니까 서류 같은 게 있어야 하겠죠."

잠시 정적이 흐른다. 오카무라 사무차관이 이윽고 자신의 부탁을 말한다.

"그래서 하는 말인데, 자네가 좀 알아봐 달라 이거지. 예컨대 우리 일본 쪽에서 넘어간 수출물자가 전략물자 비슷하게 전용돼서……."

"아, 북한 놈들한테 넘어갔는지 뭐 그런 거 말입니까?"

"그렇지! 바로 그거. 역시 우리 덴 상은 머리 회전이 빨라. 하하하."

"그거라면 우리 출입처 기자 시켜서 한번 알아보죠. 어디 보자, 아마 산업통상부일 것 같은데. 안 그래도 요즘 북한 놈들이 하노이 그거 파토 나서 미사일 또 쏘니 마니 하는 상황인데 잘됐네요. 생각지도 못했는데, 이거 분명히 산통부가 적발한 실적 같은 게 있을 겁니다. 이걸로 한동안 남측 정부도 때릴 수도 있고, 오히려 제가 고맙습니다, 형님."

"역시 덴 상은 행동이 빨라서 좋아. 덴 상이 우리 사람만 됐어도 진짜 일본 정부 밑에서 큰일 했을 건데, 정말 지금도 아까워 죽겠어."

"하하하. 아이고, 형님, 무슨 말씀을 그리하십니까. 제 마음 아시잖아요."

"그래, 아무튼 바쁜데 미안하네. 그럼 좋은 소식 기대하겠소, 동생."

"네! 형님, 살펴 들어가십시오! 충성! 충성! 충성!"

전영재는 전화를 끊은 후 마일드세븐 블루스카이를 한 대 꺼내 물었다. 이중 창문으로 굳게 닫힌 차창 밖으로는 우비마저 제대로 못 쓴 채 세찬 비를 하염없이 맞는, 바들바들 떨어 가며 "세

월호 진실 보도 촉구한다!", "세월호 악의적 왜곡 보도하는 조중일보 폐간하라!" 등의 피켓을 든 일이백 명의 시위대가 보였다.

전영재는 그들을 보며 피식 한 번 웃고는 휴대폰을 꺼내 들었다.

"편집국장? 난데 회의 좀 하자. 큰 건이 들어왔어."

"사무차관님. 그런데 휴일 날 어쩐 일이십니까?"

"자네 휴일도 반납하고 그거 쓴다고 스즈키가 그러기에 근처 온 김에 격려차 들렀네."

"아, 네. 감사합니다!"

2019년 5월 1일.

노동절인지라 일본 관공서는 원래 쉬는 날이다. 하지만 말만 쉰다고 할 뿐, 실무관료 공무원 중 절반 정도는 출근해서 미뤄 둔 잡무를 처리한다.

무역관리과만 하더라도 계원 대여섯 명이 출근해 컴퓨터 키보드를 두드리고 있다. 물론 계원들은 자신이 정확하게 무슨 일을 하는지도 몰랐다. 극비 지령이 아직 공개되지 않았기 때문이다. 다만 그들은 히라오 수석관리관의 명령에 따라 일본이 바세나르 협정을 통해 화이트리스트, 즉 무역 및 수출관리에 있어 우대받고 있는 27개 국가들의 상황과 실태 등을 현황 보고서라는 형식으로 작성하고 있을 뿐이다.

이 보고서를 총괄하는 업무를 맡은 히라오는 답답하기 그지없다. 이 보고서가 어떤 용도로 쓰일지도 제대로 파악되지 않은 상태이니 계원들을 윽박지를 수도 없는 노릇이다. 게다가 히라오의 머릿속엔 휴일 날 출근하는 바람에 내내 냉랭하던 아내 치에의 표정이 가득했다.

'오늘 들어갈 때 뭐라도 사 가야 하나? 치에가 좋아하는 보르도 와인이라도 한 병 배달시킬까?'

이런 생각에 여념이 없을 때, 오카무라 사무차관이 무역관리과에 나타났다. 그의 양손에는 음료수가 가득 들려 있었고, 계원들은 다들 자리에서 일어나 인사를 했다.

히라오도 벌떡 일어나 인사를 하면서 오른손으로 마우스를 움직여 수십 가지 종류의 보르도 와인 사진이 펼쳐진 라쿠텐 쇼핑 사이트 화면을 끄고, 프랑스 생산성회복부의 화이트리스트 규제 관련 웹 페이지와 네덜란드 바세나르 협정 관련 홈페이지 화면으로 전환시켰다.

하지만 오카무라 사무차관은 히라오의 자리까지 오지 않았다. 무역관리과 계원들에게 음료수를 건네고, 회의실로 발걸음을 옮기면서 히라오에게 따라 들어오라는 손짓을 했다.

"부하는 뺑이 치는데 스즈키 녀석은 놀러나 가고 말이야. 에

이, 쯧쯧.”

“아닙니다. 제가 보고서를 아직 완성 못 했으니까 다 제 잘못입니다.”

“선배라고 감싸는 거야?”

“네? 아, 아닙니다.”

“자식, 나도 네 선배인 거 잊지 마라.”

“아, 물론입니다, 차관님!”

“그건 그렇고, 잘 되고 있어?”

“네. 지금 계원들 시켜서 바세나르 협정을 맺은 나라들 중심으로 우리 화이트리스트 정령안에 올라와 있는 국가들을 대상으로 불량국가 및 독재, 테러국가에 전용되는 사안이 지난 십 년간 있었는지 없었는지, 만약 있었다면 그 조치는 어떻게 취했는지 등을 조사하고 있습니다. 필요한 경우 각국 대사관 친구들을 통해 입수해 보려고 하는데 언어 문제도 있고 해서…….”

히라오의 말이 끝날 때까지 가만히 듣고 있던 오카무라는 한심스러운지 혀를 찼다.

“쯧쯧쯧, 다른 나라는 왜 찾아보는데?”

“네? 그거야 당연히 비교접근론의 방식을 취해야 하니까요.”

“하여튼 자넨 너무 정직해. 그게 좋은 건지 나쁜 건지 모르겠지만 요령이 없어, 요령이.”

“그게 무슨 말씀이십니까, 차관님?”

“한국 거만 뒤지면 되잖아. 왜 딴 나라를 뒤져? 시간도 없는데.”

"아, 한국 것은 다른 곳 데이터가 취합되면 제가 바로 움직이려고 합니다."

"그거 귀찮으니까 됐고, 그냥 이걸로 근거 만들어."

오카무라는 처음 관방부의 지령이 떨어졌을 때와 마찬가지로 양복 상의 품속에서 어떤 자료를 꺼냈다. 극비 마크도 없고 쪽수도 지난번과 달리 예닐곱 페이지는 되어 보였다. 그런데 한국어로 되어 있다.

"차관님, 이게 뭡니까?"

"한국 정부가 작성한 자료다. 산업통상부가 가지고 있던 불법 수출업체 적발 자료니까 이걸 중심으로 엮어 봐."

"아니, 이런 걸 어떻게 입수하셨습니까?"

"그건 비밀이고, 암튼 이걸 기준으로 쓰고 있어. 그러면 조만간에 한국 매체에서 기사가 나올 거야. 한국 야당이 규탄 집회도 할 거고. 그러면 그림이 맞아떨어지잖아. 너는 미리 보고서만 준비해 놓으면 돼. 한국에서 기사 나오자마자 관방부에 보고서 딱 보낼 거니까. 그러면서 우리가 이미 다 파악하고 있었다, 아니 히라오 관리관이 다 알고 미리 작성했었다, 이런 식으로 내가 너 띄워 줄 테니까."

히라오는 일장 연설로 이어지는 오카무라 사무차관의 말은 듣는 둥 마는 둥 하면서 자료를 세심하게 읽어 내려갔다. 한국어에 능통한지라 막힘없이 페이지가 넘어간다. 오카무라는 그런 히라오의 모습을 흐뭇하게 바라보았다.

마지막 페이지를 넘긴 히라오의 표정이 상기됐다.

"어때, 감상이?"

어울리지 않게 부하의 칭찬을 요구하는 듯한 느낌이다. 너를 위해 내가 특별히 이런 자료를 구해 왔으니 고마워해야지라는 인상도 든다. 하지만 히라오는 상기된 표정과 달리 조심스러운 말을 내뱉는다.

"차관님, 이거 오히려 한국 정부가 잘 규제하고 있다는 사실을 증명하는 자료일 수도 있겠는데요?"

"뭔 소리야?"

"그러니까 매년 정기적으로 의심 가는 기업들에 대한 감사 및 조사가 철저하게 이뤄지고 있다는 내용인데, 이 말은 곧 바세나르 협정을 잘 지키고 있다는 식으로 이해할 수도 있다는 말이죠. 우리도 매년 이러한 작업은 하고 있지 않습니까. 즉 한국 정부도 우리와 마찬가지로 똑같은 작업을 하고 있다는 건데…….."

"그래도 전용된다는 의혹의 근거는 되잖아."

"그건 그렇죠. 2015년부터 156건이니까 연평균 30에서 40건은 됩니다. 확실히 많긴 많네요."

"그럼 됐어. 그걸로 근거 만들어."

"음…….."

"또 뭐가 문제야?"

"뭔가 결정적인 한 방이 필요한 것 같습니다. 실제로 넘어갔다는 증거랄까, 하다못해 사진이라도. 이건 말 그대로 의혹에 불과해서 국제적인 여론전이 시작되면 어떻게 될지 모르겠습니다, 솔직히."

"그러고 보니 자네 말도 일리가 있구먼. 음, 북한으로 넘어갔다는 것만 증명하면 되는데……."

한동안 침묵이 흐른다. 히라오가 침묵을 깨고 조심스럽게 입을 뗐다.

"차관님, 총련 쪽 평화통일연합이라는 단체에 제가 아는 사람이 있는데, 이 친구가 한 달에 한 번 정도 중국 단둥에 가서 민족경제연합이라는 북측 외곽 조직을 만난다는 이야기를 들었습니다. 그 친구한테 살짝 물어볼까요? 어차피 단둥에서 신의주로 화물 기차 편으로 들어가는 화물들이 좀 있으니까."

그의 이야기를 들은 오카무라 사무차관이 손바닥을 펴 들고 "잠시만."이라 말한 후 턱을 괴고 생각에 잠긴다. 일 분쯤 시간이 흐른 후 손을 내리면서 천천히 입을 뗀다.

"그 친구한테 일부러 물어보지 말고, 그냥 그걸로 엮어."

"네? 그게 무슨 말씀이십니까?"

"그 화물 기차에 실린 물자가 한국에서 온 거라는 식으로 엮으라고."

"그건 안 되죠. 정상적인 무역 루트면 어떡합니까? 그리고 그건 아마 중국에서 무역하는 조선족이나 북한 무역업자들이 보낸 것일 텐데요. 한국이 아니라."

"바카야로, 누가 그렇게 발표하래? 그냥 보고서에 살짝 사진만 넣으라고. 사진은 찍을 수 있을 거 아냐."

"그래도 그렇지, 그건 좀……."

"됐고, 그 친구는 언제 만나나?"

"아, 네. 안 그래도 5월 18일 날 한국의 어떤 사회단체가 광주민주화운동 추도식을 수이도바시에서 연다고 해서 같이 가자는 이야기를 하긴 했습니다."

"그래? 자식, 알아서 일 잘하는구먼. 그럼 그때 가서 그 친구랑 한국의 그 사회단체하고도 접촉해 봐. 나중에 어떻게 되었건 보고서는 완성해야 할 거 아니냐."

"네, 그렇죠……."

"그리고 네가 영 부담 느끼면 내가 스즈키 시켜서 언론 쪽에 밑밥 좀 뿌릴 테니까. 그럼 언론 보도를 근거로 삼으면 돼."

히라오는 탁자 위에 놓인 자료를 들어 올리면서 말했다.

"이 자료를 준다고요?

"그건 아까도 말했듯이 한국 언론이 적당한 시간 오면 때릴 거고, 네가 말한 단둥 그거는 케이산신문経産新聞이나 그런 곳에 살짝 뿌리면 금세 사진 찍으러 갈 거다. 기사야 뭐 그놈들이 알아서 쓰겠지. 암튼 시나리오는 얼추 그려지네. 오케이. 돌아가서 일해."

"네. 알겠습니다, 차관님."

히라오는 한국 정부의 산업통상부 자료를 들고 회의실을 나섰다. 그가 들고 있는 자료 위에는 해당 부서의 공개 홈페이지 주소가 떡하니 적혀 있었다.

극비 자료도 아니고 아무나 검색하면 찾을 수 있는 공개 자료를 가지고 이런 '작업'과 '조작'을 해도 되나 히라오는 고개를 갸웃거렸지만, 이내 잊고 다시 라쿠텐 쇼핑 사이트를 열었다.

언론의 폭격

—

"히라오! 기사 봤어?"

스즈키 국장이 무역관리부에 출근하자마자 히라오의 자리로 헐레벌떡 뛰어온다. 그의 손에는 케이산신문이 한 부 들려 있다.

히라오는 멀리서 달려오는 스즈키를 보며 책상 위 모니터 옆에 있는 탁상 달력으로 눈을 돌렸다.

2019년 6월 3일.

내각관방부의 극비 지령 'G1'이 떨어진지 칠십구 일이 눈 깜짝할 새 지나갔다. 스즈키의 숨소리가 들려올 만큼 가까워지자 히라오는 일어섰다.

"네, 봤습니다."

"아니, 한국 거 봤냐고?"

"네, 그거 말한 겁니다. 조중일보에 대문짝만 하게 실렸어요."

그의 모니터에는 조중일보가 1면에 보도한 기사 화면이 떠 있었다.

생화학 관련 전략물자가 가장 많아…

제3국을 경유해 北에 갔을 수도

핵미사일 탄두 가공은 물론 우라늄 농축 장비 등으로 전용 가능한 국내 생산 전략물자가 최근 상당한 양 불법 수출되고 있음이 밝혀졌다. 자유애국당 황경원 대표는 6월 2일 '문재현 정권 국정 파탄 심판하는 날' 집회에서 "전략물자 무허가 수출 적발 현황에 따르면 2015년부터 2019년 3월까지 정부의 공식 승인 없이 국내업체가 생산해 불법 수출한 전략물자가 총 156건"임을 주장했다. 이에 본지가 확인해 본 결과 2015년에 14건이던 적발 건수는 지난해 41건으로 3배 가까이 늘었으며, 올해는 3월까지 적발 건수만 31건으로 급증세를 보이고 있었다. 전략물자는 대량살상무기와 그 운반 수단으로 전용될 수 있는 물품이나 기술이다. 실제 지난해 5월에는 국산 원심분리기가 러시아, 인도네시아에서 발견되기도 했다. 생화학무기 원료인 '디이소프로필아민'은 말레이시아에 수출되기도 했다고 황경원 대표는 주장한다. '디이소프로필아민'은 북한 당국이 말레이시아 쿠알라룸푸르국제공항에서 김정운 북한 국무위원장의 친형 김정환을 암살했을 때 사용한 신경작용제 'VX'의 제조 물질이다. 다만 황 대표는 본지의 단독 취재에 "자료 입수 경로는 밝힐 수 없다"고 말했다. 윤성욱 안보국제포럼 수석연구위원은 "북한과 친분이 있는 우호국가들에 불법 수출이 계속 늘고 있는데, 제3국을 경유해 북한으로 넘어갔을 가능성을 배제할 수 없다"고 말했다. (2019년 6월 3일 조중일보 1면 박스 기사)

스즈키는 가쁜 숨을 진정시키며 물어 왔다.

"뭐라고 써 있어?"

히라오는 주위를 한 번 둘러보더니 낮은 목소리로 말했다.

"저번에 사무차관님이 하신 말씀 그대로입니다. 기사에선 자료 출처를 밝히지 않았지만, 한국 정부의 산업통상부 자료를 유력 야당 대표가 직접 발표하고 그 발표를 소스로 해서 조중일보가 기사를 썼습니다. 그런데 제 판단으로는 조중일보가 자유애국당 황경원 대표에게 자료를 건네준 것이 아닐까 하네요."

"그래? 근데 너 케이산신문은 봤어?"

"케이산요? 아직 못 봤습니다만."

"그럼 이거 읽어 봐."

히라오는 스즈키가 건네주는 케이산신문을 펼쳐 들었다. 안쪽 내지를 차라락 넘기는데 기사가 안 보인다. 그러자 가방에서 휴대용 페트병을 꺼내 물을 벌컥벌컥 마시며 숨을 다스리던 스즈키가 "거기 말고 1면!"이라고 거칠게 손짓을 했다.

나시 1면으로 놀아온 히라오는 깜짝 놀란다. 조중일보와 똑같은 크기의 박스로 다음과 같은 기사가 실려 있었기 때문이다.

【現地ミニルポ】北朝鮮に向かう貿易貨物列車、果たしてその中身は？

去る2月のベトナム米朝首脳会談が破綻になり、ますます苦しい状況が続いていると予想されてきた北朝鮮だが、中国と北朝鮮の国境地域である丹東(ダンドン)の様子を一日観察すると、そうでもなかった。何度も丹東から北朝鮮へ渡る貨物列車が汽笛を猛烈に鳴らしていたのである。北朝鮮への経済制裁が果たして的確に機能しているのか疑問を抱かざるを得ない。しかも貨物列車を撮っていると、いきなりとある組織の人が寄ってきて朝鮮語で質問責めをやるのだ。記者が日本語で「わからない」と答えると、なんと日本の在日朝鮮人連合会(総連)傘下の人が出てきて「あなたは何をしてるのか」とものすごい勢いで迫ってくるのではないか。名刺を渡し、彼からの名刺をもらおうとしたらいきなり私の名刺を破り「お前はケイサンのやつなのか！」と怒鳴りつけるのだ。身の危機を感じた私はいったん命を救うためその場を退いたが、こういう状況まで追い込まれるとやはりあの「貨物列車」の中身がばれてはいけないものではないかと疑わざるを得なくなるのも当然のことである。あの中にもしかして韓国から転用された戦略物資があったら果たして韓国政府はどういう言い訳をするだろう。国際機構がきちんと調べを進めていくべきだ。

〈현지미니르포〉 북한을 향하는 무역 화물 열차, 과연 그 안에는 무엇이?

지난 2월 베트남 북미정상회담이 무의미하게 끝난 후 점점 더 괴로운 상황이 계속될 것이라 예상되는 북한이지만, 중국과 북한의 국경 지대인 단둥의 모습을 하루 동안 관찰해 보니 꼭 그렇지는 않은 것 같다. 몇 번이고 단둥에서 북한을 건너가는 화물 열차가 기적 소리를 맹렬히 내뿜고 있기 때문이다. 북한에 대한 경제 제재가 과연 적확하게 기능하고 있는 것인지 의문을 품지 않을 수 없다. 게다가 기자가 화물 열차를 촬영하자 갑자기 어떤 조직의 사람들이 다가와 조선어로 질문을 하는 것이 아닌가. 기자가 일본어로 "모르겠다."고 말하자, 놀랍게도 일본의 재일본조선인연합회(총련) 산하의 사람이 갑자기 튀어나와 "당신 지금 뭐 하는 중이야?"라며 엄청난 위세를 떤다. 내 명함을 건네주고 상대의 명함을 달라고 하자 그는 갑자기 내 명함을 찢고 "너 이 자식 케이산 녀석이잖아!"라며 화를 낸다. 엄청난 공포를 느낀 나는 일단 목숨이라도 구하자 싶어 그 장소를 벗어났지만, 이러한 상황에 몰린다는 것 자체가 역시 저 '화물 열차' 안에 들키면 안 되는 무언가가 있을지도 모른다라는 합리적 의심이 들 수밖에 없다. 저 '안'에 혹시라도 한국에서 전용된 전략물자가 있다면 과연 한국 정부는 어떤 변명을 할까? 국제기구가 이 부분에 대해 정확하게 조사를 해야만 한다. (2019년 6월 3일 케이산신문 1면 박스 기사)

히라오가 놀란 이유는 짧다면 짧은 케이산의 이 르포 기사에 해당 기자를 위협하는 송석진의 얼굴 사진이 대문짝만 하게 게 재되어 있었기 때문이다. 그 뒤로 하얀 연기를 뿜으며 신의주로 향하는 화물 열차가 보인다. 누가 봐도 한국의 물자가 중국에 들어가, 혹은 제3국을 거쳐 세탁된 후 다시 중국 단둥에 집결해 북한 내로 들어간다는 착각을 불러일으킬 수 있는 사진 및 르포였다.

그제야 히라오는 5월 18일 송석진과 서건우를 만난 후, 그날 밤 스즈키 국장에게 '송석진이 5월 30일 단둥으로 간다'는 말을 했던 기억이 났다. 히라오는 자신도 모르게 언성을 높였다.

"아니, 국장님! 이건 너무하지 않습니까! 왜 송 상 얼굴이 실립니까?"

그의 목소리에 놀란 계원들이 스즈키 쪽으로 고개를 돌린다. 스즈키 역시 고개를 돌리며 "아, 여러분 아무것도 아니니까 각자 맡은 바 일을 하세요."라고 약간의 과장 섞인 제스처를 선보인다. 그리고 다시 히라오 쪽으로 고개를 돌린 스즈키는 낮은 목소리로 말했다.

"인마, 갑자기 소릴 지르면 어떡해?"

"사진 찍는다고만 했지, 송 상을 찍는다고는 안 했잖아요."

"야, 이렇게 실릴지 우리가 어떻게 판단하나. 케이산이 저네 마음대로 그런 건데. 화물 열차 사진 찍다 보니 송석진이 걸린 거잖아. 그런데, 야, 객관적으로 봐도 이 사진 너무 잘 나왔다. 구도가 너무 좋아. 진짜 뒤에 있는 저 화물 열차 안에 막 전기유도로나 원심분리기 있을 것 같은 느낌 들지 않냐? 하하하."

"그걸 정말 말이라고 하시는 겁니까, 국장님?"

히라오는 진심으로 화가 난 듯 얼굴이 새빨갛게 상기됐다. 하지만 스즈키는 동요조차 하지 않고, 아니 오히려 엷은 웃음을 띠며 히라오의 어깨를 툭툭 쳤다.

"언론은 자기네끼리 알아서 하는 거고, 우리 일이나 생각하자고. 일단 일한 양국의 유력 언론에서 기사가 나왔으니까 이게 근거가 되잖아. 일단 우리가 도망갈 길은 열렸으니까 보고서나 줘 봐. 다 썼지?"

그때 스즈키의 휴대폰이 울렸다.

"아! 네, 네. 안 그래도 기사 봤습니다. 네. 사실 저희가 이미 완성해 놨던 보고서와 거의 일치합니다. 네, 제가 지금 오카무라 사무차관에게 전달할 예정입니다. 네! 네! 알겠습니다. 말씀하신 대로 오카무라 차관에게 직접 소가 관방장관님과 저희 경제산업성 요시다 대신님께 한 부씩 보내라고 말하겠습니다. 네! 알겠습니다. 감사합니다!"

스즈키가 여유만만하게 전화를 끊자마자 씩 웃으며 히라오에게 말했다.

"봐라, 인마. 평가가 벌써 확 올라가잖아. 이제 비서관이나 국장이 아니라 대신 레벨에서 논의될 거니까 우리 손은 떠났다. 뭐 해? 빨리 줘, 보고서."

히라오는 주저하며 책상 서랍에서 보고서를 한 부 꺼냈다.

스즈키는 보고서 제목을 눈으로 한 번 훑어보며 "캬! 죽이네. 마치 오늘 일을 예언이라도 한 듯한 이 깔끔함이라니!"라며 감탄한다. 제목은 '화이트리스트 국가에서 대한민국을 삭제하는 정령안 개정을 위한 근거 보고서−한국 산업통상부의 2015년 이후 규제 및 적발 실적을 중심으로'였다.

양심의 가책

—

타타탁! 타타타탁!

2019년 6월 14일.

몇몇 계원이 키보드 자판을 두드리는 소리가 경제산업성 무역관리부를 감싼다. 한 계원이 기지개를 펴며 프린트 아웃 버튼을 누른다. 그의 옆에 있는 후지 제록스 프린터기에서는 수백 장에 걸친 막대한 자료가 이미 프린트 아웃되어 쌓여 있는 상태다.

표지를 보면 반도체 소재부품 25개 품목, 자동차 소재부품 135개 품목, 선박·소선 소재부품 78개 품목, 전자기기 소재부품 324개 품목, 재래식 무기로 전용될 각종 물자 456개 품목 등등 각 분야별 소재부품 목록이 구체적으로 나열되어 있다.

히라오 수석관리관이 자리에서 일어나 프린터 쪽으로 간다. 그는 자료를 훑어보면서 계원에게 지적한다.

"하무라!"

"네!"

"자동차 쪽은 좀 이상하잖아. 운전석 시트가 왜 들어가 있어?"

"아, 네. 이것도 소덴, 니치헤이 등 중소기업들이 한국 현기 자동차에 40퍼센트 이상 공급하고 있습니다."

"아니, 내 말은 그게 아니라 운전석 시트 같은 건 의미가 없단 소리야. 한국이 시트 같은 것도 못 만들겠냐? 이런 건 의미가 없으니 빼."

"그러면 이것들도 다 빼야 하지 않습니까?"

하무라 계원은 히라오에게 엔진오일 및 부동액 정화기계, 도어 개폐 전자식 자동 컨트롤러, 스위치 방식 시동 점화장치 등 자동차 관련 부속 액세서리 시스템에 관한 목록을 보여 준다.

"이런 것도 다 만들 수 있겠지. 한국이 무슨 삼류국가도 아니고……."

히라오가 말꼬리를 흐리자 하무라가 조심스럽게 물었다.

"근데 관리관님, 이거 정말 품목을 자동차나 선박·조선까지 확대할 이유가 있나요? 시키시니까 하긴 하는데, 솔직히 이런 것들까지 확대해서 규제 때려 버리면 일본 기업들 타격이 더 클 것 같은데 말입니다."

"그러게 말이다. 정말 네 말마따나 시키니까 하긴 하는데……. 에이, 모르겠다. 일단 깡그리 집어넣고 이런 것들은 다 C랭크로 설정해. S랭크 반도체 쪽 소재부품은 이미 내가 다 정리했으니까 일단 보고서 형태만 갖추도록 해. 자동차 시트니 그런 것도 다 집어넣어, 일단은."

"네, 알겠습니다."

히라오는 자기 자리로 돌아와 탁상용 달력을 쳐다본다. 'G1 근거 보고서 마감일'이라고 표시돼 있다.

3월 15일, 내각관방부로부터 삼 개월 시한으로 이 지령이 떨어진 후 별의별 사건들이 다 있었지만 어찌 되었건 근거 보고서를 완성할 수 있을 것 같아 안도감이 밀려온다. 처음에는 이게 과연 될까 싶었던 것들도 오카무라 사무차관과 스즈키 국장의 시나리오에 따라 순조롭게 잘 진행된 느낌이다.

하지만 히라오를 포함한 무역관리과 계원들은 여전히 실제로 시행되지 않을 것이라 생각하고 있었다. 스즈키 국장 역시 매일같이 "그걸 정말 시행하겠냐? 미치지 않고서야. 하하하."라며 너털웃음을 보였다.

하지만 불안한 마음이 없잖아 있긴 했다. 조중일보와 케이산신문의 합작 기사가 나온 날, 즉 6월 3일, 오카무라 사무차관이 스즈키와 히라오를 호출했다. 대회의실이나 차관실이 아닌, 일 년에 한두 번 가 볼까 말까 한 대신실로 말이다.

잔뜩 긴장한 채 각종 보고서 자료를 들고 대신실로 갔다. 그곳에는 요시다 시게하루 경제산업성 대신과 오카무라 사무차관 그리고 지금까지 한 번도 보지 못한 어떤 중년의 신사가 자리를 잡고 앉아 있었다.

"실례합니다. 수석관리관 히라오입니다."

"무역관리부 국장 스즈키입니다!"

스즈키 국장도 약간 긴장한 듯 말끝이 올라갔다.

"자, 자, 앉게나."

요시다 대신이 손짓을 하며 자리에 앉으라고 말하고 잠시 후 대신 비서가 시원한 녹차를 가지고 들어와 둘의 앞에 놓았다. 긴장을 풀고 싶은 것인지 스즈키와 히라오는 누가 먼저랄 것도 없이 찻잔을 들어 한 모금 마신다.

요시다 대신이 그런 둘의 모습을 흐뭇하게 쳐다보며 입을 뗐다.

"히라오 군, 스즈키 군, 수고했네. 아주 적절한 타이밍에 좋은 보고서가 올라왔어. 소가 관방장관은 물론 야스베 총리도 매우 기뻐했던 모양이야. 특히 언론보다 먼저 정보를 파악하고 있다는 것에 우리 경산성 주가가 올라갔어. 역시 최고의 엘리트들이라고 제군들을 대신해서 내가 공치사 좀 들었네. 하하하."

"아닙니다. 당연히 해야 할 일을 했을 뿐입니다, 대신님!"

히라오는 스즈키의 재빠른 변신에, 물론 속으로만 놀라워했다. 매일같이 그런 조치를 취하겠냐며 실실 웃던 그가 마치 국가를 위해 충성을 다하는 공무원인 양 연기를 하는 것이 웃겼다. 물론 겉으로 내색은 하지 않았지만 말이다.

그때 오카무라 사무차관이 말했다.

"다나카 관방비서관님, 실무관들이 왔으니까 이제 말씀하시죠."

"네, 알겠습니다."

히라오는 "아!" 하는 짧고 낮은 탄성을 내질렀다. 모든 것의 시작이었던 3월 15일의 팩스가 뇌리를 스쳐 지나갔다. 발신인 란에 소가 관방장관 옆에 괄호로 적혀 있던 다나카 히로유키 관방수석비서관이 바로 이 사람이었던 것이다.

다나카는 오카무라 사무차관의 소개가 끝나자 자신의 명함을 꺼내 스즈키와 히라오에게 건넸다. 스즈키, 히라오도 황급히 명함을 꺼내 다나카에게 준다.

명함을 힐끗 본 다나카는 "휴대폰 번호가 없군요. 각자의 휴대폰 번호 적어 주세요."라고 말한다. 둘은 양복 상의에서 볼펜을 꺼내 개인 휴대폰 번호를 적고 다시 건넨다. 다나카의 명함에는 휴대폰 번호가 이미 인쇄되어 있었다.

"긴급한 상황이 생기면 직접 연락할지도 모릅니다. 대신님, 그리해도 되겠습니까?"

요시다 대신은 너털웃음을 터뜨렸다.

"물론이지. 실무진들 간의 의사소통이 잘 되어야지. 관리관들은 다나카 비서관이 전화 오면 즉시 회답하고, 사무차관한테 사후 보고를 하도록 해."

오카무라 사무차관은 일순 마뜩잖은 표정을 보이기도 했지만 이내 "네, 대신님 말씀대로 하겠습니다."라고 수긍했다.

"그럼 아까 나한테 잠깐 말했던 '그것'을 다시 구체적으로 말해 보지, 다나카 군."

"네, 알겠습니다."

다나카는 앞에 놓인 서류철에서 자료를 꺼냈다. 6월 3일 조중일보와 케이산신문에 관련 기사가 실리자마자 관방부에 올렸다는 근거 보고서, 아니 실제로는 5월 1일 오카무라 사무차관이 건네준 한국 정부의 산업통상부로부터 받은 156개 품목 적발 사례를 바탕으로 히라오가 미리 작성했던 근거 보고서였다.

다나카는 또 하나의 서류를 꺼냈다.

"제가 어제 히라오 관리관이 작성한 보고서를 읽고 관방장관님과 상의를 했습니다. 그리고 이 156개 적발 사례에서 나온 수출규제 품목을 이렇게 추려 봤습니다."

다나카가 그 서류를 스즈키와 히라오에게 내밀었다. 전략물자 포괄허용에서 빠져야 될 구체적인 소재부품들의 품목이다. 불화가스, 포토레지스트, 전기유도 감광액, 플루오린 폴리이미드 등등 백여 개의 소재부품이 나열되어 있었다.

히라오는 본능적으로 스즈키를 쳐다봤다. 그리고 스즈키는 그런 히라오를 외면한 채 오카무라 사무차관을 쳐다본다. 하지만 오카무라는 미동조차 하지 않는다. 이미 그의 앞에도 똑같은 서류가 놓여 있다.

이윽고 다나카 관방비서관의 입에선 충격적인 말이 흘러나왔다.

"그래서 하는 말인데, 물론 저도 어떻게 될지 모르겠습니다만, 이 품목을 더 늘려야겠습니다. 백 개 가지고는 별다른 영향을 줄 수 없다는 결론에 도달했기 때문입니다."

히라오가 깜짝 놀라 참지 못하고 바로 반문했다.

"네? 구체적인 규제 품목을 더 쓰라고요? 더 늘리라는 말씀입니까? 아니, 정말 화이트리스트에서 한국을 제외하겠다는 뜻입니까?"

다나카는 거침없는 히라오의 질문에 놀란 듯 눈을 껌벅거렸다.

스즈키가 히라오의 허벅지를 살짝 꼬집는다. 그만하라는 의미다.

요시다 대신도 난처하다는 듯 으흠, 으흠, 헛기침을 한다. 다나카는 부드러웠던 지금까지와 달리 단호한 어조로 말했다.

"아직 모릅니다. 다만 혹시 모를 사태에 대비해 컨틴전시 플랜의 일환으로, 보고서의 근거가 되는 156개 적발 사례에 해당하는 백 개의 소재부품에 덧붙여 그 외 전략물자 전용 가능성이 의심되는 소재부품까지 산정해서 최종 보고서를 작성해 주셨으면 합니다."

"늘린다는 건 가이드라인이 있습니까? 몇 개 정도까지 늘려야 합니까?"

지금까지 가만히 듣고만 있던 스즈키가 입을 열었다. 그러자 다나카는 녹차로 목을 한 번 축이고 천천히 말한다.

"천 개입니다."

순간 히라오와 스즈키가 동시에 "네?" 하며 비명 같은 소리를 내질렀다. 히라오가 금세 달려들었다.

"아니, 갑자기 천 개를 어떻게 늘립니까?"

"천 개가 아닙니다. 이미 백 개는 거기 적혀 있으니, 다 합하면 천백 개 정도가 됩니다. 그러니까 리스트에는 천백 개가 실려 있어야 합니다."

다나카는 요지부동이다. 그러자 스즈키가 현실적인 질문을 했다.

"기한은 언제까지입니까?"

"예정대로 6월 14일까지입니다."

히라오가 다시 발끈했다.

"그게 말이 됩니까? 오늘이 6월 3일인데 어떻게 십일 일 만에 아무 정보도 없이 천 개에 달하는 소재부품 규제 목록을 만들어 냅니까? 물리적으로 힘듭니다."

"히라오 군, 이건 내각관방부의 지시입니다."

그때까지 신사적인 언행을 보였던 다나카가 갑자기 히라오를 '군'으로 하대하며 눈빛을 매섭게 굳힌다.

요시다 대신은 팔짱을 낀 채 아무 말이 없다. 상식적이라면 부하 편을 들어야 하지만 정치인 출신의 5선 의원으로 야스베 총리와 소가 관방장관 파벌에 속해 있는지라 쉽사리 말을 꺼내지 못한다.

상황이 심상치 않음을 느낀 오카무라 사무차관이 중재에 나섰다.

"히라오, 만들어 봐. 관방부가 자네 능력을 높이 사서 직접 부탁하는 거니까."

오카무라가 다나카 쪽을 쳐다보며 말했다.

"비서관님, 그렇다면 비밀 조항을 풀어 주시죠. 혼자서 다 못 합니다. 계원들 다 동원시켜서 각자 분야 나눠서 만들 수밖에 없어요."

다나카는 오카무라의 말을 듣고 좀 고민하더니 "전화 한 통만 하고 오겠습니다."라며 대신실 밖으로 나갔다.

다나카가 나가자마자 누가 먼저랄 것도 없이 한숨을 내쉬었다. 그리고 스즈키 국장이 입을 열었다. 오카무라 사무차관한테 하는 말이지만 요시다 대신이 들으라는 느낌이다.

"차관님, 지금 다나카 비서관이 주신 백 개 품목이야 한국 산업통상부의 근거도 있고 신문 기사 등 언론 자료가 있으니까 가능합니다만, 갑자기 천 개 더 작성하라면, 이거 안 됩니다. 근거를 언제 다 산출하고 정보 모읍니까? 시간이라도 넉넉히 주면 모르겠습니다만 열흘 남짓한 시간에 이거 절대 못 만들어요."

오카무라 사무차관도 행정 업무의 전문가인지라 스즈키의 말이 무엇을 의미하는지 잘 알고 있다. 그래서 쉽사리 입을 떼지 못한다.

요시다 대신도 인상을 잔뜩 찌푸린 상태다. 그 역시 단순히 부하들의 보고서에 관한 칭찬을 듣고 관방부가 추려 낸 백 개 품목에 관한 리스트를 만드는 것이라 생각했던 모양이다. 열흘이나 남았으니 그 정도야 되겠거니 했는데 갑자기 다나카가 천 개 품목 리스트를 더 만들라는 이야기를 해, 겉으로 드러내지 않았을 뿐 내심 싱덩히 놀라고 있었다.

딸깍!

대신실 문이 열리는 소리가 들리고 다나카가 다시 들어왔다.

전화기를 바지 주머니에 넣은 후 자리에 앉은 다나카는 처음의 신사적인 모습으로 돌아와 나긋나긋한 어조로 말했다.

"사무차관님 말씀대로 하기로 했습니다. 비밀 조항 풀고 계원들에게 분야를 나눠 일을 맡기셔도 됩니다. 단, 인원은 열 명 이내로 해 주세요. 각각 서약서 따로 받으시고요. 이 정도면 되겠습니까?"

"기한은요?

오카무라 사무차관이 약간은 안심한 기색으로 묻는다. 하지만 다나카가 고개를 좌우로 흔들었다.

"그건 힘들겠습니다. 지금 오사카G20 준비도 있고 해서 관방부가 다시 검토할 시간이 필요합니다. 원래 예정대로 6월 14일까지 완성해야 일주일 동안 저희가 전략을 세울 수 있습니다."

"전략이란 말은 곧 정령안을 개정하겠다는 뜻이죠?"

스즈키가 이상하리만큼 담담한 어조로 묻는다. 그러자 다나카는 이상야릇한 미소를 띠며 답한다.

"그건 저도 모릅니다. 오사카G20정상회의가 끝나 봐야 알 것 같습니다."

"아, 그렇군요. 그럼 뭐, 네, 알겠습니다."

내내 팔짱을 끼고 있던 요시다 대신이 정리하자는 의미의 박수를 몇 차례 하면서 말했다.

"자, 오케이, 오케이. 일단 최선을 다해 보자고. 관방부 의견이 곧 야스베 총리 각하의 의중이니까 무조건 하는 걸로 하자. 우리 경산성 최고 엘리트들의 실력을 믿는다는 말이니까. 다나카 비서관, 자네도 돌아가서 이 친구들 칭찬 좀 하고. 알았어?"

"물론입니다. 실제로 와서 보니 경산성이 왜 일본 최고의 관료 조직인지 잘 알게 되었습니다. 잘 부탁드리겠습니다, 대신님."

●

삐리리릭! 삐리리릭!

2주 전의 회상에 잠겨 있던 히라오는 휴대폰 알림 소리에 놀라 퍼뜩 자세를 고쳐 잡았다. 휴대폰을 꺼내고 라인메시지를 확인했다.

서건우였다. 순간 긴장했다.

하지만 메시지 내용은 별다른 것이 아니었다.

[히라오 상, 잘 지내십니까. 다름이 아니라 내일 6.15남북공동선언 19주년 기념식이 열리는데 시간 있으면 참석하시면 어떨까 해서 연락드립니다. 송석진도 간만에 외부 행사에 얼굴을 비치니까 저번처럼 끝나고 시바스리갈 남은 거 '스트레이토'로 마저 비워 버려야죠. 후훗.]

히라오는 서건우에게 답장을 보내기 전, 조금 전 프린터기에서 들고 온 수백 페이지의 보고서를 힐끔 쳐다본다. 뭐, 이대로 내도 설마 다 읽겠냐라는 마음과 오늘 내로는 어떻게든 완성시킬 수 있을 것 같다는 생각이 교차한다. 무엇보다 송석진 본인은 진혀 모르겠지만, 그에게 왠지 미안한 마음이 들어 만나 봐야겠다는 생각이 들었다.

히라오는 손가락을 빠르게 움직였다.

[네. 물론입니다. 송석진 상도 케이산 그 엉터리 기사 때문에 고생하셨을 것 같은데 간만에 회포나 풀죠. 저도 일 하나 끝내서 널널합니다. 내일 뵐게요.]

송신 버튼을 누르자 하무라 계원과 두어 명 다른 계원들이 자리에서 일어나 히라오에게 다가온다.

"관리관님, 얼추 다 완성된 것 같은데요. 천백 개 품목을 S, A, B, C랭크별로 다 정리했습니다. 총 256페이지입니다. 먼저 S랭크가 열다섯 개입니다. 반도체 완제품 공정에서 결정적인 소재부품으로 작용하는 불화수소……."

"나중에 읽어 볼게. 그만하고, 다들 수고했어. 밥 먹으러들 가."

히라오는 하무라의 설명을 자른다.

처음에는 어리둥절해하던 하무라와 계원들이지만 금세 와자지껄한다. 며칠간의 밤샘 작업이 끝났다는 해방감에 들뜬 목소리다.

히라오는 탁상용 시계를 들여다봤다.

6월 14일 오후 두 시.

기한을 지켰다. 그 역시 실무자로서 할 일은 다했다는 안도감에 길게 한숨을 내쉬었다.

"이런 세상이 오긴 오는구나. 진짜 이거 최근실 정권에선 상상조차 못 했던 일 아냐?"

"그러게 말이야. 정말 너무 감동적인데 이거."

2019년 6월 15일 저녁.

도쿄 키타구의 아카바네회관은 재일동포와 뉴커머가 공동으로 개최한 제19주년 남북공동선언 기념식이 성대하게 열리고 있다. 한국에서 2001년 건너와 이른바 '뉴커머'로 불리는 서건우와 총련 산하의 조직 활동을 하는 송석진이 감회가 새로운 듯 대회를 나눈다. 5월 18일에 얼린 광수민주화운동 기념식 이후 약 한 달 만에 만났다.

그들은 3.1절 공동 행사를 할 때만 하더라도 서로를 경계하

는 듯한 느낌이 있었다. 또한 5.18광주민주화운동 기념식에서
도 송석진은 행사가 끝난 후 급히 자리를 빠져나와야 했을 정
도로 총련에 대한 인식의 벽이 존재했다.

하지만 그로부터 한 달 후인 지금은 양 단체가 서로의 이름
을 실행위원에 나란히 올리는 등 한층 더 가까워진 느낌이다.
도쿄민주포럼의 정광일 상임대표가 연단에 나서 인사말을 하
고, 그 인사말에 총련 중앙본부의 최성우 부의장이 박수를 하
는 모습은 확실히 지금까지 볼 수 없던 것이었다.

정광일 상임대표의 인사말이 진행되고 있던 중 진동으로 설
정해 둔 건우의 휴대폰이 울렸다. 메시지가 와 있다. 건우의 입
가에 미소가 번진다. 곧이어 손가락을 재빠르게 움직인다.

"누구야?"

"아, 히라오 상."

송석진이 짐짓 삐친 투로 말한다.

"뭐? 야, 너희 치사하다. 이제 나 빼고 다이렉트로 연락하는
사이 된 거야? 내가 소개시켜 줬잖아."

"무슨 소리야. 히라오 상 오면 놀라게 해 주려고 일부러 말
안 했지."

"근데 뭐래? 못 온대?"

"아니, 지금 일 끝나서 오는데, 도착하면 행사 끝날 것 같다
고 하니까 '어떡하지?' 막 그러네."

"그래서 뭐라고 보냈는데?"

"그때 시바스리갈 마셨던 그 가게로 바로 오라고 했어."

"뭐? 그건 그냥 술 마시자는 소리잖아. 푸하하."

석진이 소리 내어 웃자 다른 참석자들이 나란히 앉아 있는 건우와 석진 쪽을 쳐다보며 눈치를 준다. 둘은 주위를 둘러보며 "아, 죄송합니다."를 연발한다.

두 시간 후 행사가 순조롭게 끝나자마자 건우와 석진은 택시를 잡아타고 우에노로 향했다.

◦

"남북일의 평화를 위해 건배!"

"역시 위스키는 스트레이토죠, 스트레이토!"

"캬, 간만에 위스키 마시니까 아주 속이 다 정화되네."

근 한 달 만에 만난 셋은 절반쯤 키핑되어 있던 시바스리갈을 연거푸 마셔 댔다. 건우와 석진은 큰 행사가 순조롭게 끝났다는 안심감이었을 테고, 히라오 역시 앞으로의 상황은 모르겠지만 아무튼 주어진 임무를 끝냈다는 안도감이 밀려와 40도나 되는 시바스리갈 스트레이트로 화끈하게 목을 축였다. 게다가 다음 날은 오랜만에 아무 생각 하지 않고 쉴 수 있는 일요일이라 더 그랬을지 모른다.

"그런데 난 서 상이 일본 사람과 결혼하고 또 아이를 네 명이나 낳았다는 거 오늘 처음 듣고 깜짝 놀랐스무니다. 일본의 소자화少子化 사회에 공헌하는 것 아닙니까."

"히라오 상, 한국어로 말할 때는 소자화 사회가 아니고 저출산 사회라고 합니다. 하하하."

"아, 맞다. 그거 항상 헷갈려요. 하하하."

"그런데 모르죠. 아이들이 커서 한국 국적을 선택할지 일본 국적을 선택할지. 한국 국적 선택하면 일본의 저출산하고는 상관이 없잖아요."

"그래도 일본에서 생활을 할 것이지 않습니까?"

"아무래도 그렇겠죠."

건우와 히라오의 대화에 석진이 끼어든다.

"그때 되면 이중국적 당연히 허용되겠지. 일본과 공화국도 국교정상화가 될 것이고. 뭘 걱정하나?"

건우도 동조한다.

"하긴 일본과 한국이 지금 정치적인 문제들로 대립하고 있어도 젊은 세대들은 그런 거 신경 안 쓰니까. 우리만 해도 이렇게 만나고 있잖아. 뉴커머, 총련 그리고 일본 정부의 관료. 아마 양국 지도자들도 조만간 화해할 거야. 하하하."

"그렇지. 나도 사실 하나도 걱정하지 않아. 하노이 회담이 불발로 끝나고 언론이 막 씹어 대긴 하지만, 극우 언론의 마지막 발악이지, 뭐."

석진이 건우의 말에 화답하자, 히라오가 갑자기 생각난 듯한 뉘앙스로 석진에게 묻는다.

"아참, 그나저나 그 기사는 어떻게 됐습니까? 케이산신문에 실린……."

"푸하하하. 그리고 보니 히라오 상도 봤겠군요. 아주 스타

됐습니다. 다들 얼마나 웃던지. 근데 하필이면 케이산이야. 좀 더 유명한 신문에 실리지 말이야. 하하하."

히라오는 내심 걱정하고 있었는데 석진의 화통한 반응에 안심한다. 그리고 조금 더 물어봐야겠다고 생각한다.

"아! 그렇스무니까. 저는 상당히 걱정을 많이 했스무니다. 제가 아는 분 얼굴이 대문짝만 하게 실리고, 또 기사 내용도 내용이라……."

"아이고, 히라오 상, 걱정하지 마십시오. 케이산 아닙니까. 그 기사 그거 거짓말인 거 누가 봐도 알죠. 극우 언론 아닙니까, 극우 언론. 하하하."

옆에서 듣고 있던 건우가 거든다.

"그럼. 그게 사실이면 후속 기사라도 나와야 하는데 지금 벌써 며칠이 지났어? 하나도 안 나오는 거 보면 말짱 거짓말이라는 거지."

둘의 대화를 듣고 있던 히라오는 겉으로는 웃어 가며 동조했지만 속으로는 자신이 한 짓이 떠올라 찜찜한 마음이 사라지지 않았다.

술이 몇 순배 더 돌자 키핑해 두었던 시바스리갈이 바닥을 드러냈다. 건우는 호기롭게 "한 병 더!"를 외친다. 송석진이 "어? 나는 내일 아침부터 지방에 출장 가야 해서 조금 뒤에 가야 하는데?"라고 말했지만, 건우는 "괜찮아. 너 가면 히라오 상이랑 나랑 마실 거야. 어차피 내일 일요일이잖아. 히라오 상, 괜찮죠?"라고 말한다.

보통이라면 지금 마지막 전철을 타고 집에 가야 한다. 그런데 공교롭게도 치에가 낮에 [오늘까지 밤샘이지?]라고 보내온 메시지가 떠올랐고, 그때 자기도 모르게 [응. 오늘까지 이거 다 끝내고 내일 들어갈 것 같아.]라고 답신을 보냈던 기억도 함께 났다.

"물론이무니다. 나는 마실 수 있스무니다!"

새로 한 병 더 시킨 시바스리갈이 스트레이트 잔에 옮겨지자마자 순식간에 사라진다.

그렇게 시간은 하염없이 흐르고 이윽고 새벽 두 시가 됐다.

석진은 이미 귀가했고, 건우와 히라오는 바 테이블에 엎어진 채 졸고 있다. 그 둘을 쳐다보며 곤란해 하던 마스터가 어쩔 수 없다는 듯 건우와 히라오를 깨운다.

"손님, 이제 가게 문 닫아야 합니다. 일어나세요."

한 십여 분 그렇게 흔들어 깨우자 건우가 게슴츠레 눈을 뜬다. 그는 금방 상황을 알아차리고 "아이고, 죄송합니다. 오늘 너무 기분 좋게 마셨네요."라고 말한 후 계산을 했다. 그리고 히라오를 깨우지만 미동조차 하지 않는다.

건우는 히라오를 부축해 업고 가게 밖으로 나선 후 심야택시에 몸을 맡긴다.

새벽 별빛이 휘황찬란하게 빛나는, 미세먼지 하나 없는 맑은 밤이다.

결단의 징조

—

"안 일어나네. 아저씨, 일어나세요."

"아저씨! 눈 뜨세요!"

"이 아저씨 누구야?"

귓가로 들려오는 다양한 목소리. 그리고 갖가지 톤으로 지저귀는 새소리에 히라오는 눈을 뜬다. 머리가 깨질 것처럼 아프다. 그런 그의 눈에 들어오는 아이들.

여자아이 하나와 남자아이 둘이다.

깜짝 놀란 히라오는 벌떡 일어난다. '여긴 어디지?'라는 궁금함을 풀려는 듯 좌우를 두리번거린다.

"이! 살아있다!"

"아냐. 이 아저씨 술 마셔서 그런 거야. 죽은 거 아냐, 이 바보야."

히라오의 급작스러운 행동을 보고도 아이들은 전혀 놀라지 않고 자기가 생각한 말들을 내뱉는다. 조그마한 다다미방, 하지만 정갈하게 청소된 깔끔한 방이다.

연이어 귀에 익은 목소리가 들려왔다.

"아, 히라오 상, 일어나셨어요? 건우 씨 지금 화장실인데 금방 나올 겁니다. 그리고 너희는 그만하고 다 이리 와."

중년의 미인형 여성이 거실에서 히라오 쪽을 쳐다보면서 유창한 일본어로 말을 건다.

아이들은 "네, **엄마**!" 하며 거실 쪽으로 달려간다.

'엄마? 건우 씨? 아! 서 상 집이구나. 이런 부끄러운 일이……'

히라오는 정신이 화들짝 들면서 "아, 죄송합니다. 어제 너무 술을 많이 마셔서 그만 제가 정신을 잃었나 봅니다. 정말 죄송합니다."라며 몇 번이고 서건우의 아내 미치코에게 고개를 숙인다.

그러자 미치코는 별일 아니라는 투로 "괜찮아요. 오빠 자주 그래요."라고 웃으며 말한 후 "여기 오셔서 한국식으로 만든 된장찌개 드세요. 이거 마시면 숙취 금방 깨거든요."라고 덧붙인다.

한국식 된장찌개라는 말에 갑자기 군침이 돈다. 한국에 파견 나갔던 시절 가장 자주 먹었던 음식이 된장찌개였던 기억을 떠올린다. 하지만 그것들도 전부 식당에서 파는 된장찌개다. 가정집에서 된장찌개를 먹었던 경험은 한 번도 없다.

특유의 구수한 냄새가 일 층 거실을 감싼다. 히라오는 식탁에 쭈뼛쭈뼛 앉는다.

"와, 정말 죄송합니다. 그런데 정말 된장찌개의 이 향기 오랜만이네요."

히라오가 약간은 과장스럽게 놀랍다는 투로 말을 하자 초등학교 고학년으로 보이는 여자아이가 볼멘소리를 한다.

"저희는 맨날 술 마시고 들어오는 **아빠** 때문에 아침에는 항상 이거 먹어요. 지겨워 죽겠어요. 아저씨가 **아빠**한테 술 좀 먹지 말라고 전해…… 아, 아니다. 아저씨도 같이 마셨겠구나."

"유나! 너 예의 없이 그런 말을……."

"아, 아닙니다. 너무 정확한데요. 하하하."

미치코가 유나를 꾸중하자 히라오가 얼른 나서서 무마한다.

그때 건우가 거실 문을 열고 들어온다. 화장실 물 내려가는 소리가 건우 뒤로 들려온다.

"히라오 상, 일어났어요? 아, 정말 간만에 너무 많이 마셔서 정신이 하나도 없네요. 하하하."

"뭐가 간만에 마셔? **아빠** 맨날 마시잖아."

히라오가 그들의 대화를 듣다가 문득 재미있어서 물어본다.

"그런데 다른 말은 다 일본어로 하면서 '**아빠**', '**엄마**'는 일부러 한국어로 말하는 거야?"

유나가 웃으며 답한다.

"일부러는 아니고 그냥 습관이에요. 예전부터 그래 왔거든요."

"아, 그렇구나."

"근데 저만 한국에서 태어났어요. 다른 형제들은 다 일본에서 태어났으니까 '마마', '파파' 해도 되는데 말이죠."

"어? 그럼 넌 나중에 한국인 할 거야?"

그러자 유나가 되게 생뚱맞다는 표정으로 말한다.

"에이, 아저씨 되게 구식이다. 그런 게 어디 있어요. 한국, 일본 일부러 나누고 그러지 마요. 우리 반 애들 트와이스 앨범도 사고 킹앤프리도 좋아하고 그래요."

킹앤프리는 일본의 유명 남자 아이돌 그룹의 이름이다.

히라오는 유나가 무심하게 내뱉은 그 말이 왠지 모르게 와닿는 느낌이 들었다.

그때 미치코가 주방에서 된장찌개를 들고 와 식탁에 놓으며 말한다.

"자, 다들 빨리 속 푸시고, 아이들은 발룬티어 활동 가고, 어른들은 정신들 차리시고."

"뭔 소리야? 정신은 멀쩡해. 속이 엉망인 거지. 하하하."

건우가 식탁에 자리를 잡고 앉으며 과장스럽게 웃는다.

히라오는 건우와 아내 미치코의 대화에, 아니 처음으로 맛보는 구수한 가정식 된장찌개에 압도돼 "네, 알겠습니다. 그럼 빨리 먹고 정신도, 속도 풀겠습니다."라며 웃으며 응대했다.

"담배나 한 대 피울까요?"

"그래요. 근데 정말 서 상 아내분 음식 솜씨가 죽이네요. 저는 그런 된장찌개 처음 먹어 본 것 같아요."

"조미료를 안 넣거든요. 워낙 까탈스러워서. 그냥 대강 만들어도 되는데. 하하하."

된장찌개를 싹싹 비우고 건우의 집 건너편 공원에 잠깐 나온 둘은 담배를 한 개비씩 문다. 건우의 손목에 채워진 낡은 세이코 시계가 보인다.

두어 모금 피우다가 히라오가 건우에게 일본 생활 어떠냐고 물어보고, 연이어 요즘 한국과 일본이 신제철광산 징용공 건으로 시끄러운 거 어떻게 생각하냐고 묻는다. 히라오 딴에는 나름대로 진지하게 묻는 것이다. 하지만 건우는 별다른 생각 없이 자신의 생각을 술술 풀어놓았다.

"저는 비록 한국 사람이지만 일본 사회에 너무 감사하죠. 아내와 결혼도 했고, 아이들도 구김살 없이 잘 크고 있으니까요. 집도 샀고, 제가 힘들었던 시기에 일본분들이 많이 도와주셨어요. 요즘 신제철광산 징용공 판결이 어떻고, 초계기다 뭐다 하지만, 글쎄요. 저는 제가 처음 히라오 상을 만났을 때 말했던 것처럼 한국과 일본이 쌓아 온 교류의 역사는 그런 것들을 훨씬 뛰어넘는 양국 모두의 엄청난 자산이라고 생각합니다. 과거에 풀지 못했고 지금도 풀리지 않고 있는 정치적 문제나 역사적 문제는 정치인들이 알아서 풀어야 하겠지만, 그것과는 별개로 또 우리 양국 시민들이 수십 년간 해 온 교류가 있지 않습니까? 한동안 여기 신오쿠보 코리아타운에 극우 세력이 설치고 다녔지만 실제로 그거 없앤 분들도 일본 사람들이니까요. 저는 항상 그러한, 정치권과 전혀 다른 일본 시민사회의 배려에 감사하고 또 앞으로 잘될 거라고 믿고 있습니다. 그리고 이 믿음에서 자란, 예를 들면 우리 아이들이 크면 아마 미래 한일 간의 진정한 우호의 상징이자 가교가 되겠죠."

막힘없이 풀어내는 건우의 말을 듣고 있던 히라오의 표정이 점점 진지해진다.

건우는 히라오의 그런 표정을 보고 "아, 속 안 좋으세요?"라고 묻는다. 그러자 히라오는 "아, 아닙니다. 괜찮습니다."라고 웃는다.

히라오는 사실 아까 식탁에서 들었던 건우 딸 유나의 "한국, 일본 일부러 나누지 마요."라는 말과, 건우의 일본인 아내 미치코가 만든 정성스러운 한국 가정식 된장찌개를 맛보면서 줄곧 고민에 빠져 있었다. 그가 직접 작성한, 화이트리스트에서 대한민국을 삭제하는 건으로 인해 앞으로 어떤 일이 벌어질지 모르는데 이들은 이렇게 착하고 평화롭구나, 그리고 한국과 일본의 평화적 미래를 굳건히 믿고 있구나라는 것에서 오는 자책감과 부끄러움이 든 것이다.

"이제 들어갈까요? 아이들도 동네자치회 어린이모임 갈 시간이고, 배웅해야 하는데."

"아, 네. 그러시죠. 저도 슬슬 집으로 돌아가 봐야 할 것 같습니다."

공원에서 나와 집 쪽으로 몇 발짝 옮기는데 유나가 집 대문을 열고 나온다.

유나가 먼저 건우 쪽을 발견하고 "아저씨! 그럼 다음에 또 봐요!"라며 활기차게 인사한다. 건우가 급히 발을 옮기면서 "야, 뽀뽀는?"이라고 묻는다. 유나가 "오늘은 시간 없어서 안 돼! 조금 이따가 두 번 해 줄게." 하며 뛰어가지만, 건우가 더 빠르게 뛰어가 유나 앞에 서서 "빨리 해 줘!"라고 채근한다. 어쩔 수 없다는 표정을 잠깐 짓던 유나는, 하지만 사랑스러운 표정으로 건우에게 입맞춤을 한다.

그 둘의 입맞춤을 조금 떨어져서 지켜보는 히라오의 표정이 한없이 평온하다. 그리고 그 표정은 마치 무언가를 결심한 듯한 느낌이었다.

결단과 대응

"뭐? 진짜? 말도 안 되는 소리 하지 마세요. 누가 그런 정보를 줬는데요? 아, 아니, 지금 어딥니까? 그럼 만나서 얘기합시다. 지금 당장 올라오세요."

2019년 6월 16일 정오.

남북공동선언 19주년을 맞아 민족화해경제협력위원회 인사들과 청와대 초청 만찬 행사가 막 시작되려던 그때, 민영노 대통령비서실장에게 전화가 걸려 왔다.

만찬장으로 향하려던 민영노는 한 통의 전화를 받은 후 황급히 다시 방으로 돌아가 책상에 몸을 기댔다. 의자에 제대로 앉을 수 없을 정도의 충격을 받았는지, 어이없음과 믿기 힘들다는 느낌의 표정이 교차한다.

일 분 정도 지나 똑똑 노크 소리가 들려왔다. 민영노의 방으로 들어온 이는 이헌기 청와대 재외동포담당비서관이었다.

"이 비서관, 아까 그거 뭔 소립니까?"

민영노는 인사조차 나누지 않고 단도직입적으로 말을 꺼낸다. 이헌기 비서관의 목소리가 가늘게 떨린다.

"그, 그게…… 저도 방금 받은 건데, 일본 정부가 화이트리스트에서 한국을 제외하기 위한 정령안 개정을 위한 근거 보고서를 경제산업성에 작성하라고 시켰답니다."

"아니, 그건 방금 전화로 들은 거고, 내 말은 그 첩보가 믿을 만한 거냐고요?"

"네. 제 느낌으로는 아무래도 사실인 것 같습니다."

"그…… 이름 뭐야, 서건우? 아무튼 그 친구는 그런 첩보를 어디서 입수했답니까?"

이헌기 비서관은 한 번 침을 꿀꺽 삼킨 후 또박또박 말한다.

"그게, 믿기 힘드시겠지만, 그 보고서를 총괄 작성한 경산성 관료한테서 직접 들었다고 합니다."

⬤

같은 날 오전 11시.

히라오는 서건우의 집에서 나와 역으로 발걸음을 옮겼다. 집에서 약 십오 분이나 걸어야 해서 서건우는 히라오를 생각해 택시를 잡으려고 했다. 그러자 히라오가 택시를 잡기 위해 손을 드는 서건우의 팔을 내리고 "역까지 멀지 않으니까 그냥 걸어갈게요."라고 말한다. 손을 흔들고 조만간 또 보자며 인사를 나눈다.

건우가 집으로 돌아가자, 히라오는 구글 지도 어플리케이션을 기동해 신오쿠보 역을 검색했다. 도보로 십이 분이 걸린다고 표시된다.

골목길을 나와 오쿠보 메인스트리트로 접어들자마자 히라오는 깜짝 놀란다. 수많은 인파가 길가 양옆에 늘어선 한국식 가게에 줄을 서서 치즈핫도그를 사 먹는다. 한국 화장품 가게 안을 들여다보니 북적북적하다. 유창한 일본어가 퍼져 나오는 걸 보면 대부분 일본인들이다.

"와! 이게 치즈핫도그야? 치즈가 떨어지질 않아! 유키, 빨리 찍어!"

"야, 포즈를 좀 취해야지. 마야짱, 손 좀 더 올려 봐!"

중고생으로 보이는 학생들이 오성전자의 '안드로메다 태블릿'으로 서로의 사진을 찍어 준다. 그러더니 금세 인스타그램을 켜서 치즈핫도그 사진을 올린다. 히라오가 얼핏 보니 '#초_맛있어', '#신오쿠보_최고' 등등의 해시태그가 나열된다. 초여름 한낮의 찌는 더위에도 아랑곳하지 않고 신오쿠보를 물들이는 한류의 열풍을 처음으로 경험한다.

그때 히라오의 휴대폰이 울렸다. 아내 치에였다. 응답 버튼을 누른다.

"당신 어디야?"

"응? 지금 일 다 끝나고 약속 있어서 신오쿠보 왔어."

술에 만취해 치에는 아예 모르는, 게다가 한국인인 서건우의 집에서 잤다는 이야기를 하기가 좀 그래서 대강 둘러댔다. 그러자 치에가 깜짝 놀라며 말한다.

"진짜? 나 어제 신오쿠보에 갔었어."

"신오쿠보에 뭐 하러? 그런 이야기 안 했잖아."

"흥. 자기가 그런 걸 물어보기나 했어? 맨날 일한다고 집에도 안 오면서. 쳇!"

"아, 미안, 미안. 근데 왜 갑자기 신오쿠보에 간 거야?"

그러자 치에가 웃으면서 화답한다.

"유타 학교 친구 중에 제일 친한 아이가 김현성이라고 한국 애야. 근데 걔 어머니가 거기서 팥빙수 전문 커피숍 하시잖아. 그래서 학교 마마토모(아이 친구 엄마)들하고 자주 거기서 만나. 우리 집 요요기에서도 가깝고. 아참, 일밖에 모르는 당신은 모르겠지만 신오쿠보가 요즘 핫플레이스 중 핫플레이스거든."

유타는 히라오와 치에의 하나밖에 없는 아들이다. 인터내셔널 미들하이스쿨 2학년생이며 학교 야구 서클에서 활발하게 활동하고 있는 건실한 학생이다.

히라오는 순간 미안해졌다. 아내가 요즘 무엇을 하는지, 아들의 제일 친한 친구가 한국인이었는지도 전혀 몰랐던 것이다.

"그랬구나……."

"응? 왜 그래? 목소리가 왜 갑자기 힘이 없어?"

"아? 아냐, 아니야. 아무튼 지금 약속 끝나면 바로 집으로 갈

게. 피곤하다."

"응. 알았어. 어제 현성이네 어머니한테 받아 놓은 팥빙수 재료 있는데, 그걸로 내가 당신한테 한국식 빙수 한번 만들어 줘 볼게."

"응. 고마워, 여보."

전화를 끊고, 히라오는 다시 신오쿠보 역을 향해 걷는다. 그런데 점점 걷는 속도가 느려진다. 한 이십 미터쯤 그렇게 걸어가다가, 오쿠보 역과 신오쿠보 역 사이 백 엔 로손 편의점이 입점해 있는 나리타 빌딩 앞 인도에 우뚝 멈춰 선다. 그리고 그 건물 앞에 있는 조그마한 벤치에 털썩 앉는다. 메비우스 수퍼라이트를 한 대 꺼내 입에 문다.

아무 말 없이 담배를 피우고 있는 히라오 앞에 로손 편의점의 여직원이 선다. 고개를 들어 명찰을 보니 '김'이라고 적혀 있다.

그녀는 활짝 웃는 얼굴로 히라오에게 휴대용 재떨이를 주면서 "저기…… 여기다가 버리시면 돼요."라고 말한다. 길거리를 지나다니는 많은 사람들이 그 벤치에 앉아 담배를 피웠나 보다.

그녀의 행동은 매우 자연스러웠고, 그렇게 건네받은 휴대용 재떨이 겉면에는 '담뱃재 및 꽁초는 저한테 버려 주세요'라는 글 아래에 '오쿠보를 사랑하는 일한시민 모임 다함께'라는 문구가 한글과 일본어로 나란히 적혀 있었다.

허탈한 웃음이 나온다. 그리고 담배를 마저 피운 히라오는 '김'이 건네준 휴대용 재떨이에 담배를 비벼 끈 후 한동안 고민한다. 머리를 세차게 비벼 대고 앞을 멍하니 바라보는 행동을 반복한다. 지나가는 행인들이 히라오의 그런 반복적 행동을 이상하다는 눈빛으로 쳐다볼 정도다.

시간이 얼마나 흘렀을까, 히라오는 마침내 무언가를 결심한 듯 휴대폰을 꺼내 전화를 걸었다.

"아, 서 상? 히라오입니다. 나…… 당신에게 할 얘기가 있어요."

주저하는 느낌도 있었지만 대체로 또박또박 한 음절씩 끊은, 결연한 목소리였다.

"아니, 경제산업성 관료가 뭐 하러, 그것도 자기가 직접 한 일을 한국 사람한테 알려 준다는 거야? 그게 말이 돼요?"

"상식적으론 그렇지만, 사안이 사안인 만큼 대통령님께서도 알고 계셔야 하지 않을까 싶은데요."

일 층 영빈관에서는 만찬 모임이 진행되고 있었지만, 비서실장실은 여전히 험악한 공기가 감돌았다. 민영노 비서실장은 여전히 이헌기 비서관의 제보를 믿지 못하겠다며 몇 번이고 첩보의 신빙성에 대해 되물었다. 이 비서관은 우선 서건우에 대해, 거짓말을 할 친구가 아니며 여당 민주당의 해외지부 사무국장으로 당의 승리를 위해 몇 번이고 공헌했다고 설명했다.

"그건 알겠단 말입니다. 그런데 왜 그 엄청난 정보를 당사자가 직접, 그것도 한국 사람에게 발설하는지 그게 궁금하다는 겁니다. 비서관도 방금 말했지만, 상식적으로 말이 안 되잖아요.”

“네. 그래도 일단은 한번 알아보시는 게 좋지 않을까요? 저도 서건우와 계속적으로 연락해서 신빙성 여부는 팔로우하도록 하겠습니다.”

민영노 비서실장은 양손을 깍지 낀 채 곰곰이 생각했다.

“음, 작년에 있었던 신제철광산 대법원 판결 때문인가. 그런데 그걸 가지고 이런 조치를 내린다는 건 말이 안 되는데……. 오케이. 이 비서관, 일딴 정보는 고맙고, 만찬 끝나면 내가 대통령님께 따로 전달하겠어요. 사실 여부를 떠나서 당사자가 직접 말을 했다면 한번 알아볼 필요가 있을 것 같으니까.”

“네, 알겠습니다. 저도 서건우와 계속 연락을 취해 보겠습니다.”

이헌기 비서관이 고개를 숙여 인사한 후 사무실을 나가려고 하자, 민영노 비서실장이 다시 그에게 말을 걸었다.

“아참, 그 일본 실무관 이름이 뭐라고 했죠?”

“히라오 아쓰시입니다. 제가 급히 알아본 바로는 일본 경제산업성 무역관리부 동아시아 수석관리관 겸 과장입니다.”

민 비서실장은 이 비서관의 말을 빠르게 메모지에 기입했다. 이 비서관이 다시 가볍게 목례를 하고 나간 후, 그는 메모지를 한 번 더 쳐다보며 수화기를 들었다.

“대일 파트 담당하는 국정원 2차장 연결해 주세요. 네, 차장입니다, 담당관 말고.”

청와대 긴급회의

—

2019년 6월 17일 월요일 아침.

청와대 경비초소의 움직임이 분주해졌다. 이연락 국무총리의 에쿠스 차량이 들어가고, 조금 뒤에 산업통상부 양동신 장관의 에쿠스가 다시 모습을 드러냈다. 삼 분도 채 지나지 않아 이번엔 신혜연 외교부 장관의 그랜저가 나타났다.

"뭐야, 오늘 국무회의 있어?"

"그런 이야기 못 들었는데. 아침부터 뭐지?"

신혜연 장관의 그랜저가 청와대 본관으로 들어간 후 경비초소를 지키던 이들이 수군거린다. 그걸 본 초소장이 "야! 사어 금지하고 긴장해!"리고 소리를 지른나.

어제까지 화창하던 날씨가 초여름에 걸맞지 않게 을씨년스럽다. 시커먼 구름이 금방이라도 빗줄기를 쏟을 것만 같다.

"다 모였습니까?"

아침 8시 30분.

민영노 비서실장이 좌중을 둘러본다. 대통령 집무실 중앙에 마련된 커다란 원탁에 정장을 입은 사람들 열두어 명이 자리를 잡고 앉았다. 그들 앞에 놓인 명패가 화려하다. 비서실장, 정무수석, 경제수석, 안보수석, 대외협력비서관, NSC사무처장, 국정원 2차장 그리고 해외동포담당비서관이 배석했다. 행정부에서는 국무총리, 외교부 장관, 산업통상부 장관 그리고 마지막으로 기술과학부 장관이 착석했다.

명부와 대조하면서 인원을 파악한 민영노 비서실장이 "대통령님 들어오십니다. 모두 자리에서 일어나 주시기 바랍니다."라고 말한다.

집무실 문이 열리고 대한민국 제19대 문재현 대통령과 경호실장이 모습을 드러낸다. 경호실장은 입구 쪽에 서고, 문재현은 민영노 비서실장과 함께 원탁 사이 비어 있던 두 자리에 앉는다. 의전비서관이 대통령과 비서실장 명패를 가져와 그들 앞에 놓는다.

문재현은 자리에 앉으면서 그때까지 서 있는 수석들과 장관들에게 "앉으세요. 다들 편하게 앉으세요."라고 잔잔하게 말을 건넨다.

"그러면 대통령님께서 오늘 회의를 긴급하게 소집한 이유를 직접 설명하겠습니다."

민영노 비서실장의 말이 끝나고, 문 대통령이 앉은 채로 말을 한다.

"총리님, 장관님들 그리고 각 수석님들, 항상 정신없이 바쁘신 분들을 월요일 아침부터 집무실로 호출해서 정말 죄송합니다. 그런데 상황이 상당히 엄중해질 가능성이 있다고 판단되어, 일단 각 해당 부처의 생각을 들어 볼까 해서 제가 비서실장한테 연락하라고 지시했습니다. 아직 왜 모였는지 상황을 잘 모르시는 분들이 많으실 것 같군요. 우선 무슨 일이 생겼는지 파악하자는 의미에서…… 음, 일단 이헌기 비서관이 설명하는 게 낫겠지요?"

민영노 비서실장이 대통령의 말을 받아 "네, 우선 그렇게 하시고, 국정원 곽민수 2차장님이 덧붙여 보충하시면 될 것 같습니다."라고 말한다.

이헌기 비서관이 "네."라고 대답한 후 자리에서 일어나자 문 대통령은 "앉아서 말씀하셔도 됩니다."라고 사람 좋은 미소를 띤다.

"그럼 무례하지만 앉아서 설명드리도록 하겠습니다. 저를 모르시는 장관님들도 계실 것 같아 간단히 소개를 드리자면, 작년까지 민주당 국제국장을 했고, 올해부터 해외동포담당비서관을 맡고 있는 이헌기라고 합니다. 제가 왜 이 자리에 있는지는 조금 뒤에 설명드리기로 하고, 우선 여러분 자리 앞에 놓인 서류철을 펼쳐 주십시오."

'대외비' 마크가 찍힌 감색 불투명 서류철을 여는 소리가 곳곳에서 들린다. 그 안에는 한 장짜리 첩보 보고서가 들어 있었다.

1급 대외비 첩보(현재 진위 여부를 확인 중에 있음.)

1. 제목: 일본 정부의 화이트리스트 정령안 개정 동향 감지 건에 대하여

2. 작성자: 이헌기 청와대 해외동포담당비서관

3. 첩보 취득 일시: 2019년 6월 16일 오전 11시 30분

4. 첩보 제공자: 민주당 해외지부 도쿄민주포럼 서건우 사무국장

5. 제공자의 신원: 상기 첩보 제공자는 2001년 도일한 이래 저널리스트 등의 직업을 거친 후 현재 도쿄 다이토구 우에노에서 자영업을 영위하고 있음. 또한 2010년 민주당의 해외동포조직인 도쿄민주포럼의 비상근 사무국장에 취임한 후 해외동포 투표독려운동 등 민주당 선거운동에 힘써 온 자로 제공자의 신원상 문제는 없음. 현재 주거지 도쿄 신주쿠구 오쿠보 하쿠닌초 2번지. 가족관계 일본인 타카나시 미치코, 자녀 네 명, 만 43세.

6. 상세 내용: 제목에서 언급한 대로 일본 정부는 현재 자신들의 외국무역관리법 등 법령에 기초해 27개 우방국을 이른바 화이트리스트(백색국가)로 지정해 자국 생산품의 수출, 특히 소재부품 등에 있어 포괄규정을 적용하고 있음. 이 화이트리스트 정령안을 개정하려는 움직임이 포착됨. 특히 일본 경제산업성 무역관리부 무역관리과가 정령안 개정을 위한 근거 보고서를 최근 작성 완료했고, 이 근거 보고서의 내용에 따르면 27개 국가 중 오직 '대한민

국'만 화이트리스트에서 제외한다고 함. 첩보 제공자의 말에 따르면 지금까지의 정령안 개정 사례를 봤을 때 3주에서 한 달의 시간을 두고 정령안 개정을 위한 퍼블릭 오피니언을 실시할 것이므로 만약 그 공지가 뜬다면 7월 24일 이후 정령안 개정이 본격화될 가능성이 크다고 함. 끝.

이헌기 비서관은 자신이 작성한 첩보 보고서를 또박또박 힘 있게 읽어 내려갔다. 보고서 마지막의 '끝' 대신 "이상입니다."라고 말한 것만 제외하고는 한 글자도 다르게 말하지 않았다.

이헌기 비서관이 보고를 끝마치자 몇몇, 특히 행정부 각료들이 웅성거렸고, 그것을 본 민영노 비서실장이 입을 열었다.

"죄송하지만 조금만 조용히 해 주시면 고맙겠습니다. 이어서 곽민수 국정원 2차장님 설명을 마저 듣고, 궁금하신 사항은 질문해 주시길 바랍니다. 곽 차장님, 발언하시죠."

"네, 알겠습니다."

곽민수 국정원 2차장은 성큼 의자에서 일어난다. 이번에는 문재현 대통령이 제지하지 않았다. 곽 차장이 일어나자 집무실 창문에 블라인드가 내려졌고, 곽 차장은 미리 준비한 슬라이드 화면을 틀었다. 집무실 벽면의 스크린에 인물 사진 한 장과 약력이 소개된다.

"그럼 제가 이어서 설명드리겠습니다. 먼저 화면 사진을 주목해 주십시오. 이 사진 속 인물은 서건우 씨가 이번 첩보를 제공받았다고 주장하는 히라오 아쓰시입니다. 현재 일본 경제산업성 무역관리부 무역관리과 동아시아 수석담당관 겸 과장이며, 경산성 최고의 한국통으로 알려져 있습니다. 실제 저희가 조사한 바에 따르면 주한일본대사관에서 경제참사관으로 파견 나와 일 년간 근무했고, 그 전에는 도쿄 코트라에서 파견 근무도 했습니다. 저희가 아직 파악하지 못한 모종의 이유로 서건우와 알게 된 것 같은데, 이헌기 비서관의 설명대로 만약 화이트리스트 보고서가 실제로 작성되었다면 이 사람이 실무를 담당했을 가능성은 아주 높다고 생각됩니다. 이상입니다."

곽 차장이 간결하고 빠르게 개요를 설명하자 다시 창문 블라인드가 올라갔다. 어느새 빗방울이 하나둘 집무실 창문을 때리기 시작한다.

"그럼 질문하십시오. 이후 답변은 대통령님과 해당 부처 수석님들, 장관님들이 직접 하도록 하겠습니다."

민영노 비서실장의 말이 떨어지자마자 오재호 경제수석이 손을 가볍게 펴고, 문재현 대통령이 "네, 오 수석, 말씀하세요." 라고 발언권을 준다.

"다 떠나서 좀 이해가 안 되는데요."

"어떤 부분이 이해가 안 됩니까?"

문재현 대통령이 다시 묻자 오재호 수석이 고개를 갸웃거리며 천천히 말한다.

"일단 이 첩보가 맞는다는 전제하에 말씀드리면, 이 첩보 보고서 6번 항목에는 일본이 우리만 화이트리스트에서 삭제한다고 되어 있습니다. 이 말은 결국 수출규제를 하겠다는 건데, 문제는 이게 '소재부품'이라고 명시되어 있지 않습니까? 그런데 상식적으로, 아니 보통의 경제학적 관점에서 보자면 일본이 우리나라에 소재부품을 공급해서 엄청난 흑자를 남기고 있는데, 왜 포괄우대규정을 없애고 오히려 규제한다는 거죠? 그러면 직관적으로 생각해 봐도 일본 기업들이 더 힘들어질 것 같은데 말이죠. 양 장관님, 지금 대일무역에서 일본 쪽이 흑자 맞죠?"

한창 보고서를 들여다보는 양동신 산업통상부 장관이 고개를 들며 대답한다.

"네. 2018년에만 240억 달러 정도입니다. 물론 우리가 적자입니다."

"그러니까요. 흑자국이 적자국을 상대로 수출규제를 해서 자국 기업의 수출을 막는다는 게 우선 이해가 잘 안 가네요, 저는."

"오재호 수석님 말씀 잘 들었습니다. 양 장관님은 어떻게 생각하십니까?"

문재현 대통령이 다시 예의 온화한 미소를 띠며 양동신 장관에게 물었다.

"저도 오 수석님과 같은 의견입니다. 그리고 화이트리스트에서 우리를 배제한다는 근거 보고서라고 되어 있는데, 근거라는 게 뭔지 궁금하네요. 우리가 무슨 불량국가에 불법으로 수출을 장려하는 것도 아니고, 또 일반 기업들이 하이리스크 하이리턴을 노리고 그런 움직임을 보이면 우리가 아주 철저히 적발하고 있습니다. 실제로 작년에는 별도로 그런 부서도 만들어서 수사 인원 및 규모도 확대했고요. 그래서 작년 한 해에만 70여 건이나 적발했습니다. 바세나르 협정도 잘 지키고 있는데 도대체 뭘 근거로 화이트리스트에서 삭제한다는 것인지, 저도 잘 이해가 안 됩니다."

양 장관의 말이 끝나자 차두현 안보수석이 손을 들었고, 대통령이 고개를 끄덕였다.

"안보수석 차두현입니다. 양 장관님께 묻고 싶은데요, 그러고 보니 얼마 전에 황경원 자유애국당 대표가 전략물자 156건이 제3국을 경유해 불량국가에 전용됐을 가능성이 있다고 발표하지 않았습니까. 조중일보가 그걸 크게 기사화한 기억이 나는데, 그 자료 출처가 산통부입니까?"

양동신 장관이 약간은 억울하다는 듯이 즉답한다.

"나중에 확인해 보니 그렇더군요. 그런데 그거, 우리가 일반에 공개하고 있는 오픈 자료입니다. 그걸 황 대표나 조중일보가 뭔가 있는 것처럼 보도하던데, 사실 누구나 다 볼 수 있고 입수할 수 있는 자료입니다. 그걸 그런 식으로 이상하게 보도해서……. 사실 우리 홍보담당이 조중일보 측에 항의문을 보내긴 했습니다."

이번에는 신혜연 외교부 장관이 손을 들었다.

"혹시 이 첩보, 신빙성이 좀 떨어지는 것 아닙니까? 지금 수석님들이나 장관님들 이야기 들어 봐도 그렇고, 이 정도 사안이면 외교 채널 쪽에서도 시그널이 올 것인데, 저는 전혀 이런 이야기를 들어 보질 못했거든요. 사실 저는 어제 이 이야기를 비서실장님한테 전해 듣고 급히 WTO 및 유엔 쪽 지인들에게 특별한 움직임 없냐고 확인해 봤는데, 다들 금시초문이라는 반응을 보여서요. 이게 어떻게 보면 글로벌 자유무역체제를 근간부터 뒤흔드는 것이라 외교 채널이 조금이라도 반응해야 하는데, 전혀 그런 게 감지되지 않았습니다."

신 장관의 말이 끝나자 김진용 NSC사무처장이 입을 열었다.

"저도 신 장관님과 같은 의견입니다. 지금 일본과의 관계가 신제철광산 징용공 판결 건과 초계기 독도 비행 공방으로 일 년여 동안 좋지 않긴 하지만, 그렇다고 해서 일본이 이러한 경제적인 보복을 할 정도로 어리석진 않을 것 같습니다. 다시 한 번 첩보의 진위 여부를 면밀히 검토해 보면 어떻겠습니까?"

김 사무처장의 말이 끝나자 더 이상 손을 드는 사람이 없었다.

문재현 대통령 역시 예의 온화한 미소는 잃지 않았지만 회의의 분위기는 감지하고 있었다. 경제 관련 부처가 이해할 수 없다는 표정을 짓고 외교안보 쪽에서도 전혀 그러한 움직임이 안 보인다는 말이 나온다면, 첩보의 진위 여부부터 다시 알아보는 수밖에 없다. 만약 저쪽이 액션을 취하지도 않았는데 이쪽이 과도하게 대응한다는 것이 알려진다면, 그리고 일본이 이후 아무런 움직임을 보이지 않는다면 괜한 망신을 살 수 있기 때문이다.

문재현 대통령은 한동안 생각하다가 비서실장에게 눈짓을 했다. 그 눈짓은 일단 이 자리는 파하고, 더 구체적으로 사실 여부를 파악하자는 의미가 담겨 있었다.

민영노 비서실장이 자리에서 일어나 입을 열었다.

"여러 수석님들, 장관님들의 고견을 들려주셔서 감사합니다. 앞으로 청와대 및 국정원 차원에서 계속 더 알아보고 일단 가능성이 희박한 것으로 결론을 내릴까 합니다. 그러면 오늘 회의는 이것으로……."

그때였다.

집무실 문이 벌컥 열렸고, 김규진 시민사회수석이 들어왔다.

좌중의 시선이 쏠렸지만 그는 아랑곳하지 않고 민영노 비서실장과 문재현 대통령 사이로 빠르게 걸어가 허리를 45도 각도로 굽힌다.

문 대통령과 민 비서실장이 김 수석 쪽으로 몸을 기울이며 귀를 모았다. 김 수석은 둘에게 소곤소곤 귀엣말을 한다.

"어제 비서실장이 확인해 보라고 하신 거 말씀인데, 조금 전 오성전자 이용재 회장에게 연락이 왔습니다. 이 '화이트리스트' 첩보, 아무래도 사실 같습니다. 이미 오성 측은 인지하고 있었다고 합니다."

그의 말이 끝나자마자 회의가 열리고 있던 집무실 창 너머로 번개 섬광이 번쩍였고, 이어 천둥소리가 들려왔다.

밀고

—

"네, 그렇습니다. 저녁 일곱 시까지 가겠습니다. 네. 항상 그 장소에. 3355. 네, 알겠습니다."

스즈키 국장은 전화를 끊고 다시 한 번 시계를 쳐다봤다. 그의 전자식 시계는 '2019년 6월 3일 오후 3시'를 가리키고 있었다.

왼쪽 윗주머니에서 메비우스 슈퍼라이트를 꺼내 한 대 물고 경제산업성 옥상 한구석에 설치된 흡연실 쪽으로 걸어간다. 장마철은 아니지만 후텁지근한 날씨에 먹구름이 가득 낀 하늘이다.

스즈키가 흡연실로 들어가자 뒤이어 히라오가 들어와 스즈키와 똑같은 담배, 메비우스를 꺼낸다. 히라오가 라이터를 찾자 스즈키가 라이터 불을 켜서 히라오의 담배에 불을 붙인다.

"아, 국장님, 여기 계셨어요? 감사합니다."

"야, 둘이 있을 땐 그냥 선배라고 불러. 닭살 돋게 뭔 국장님이야.”

“지금은 둘이 아니잖습니까.”

하긴 흡연실 안에는 다른 부서 관료들이 서너 명 더 있었다. 다들 어려 보이는지라 계원들인 것 같다. 눈이 마주치자 그들은 스즈키와 히라오에게 고개만 가볍게 숙이고 눈인사만 했다.

“하여튼 요즘 녀석들은 인사하는 방법도 모른단 말이지. 쯧쯧.”

스즈키가 혀를 차자 히라오가 빙긋 웃는다.

“요즘 그런 거 바라면 꼰대 소리 듣습니다, 선배님.”

그런 히라오를 보고 스즈키도 웃으며 대꾸한다.

“역시 가쿠마루 혁명 학생회 마지막 지부장. 경산성 수석관리관이 돼도 여전히 생각은 열려 있단 말이지. 하하하!”

“선배님, 그 말 좀 그만하세요. 진짜 만날 놀리시기만 하고.”

스즈키가 히라오를 동생처럼 아끼는 이유도 사실 이 직속 후배라는 것 때문이다.

지금은 그렇지 않지만, 히라오가 경제산업성에 들어올 때만 하더라도 커리어 관료들 대부분은 도쿄대학 혹은 히토쓰바시 대학 출신이었다. 오카무라 사무차관도 도쿄대를 나왔다.

어느 조직이나 마찬가지겠지만 경산성 내부에도 각 대학별 파벌이 존재했고, 물론 도쿄대 출신들이 압도적인 파워를 자랑했다. 그 안에서도 스즈키는 히라오가 같은 대학일 뿐만 아니라 자기가 소속돼 있었던 가쿠마루 도쿄대 혁명 학생회의 직속 후배였던지라 특히 더 잘 봐주었던 것이다. 남이 본다면 ‘파워

해러스먼트(직장 내 괴롭힘)'라고 생각할지도 모를 행동을 심심찮게 하는 이유도 다 그런 것에서 비롯됐다.

"그나저나 아까 다나카 비서관이 했던 말, 정말 가능할까요? 품목을 천 개나 더 늘리라고 한 거?"

"뭐, 계원들 굴려야지. 하무라 같은 우리 쪽 애들로 대여섯 명 뽑아서 한 사람 앞에 2백 개씩 줘. 너는 백 개 그거만 하고. 아참, 다나카가 준 자료 가지고 있지?"

"네. 여기 있습니다."

히라오는 양복 품에서 아까 다나카 비서관에게 받은 두 장짜리 서류를 꺼냈다. 스즈키는 그걸 유심히 쳐다본다. 눈이 좌우로 빠르게 왔다 갔다 한다. 마치 도트프린터기가 복사하는 느낌이다.

"뭘 그리 오래 보세요?"

"파일 열기 귀찮아서 그러지. 접속 기록 남는 거 싫어. 감시당하는 것 같잖아. 난 아까 분쇄기에 넣어 버렸거든."

스즈키는 방금 옥상에 올라오기 전에 이미 스캐닝을 했다.

보통 관방부에서 내려온 자료들은 극비가 아니더라도 실무관리관의 휴대용 스캐너를 통해 데이터 파일로 저장된 후 원본 종이 자료들은 전부 분쇄기에 들어간다. 비밀 보장을 위해서다. 그리고 휴대용 스캐너의 파일은 보안화되어 각각의 실무담당자 데스크톱 컴퓨터에 자동 저장된다. 이 보존된 자료를 나중에 열면 그때마다 접속 기록이 남게 된다.

히라오는 스즈키보다 회의실에서 조금 늦게 나오기도 했고,

스즈키의 문자메시지를 받고 옥상 흡연실로 올라오는 바람에 문서를 아직 가지고 있었던 것이다.

서류를 한동안 면밀하게 보던 스즈키는 다시 서류를 히라오에게 건넸다.

"여기 있는 백 개는 별거 아니네. 오카무라 사무차관이 줬던 정보에서 추린 거구먼, 뭐."

"네. 저도 아까 계단으로 올라오면서 한번 훑어봤는데, 그렇게 어렵진 않을 것 같더라고요."

"그래, 그럼 한번 작성해 봐. 계원 애들 관리하는 거 신경 쓰고."

"알겠습니다, 국장님."

"야, 둘이 있을 땐 선배라고 부르라니까, 자식이……. 그럼 난 오늘 일이 있어서 여섯 시쯤에 퇴근할 거니까 넌 고생 좀 해라."

"편히 들어가십시오, 선배님."

스즈키는 히라오의 어깨를 툭툭 두드리고 흡연실 문을 열고 밖으로 나갔다.

우중충한 하늘은 금방이라도 빗줄기를 쏟아부을 것 같았다.

"아카사카 2번지 사거리로 갑시다."

저녁 여섯 시를 막 넘긴 시간이었다. 원래라면 걸어서 갈 수 있는 곳이지만 갑자기 쏟아지는 비 때문에 스즈키는 택시를 잡아팠다.

스즈키가 택시 기사에게 목적지를 말하자 붙임성 좋은 택시 기사가 "하이! 알겠습니다. 안전하고 편안하게 모시겠습니다!"라고 박력 있게 외친다.

그때 스즈키의 휴대폰이 울렸다. 번호를 확인한 스즈키는 택시 안임에도 불구하고 주위를 둘러본다.

"네. 네. 맞습니다. 일곱 시. 제가 먼저 도착할 것 같은데, 들어가서 기다리고 있겠습니다. 네. 살펴 오십시오."

스즈키는 전화를 끊고 가방을 열더니 가발이 달려 있는 중절모를 꺼내 쓰고 두툼한 뿔테가 돋보이는 안경도 걸친다. 백미러로 기사가 힐끔힐끔 쳐다보지만 별다른 말은 없다.

스즈키는 검정색 콧수염까지 꺼내 붙인다. 누가 봐도 표 나는 변장이지만, 적어도 그가 스즈키로 보이지는 않았으니 어찌 보면 꽤 훌륭한 변장일지도 모른다.

금방 목적지에 도착하고, 택시에 탔을 때와는 전혀 다른 스즈키가 내렸다.

그는 주위를 두리번거리다가 대형 양판점 돈키호테와 바로 인접해 있는 파친코 건물 사이의 어두운 골목 안으로 들어갔다. 한 삼십 미터쯤 걷자 파친코 뒤로 오른편에 다른 건물이 하나 나타났고, 곧이어 굳게 닫힌 웅장한 철문이 모습을 드러냈다.

그 철문에는 주위 분위기와는 어울리지 않게 전자식 도어록이 하나 달려 있었다.

스즈키 국장은 다시 한 번 좌우를 살피더니 천천히 '3355'를 입력했다. 마지막으로 '샵#'을 누르자 철컥, 하는 소리와 함께 육중한 철문이 열렸다. 안은 얼핏 보기에 칠흑이었지만 기다란 복도가 보였고, 그 복도로 스즈키가 발걸음을 옮기자 천장의 센서 등이 반응한다. 순식간에 환하게 밝아진다.

스즈키는 몇 번이고 와 봤다는 듯 주저함이 없다. 성큼성큼 세 번, 세 번, 다섯 번, 다섯 번 세어 가며 발자국을 내딛는다. 도합 열여섯 번의 발걸음을 뗀 후 자리에 멈추고 오른쪽을 쳐다본다. 아까와 비슷한 문이 보이고 물론 도어록이 설치돼 있다.

그는 또다시 습관처럼 좌우를 한 번 둘러보더니 이번엔 '5533#'을 누른다. 문이 열린 뒤 구두를 벗고 방 안으로 들어서자 천장 모퉁이 부분에 설치된 간접 조명이 켜진다.

대여섯 평은 되어 보이는 널따란 정사면체형 방이다. 바닥에는 다다미가 깔려 있고, 방 한가운데 커다란 상이 하나 놓여 있다. 상 밑에는 사각 홈이 약 사십 센티미터 깊이로 파여 있다. 다다미에 걸터앉아도 다리를 편하게 펼 수 있는, 이른바 호리코타츠堀炬燵 구조의 방이다.

스즈키는 능숙하게 양복 정장을 벗어 옷걸이에 걸어 두고 적당히 걸터앉는다.

손목시계를 다시 본다. 18시 40분이니 아직 이십 분의 시간이 남아 있다. 담배를 한 대 꺼내 물고 가방에서 종이와 펜을 꺼낸 스즈키는 담배를 피워 가며 무언가를 빠른 속도로 적기 시작한다.

일곱 시 정각을 알리는 시계 알람이 울리고, 그때 스즈키도 쓰던 것을 막 멈췄다. 길게 안도의 한숨을 내쉰다.

그 순간 스즈키가 들어온 방문과는 대각선 맞은편에 있던 방문이 열린다. 그리고 먼저 두 명의 건장한 남성이 방 안으로 들어와 문 양옆에 우뚝 섰다. 운동으로 다져진 다부진 몸매에 검은색 정장을 입었고, 선글라스를 쓰고 있는 그들은 딱 봐도 보디가드 같다. 둘 중 한 명은 007가방도 하나 들고 있다.

아니나 다를까, 연이어 중절모에 회색 정장 상하의를 입은 스즈키 또래의 중년 남성 한 명이 들어온다. 하지만 스즈키와는 전혀 다른 아우라, 혹은 포스를 풍긴다.

그가 들어오자 스즈키는 황급히 자리에서 일어나 말없이 고개를 숙인다. 중절모와 양복 상의를 왼편에 서 있던 보디가드에게 건네준 수수께끼의 남자는 스즈키에게 앉으라는 손짓을 하면서 그 맞은편에 앉았다. 그가 앉는 모습을 본 후 스즈키도 몸을 바로 하고 자리에 앉는다.

"회장님, 급히 오시라고 해서 죄송합니다. 직접 전달해야 할 것 같아서 무례를 범했습니다."

"아닙니다. 서울에서 도쿄 오는 거야 뭐 금방이죠. 스즈키 상이 그 정도로 급박하게 말씀하신다면 다 이유가 있겠거니 해서요."

"네. 아마 큰 도움이 될 거라고 생각합니다, 이용재 회장님."

유창한 일본어로 스즈키와 인사를 나눈 회색 정장의 남자는 한국 굴지의 대기업 오성전자 및 오성반도체를 동시에 거느리고 있는 이용재 회장이었다.

"그런데 어떤 정보이기에?"

"네, 결론적으로 말씀드리자면 이것입니다."

스즈키 국장은 조금 전 이십 분간 맹렬히 써 내려간 메모를 이용재에게 건넨다. 그걸 건네받은 이용재는 한 글자 한 글자 더듬거리며 읽어 나간다.

"1번 불화수소, 2번 포토레지스트, 3번 플루오린 폴리이미드……. 이게 뭐죠?"

"다름이 아니라 한국을 화이트리스트에서 제외할 경우 우선적으로 수출규제에 들어갈 소재부품들입니다. 내각관방부의 지시로 저희 경산성이 만들어 올렸는데, 오늘 오후에 관방부에서 보고서를 분석한 소재부품 리스트를 직접 보내왔습니다. 전부 백 개인데 제 기억력이 최근에 좀 딸려서 86개 밖에 기억을 못 했습니다. 죄송합니다."

"아니, 그게 무슨 말입니까? 한국을 화이트리스트에서 제외한다고요? 언제요?"

"아직 결정이 난 것은 아닌데, 제 느낌으로는 조만간, 그러니까 적어도 한 달 이내에는 발표될 것 같습니다. 그러면 개정된 정령안이 발효되는 것은 지금으로부터 석 달 후인 9월 1일 전후가 될 겁니다."

"확실한 정보죠?"

"네. 제 느낌으론 80퍼센트 이상의 확률로 야스베 총리가 밀고 나갈 것 같습니다. 미리 대비해 두시는 게 좋을 것 같습니다."

이용재 회장은 다시 한 번 스즈키가 휘갈겨 쓴 메모를 훑어봤다. 확실히 반도체 및 전자 관련 소재부품이 대부분이었다. 특히 오성전자는 이미 몇십 년 전부터 일본의 강소 및 중소기업으로부터 합리적인 가격에 소재부품을 공급받아 세계 제일의 전자 및 반도체 점유율을 기록할 수 있었던지라, 스즈키의 말마따나 이들 소재부품의 수급에 곤란을 겪는 상황이 닥쳐온다면 심각한 피해를 입을 수 있다.

그가 다시 메모를 본다. 1번 불화수소는 43퍼센트를, 2번 포토레지스트는 90퍼센트까지 일본 기업에서 수입하고 있었다. 이 두 개는 반도체 메모리 분야의 핵심 소재부품인지라 이들 물량 확보에 실패할 경우 반도체 생산 자체가 안 될 정도로 극심한 타격을 입는다.

이용재는 스즈키의 정보가 지금까지 한 번도 틀린 적이 없었기 때문에 이번에도 맞을 것이라고 판단했다.

"알겠습니다. 스즈키 상, 정말 감사합니다. 오늘은 제가 시간이 없어 마지막 비행기로 돌아가야 하니, 언제 상황이 좀 진정되면 봅시다. 다시 한 번 감사의 마음 올립니다."

"아이고, 아닙니다, 회장님. 선대 회장님께서 저를 그렇게 아껴 주셨는데 당연히 은혜를 갚아야지요. 회장님께서도 모쪼록 잘 대비하시길 바랄 뿐입니다."

"이렇게까지 도움을 주셨는데 제가 대응을 못 하면 오성의 오너로서 실격이지요. 하하하. 그럼 먼저 일어나겠습니다."

"네. 살펴 들어가십시오, 회장님."

이용재가 쪽지를 접어 주머니에 넣고 다시 자리에서 일어나자 스즈키도 엉거주춤 일어난다.

문 앞에 서 있던 보디가드 중 한 명이 재빠르게 중절모와 양복 상의를 건네고, 그것을 빠른 속도로 걸쳐 입은 이용재는 방문을 나서기 직전 한 번 더 스즈키를 쳐다보며 목례를 한다.

스즈키도 90도로 허리를 굽혀 답례 인사를 한다.

이용재가 나가는 소리가 들리자마자 007가방을 든 보디가드가 다가와 상 위에 가방을 놓고 밖으로 나간다.

스즈키는 90도로 허리를 굽히고 있었던지라 가방이 놓이자마자 금방 시야에 들어왔다. 방 안에 혼자 남게 된 그는 007가방 가운데의 비밀번호를 3355로 맞춘 후 양쪽 후크를 연다. 딸깍, 하는 소리와 함께 백만 엔짜리 묶음 열 다발이 모습을 드러낸다.

스즈키는 신권 돈다발 하나를 들고 스르륵 넘기면서 씩 미소 짓는다.

2019년 6월 17일 오전 10시, 청와대 집무실.

똑똑똑, 노크 소리가 들린다.

문재현 대통령이 고개를 들어 집무실 문 쪽을 쳐다본다.

문이 열리자 민영노 비서실장이 "오성전자 이용재 회장 오셨습니다."라고 말한다. 문재현은 "네. 어서 들어오시라고 하세요."라고 말하며 자리에서 일어서서 문 쪽으로 걸어간다.

이용재는 조심스럽게 들어와 고개 숙여 인사를 하고, 문재현 대통령은 한 손으로 그에게 악수를 청한다. 다른 손으론 어깨를 살며시 쓰다듬으며 원탁으로 향한다.

조금 전까지 여러 부처 장관들과 수석들이 모여 있던 원탁이지만 지금은 오재호 경제수석과 양동신 산업통상부 장관, 둘만 있다.

문재현 대통령과 이용재 회장 그리고 민영노 비서실장이 자리에 앉는다. 양 장관이 대통령을 쳐다보고 대통령이 고개를 끄덕이자 바로 입을 연다.

"이 회장님도 바쁘시니까 단도직입적으로 묻겠습니다. 화이트리스트 첩보, 그거 사실 맞습니까?"

"네. 죄송합니다만 정보원이 누군지는 말씀드릴 수 없습니다. 이해해 주십시오. 아무튼 제가 알아본 바로는 80퍼센트 이상의 확률로 사실입니다. 아니, 지금은 백 퍼센트 일본 정부가 그런 발표를 할 것이라고 단언합니다."

순간 낮은 탄성이 집무실을 감쌌다. 오재호 경제수석이 마음이 급했는지 대통령의 재가를 받지 않고 입을 열었다.

"혹시 증거 있습니까?"

"네. 이게 일본이 처음 작성한 소재부품 리스트고, 며칠 전에 천 개 추가로 작성했다는 이야기를 들었습니다."

이용재 회장은 그러면서 휘갈겨 쓴 종이 하나를 내놓았다. 그렇다. 그때 아카사카 모처에서 스즈키 국장이 이용재 일행을 기다리며 이십 분간 썼던 바로 그 원본 종이다.

"이걸 언제 입수했지요?"

문재현 대통령이 나지막이 물었다.

"6월 3일 저녁 일본에서 직접 입수했습니다."

"오늘이 6월 17일이니까 2주 전에 이미 입수하고 있었단 말이네요."

문재현 대통령이 이 말을 하자, 옆에 앉아 있던 민영노 비서실장의 얼굴이 상기된다. 그런 민영노의 얼굴을 본 문 대통령은 온화한 미소를 지으며 덧붙인다.

"오성의 정보력이야 선대 회장님 때부터 대단했으니 민 실장이 미안해할 필요는 없지요. 그나저나 아까 말씀하신 천 개의 추가 리스트에 대한 자료는 전달받지 못했습니까?"

"네. 하지만 확실히 추가 리스트 작성이 끝났고, 일본 내각 관방부에 올라갔다고 저도 연락받았습니다. 저희 오성 측에서는 그동안 들인 노력 때문에라도 야스베 총리가 한국을 화이트리스트에서 배제하는 정령안 개정에 착수할 것이라고 봅니다. 빠르면 G20이 끝나는 6월 말, 늦어도 7월 초에는 발표할 것이라고 전망합니다."

문재현 대통령이 리스트를 보며 "이거 돌려드리기 전에 저희가 카피해도 되겠지요?"라고 묻자 이용재 회장은 "물론입니다, 대통령님. 그러시라고 일부러 가져왔습니다."라고 답한다.

민영노 비서실장이 자리에서 일어나 리스트를 건네받고 집무실 복사기로 이동한다. 복사기의 예열 가동이 시작된다.

민 비서실장이 복사 작업을 하는 동안 문재현 대통령이 다시 이용재 회장에게 말한다.

"이 회장님, 만일의 사태를 상정하고, 저는 대한민국 대통령으로서 결연한 의지와 태도를 보일 생각입니다."

"네. 언제나 그렇듯 대통령님께서 잘 헤쳐 나가실 것이라 봅니다."

문 대통령은 낮지만 단호하게 덧붙인다.

"하지만 저의 이런 태도로 인해 기업에게는 피해가 생길 수도 있습니다. 특히 오성이 많은 압박을 받을 것 같은데, 정부 차원에서 개별 기업을 공개적으로 지원하는 것은 온당치 않다고 봅니다. 그래서 드리는 말씀인데, 스스로 대비하실 수 있겠습니까?"

이용재 회장의 눈가가 잠시 파르르 떨렸지만 이내 안정을 되찾는다.

"물론입니다, 대통령님. 저희 걱정은 하지 않으셔도 됩니다. 이미 여러 방안을 상정해서 시뮬레이션하고 있으니까요."

그때 민영노 비서실장이 복사본과 원본을 다시 가져와 탁자 위에 올린다.

문재현 대통령은 "귀중한 자료를 선뜻 건네주셔서 감사합니다."라고 고마움을 표했고, 이용재 회장은 "아닙니다. 오히려 내통령님께서 확고한 의지를 보여 주셔서 제가 감사합니다."라고 고개를 숙였다.

이용재 회장이 민영노 비서실장의 안내를 받으며 집무실 밖으로 나간다. 그가 나간 것을 확인한 오 수석이 대통령에게 물었다.

"저기…… 대통령님, 지금 내사 중인 오성바이오스 수사는 어떻게 할까요? 이용재 회장이 피의자로 조사받고 있는데, 민정수석이나 검찰에 언질이라도 조금 해 놓는 게 낫지 않겠습니까?"

문재현 대통령의 표정이 일순 굳는다.

"무슨 말입니까? 그건 사법부의 판단에 맡겨야지, 우리가 참견하면 안 되는 겁니다. 오 수석, 두 번 다시 그런 말 꺼내지 마세요."

"아, 네. 죄송합니다."

"그리고 이 안건은 아직 확정된 것도 아니니까 언론에 알리진 마시고, 아까 아침 회의에 모이신 분들에게 개별적으로 전파해 주시길 바랍니다. 오성전자 이야기는 꺼내지 말고, 청와대 차원에서 대응할 테니까 각자 맡은 일들을 평소와 다름없이 수행해 달라고 말입니다. 그리고 양 장관님."

"네, 대통령님."

"아까 확인해 보라고 한 것은 어떻게 됐습니까?"

"네. GL디스플레이는 이미 예상을 해서, 다른 수입 루트 혹은 국산화 작업에 돌입한 상태라 일단은 염려 마시라고 합니다."

"오, 그나마 다행이군요. 그런데 GL 측은 어떻게 알았다고 합니까? 정보원이 있었다고 하던가요?"

"말을 들어 보니 정보원이 따로 있는 것 같지는 않고, 갑자기 일본 측의 올레드 주문 물량이 두세 배 늘어나서 뭔가 이상하다 판단해 자체적으로 대비를 했다고 합니다."

"그렇다면 현재 단계에서 가장 큰 영향을 받을 만한 오성과 GL은 당분간 버틸 수 있겠군요. 그러면 일단 양 장관님은 조중일보에서 보도했던 산통부 소스 자료를 오 수석에게 보내 주시고, 일본 측이 걸고넘어질 전략물자 관련 대처를 지금까지 어떻게 해 왔는지, 그리고 일본에서 한국으로 들어오는 전략물자 관련 소재부품 리스트를 최대한 빠른 시일 내에 뽑아 보세요. 아, 아닙니다. 이건 제가 남시훈 부총리님께 직접 말씀드리죠."

"네, 알겠습니다. 즉시 시행하겠습니다.

양동신 장관과 오재호 수석이 집무실을 나가자 문재현 대통령은 원탁에서 일어나 집무실 바깥이 비치는 대형 창문 앞에 섰다. 여전히 비가 추적추적 내리고 있다.

그때 이용재 회장과 같이 나갔던 민영노 비서실장이 집무실로 다시 들어왔고, 창가로 다가간다.

"어떻게 하실 생각이십니까? 대통령님, 제 생각엔 아무래도 신제철광산 징용공 판결 때문에 저러는 것 같습니다만."

문재현 대통령은 민영노 비서실장 쪽으로 몸을 돌리면서 말한다. 온화한 미소는 여전하지만 목소리는 강인하고 힘 있다.

"의연하게 대처해야지요. 그 외의 방법은 생각하지 않았고, 앞으로도 생각하지 않을 겁니다."

"아…… 네. 알겠습니다."

문 대통령은 약간 기운이 빠진 듯한 민영노의 어깨에 손을 올리며 다시 한 번 말했다.

"민 실장, 나는 대한민국 국민과 우리 기업을 믿습니다. 설령 그러한 상황이 닥쳐오더라도 의연하게, 자존감 있게 대처합시다. 알겠죠?"

"아, 네. 물론입니다, 대통령님!"

민영노 비서실장이 밖으로 나가자 문재현 대통령은 천천히 자신의 책상으로 발걸음을 옮겼다.

정리 정돈이 잘된 책상 위에는 세 대의 전화기가 놓여 있었다. 한 대는 원탁 위의 전화기와 마찬가지로 일반적인 형태였지만, 오른쪽에 놓여 있는 두 대는 각각 투명한 전자식 유리 상자 안에 들어가 있었다.

문재현 대통령은 결연한 표정으로 한동안 생각하더니 무언가를 결심한 듯 오른쪽 유리 상자 위에 손을 올렸다. 생체 인증 정보 확인이 끝났다는 음성 메시지가 들리고, 유리 상자가 자동으로 열렸다.

문 대통령은 수화기를 들고 잠시 기다린다.

"안녕하십니까. 위원장님, 오랜만입니다. 문재현입니다."

억수같이 퍼붓던 빗방울이 조금씩 잦아들고 있는 것처럼 보였다.

오사카G20정상회의

—

"문 대통령 지금 도착했어!"

"지금 내린 거 맞지? 오, 김정순 여사 팔짱 끼는 거 봐. 두 분 정말 다정하신 거 같아. 하하하."

2019년 6월 28일.

도쿄 다이토구 이리야에 위치한 도쿄민주포럼 사무국이 들썩거렸다. 세기의 이벤트인 오사카G20정상회의를 보기 위해 모두 하던 일을 멈추고 NHK 특별 라이브 방송을 시청하고 있다.

때마침 문재현 내통령이 오사카국제공항에 내리는 장면이 나왔다.

도쿄민주포럼 입장에선 이번 G20이 그 누구보다 뜻깊은 행사이기도 했다. 정광일 상임대표, 김달범 공동대표, 김상열 고문 등 포럼의 대표단 다섯 명이 청와대의 초청을 받아 이날 저녁 오사카그랜드호텔에서 열리는 대통령과의 만찬에 참석하기 때문이다.

서건우는 비상근 사무국장인지라 초청 외 대상이었지만, 전날 저녁 청와대에서 걸려 온 한 통의 전화 때문에 같이 오사카로 내려가게 되었다.

"서 국장? 날세, 이헌기."

"아, 네, 비서관님."

"지금 전화 괜찮은가?"

"네, 괜찮습니다. 잠시만요."

6월 27일 저녁, 집에서 가족들과 저녁 식사를 하던 서건우는 아내 미치코를 한 번 쳐다보고 다다미방으로 자리를 옮겼다.

"네, 말씀하십시오."

"내일 정 대표, 김 대표 등등 해서 다섯 분, 문제없이 오사카 오시지?"

"아, 네. 정 대표님 알파도 차량으로 다 같이 이동하기로 했습니다."

"자네도 올 수 있나?"

"네? 저도요? 아, 혹시……."

"응. 그 건 때문에 오재호 경제수석님이 자넬 한번 만나자고 하는데."

"아, 그렇군요. 근데 굳이 만나도 저는 할 이야기가 별로……."

"알아. 그 정보 이후엔 별거 없다는 거. 하지만 얼굴 좀 보고 싶다고 하네. 내가 부탁할 것도 있고."

"네, 알겠습니다. 내려가겠습니다."

"그런데 말이야, 혹시 모르니까 오늘이라도 업데이트된 정보 있으면 좀 받을 수 있을까?"

"히라오 상에게 연락해 보라는 건가요?"

"응."

서건우는 수화기를 든 채 세이코 손목시계를 쳐다봤다. 십칠 년 전 결혼 선물로 받은 아날로그 제품인데 지금까지 한 번도 고장 없이 잘 사용하고 있다.

시침이 저녁 일곱 시를 가리키고 있다. 보통이라면 당장 만나기는 힘들겠지만, 히라오가 야근을 밥 먹듯 하는 것을 잘 아는지라 "연락 한번 해 보겠습니다."라고 답을 했다.

이헌기 비서관과의 통화가 끝나자마자 서건우는 바로 히라오에게 라인메시지를 보냈다.

[히라오 상, 서건우입니다. 오랜만이에요. 저번에는 정말 큰 도움이 되었습니다. 오늘 혹시 시간 있으면 잠깐 만나 뵐 수 있을까요? 제가 요요기로 내려가겠습니다.]

바로 히라오로부터 답장이 왔다.

[아, 서 상, 안녕하세요. 지금 슬슬 일 끝내려던 참인데 그럼 요요

기로 오세요. 남쪽 개찰구에서 뵙는 걸로 하지요. 여덟 시쯤 어떻겠습니까?]

[네, 알겠습니다.]

서건우는 바로 가벼운 트레이닝복으로 갈아입고 집을 나섰다. 아내 미치코가 "이 시간에 어디 가냐?"고 걱정하면서 묻지만 "응, 잠깐 요 앞에서 누구 좀 만나고 올게." 하면서 가벼운 웃음을 띠었다.

하긴 전철역으로 두 코스에 불과하니 서건우의 말도 그리 틀리진 않았다.

●

2019년 6월 27일 저녁 8시.

JR 요요기 역 남쪽 출구 흡연 장소에서 개찰구를 주시하며 담배를 피우고 있던 건우는 히라오를 발견하고 손을 흔들었다.

히라오도 금방 건우를 발견하고 손을 들었다. 히라오 역시 약간 웃는 얼굴이었고, 그걸 본 건우는 내심 마음이 놓였다.

서건우와 히라오는 악수를 하고 바로 요요기 역 근처의 르노아르 커피숍에 들어가 자리를 잡고 블랜딩 드립커피를 두 잔 시켰다. 시시콜콜한 일상 잡담을 하는데 뭔가 모르게 대화가 겉도는 느낌이다. 아무래도 6월 16일 낮, 히라오가 전화상으로 서건우에게 알려 준 결정적인 정보 때문에 어색한 기운이 있는 듯한 느낌이다.

그때 건우가 히라오에게 쇼핑백을 하나 건넸다.

"서 상, 이게 뭐예요?"

"아, 이거 한국 부모님이 보내 준 김이에요. 한국식 김. 빈손으로 나오기도 뭣하고, 히라오 상 사모님이 요즘 한국에 심취해 있다는 말을 그때 전화로 들어서……."

"아, 아내가 엄청 기뻐할 거 같네요. 감사합니다."

별것 아닌 일상적인 선물이지만 히라오는 건우의 마음 씀씀이가 고마워 안색이 풀어진다.

히라오의 긴장감이 풀린 것을 확인한 서건우는 이헌기에게 부탁받은 것을 물어보았다.

"그런데, 히라오 상, 그 이후론 별거 없죠?"

"뭐가요?"

김 포장지 겉면의 품질설명서를 읽어 보던 히라오가 고개를 든다.

"저번에 전화로 말씀해 주신 것."

"아, 그거요. 그다음부터는 별거 없어요. 지금 관방부 쪽이 G20 준비 때문에 정신이 없어서요. 다 거기에 투입됐어요. 저희 부서도 계원 두 명이 대기하고 있을 정도로 아주 심혈을 기울이고 있다고 봐야죠."

히라오는 별것 아니라는 듯 보고 있던 포장 김을 쇼핑백에 다시 집어넣으면서 술술 털어놓았다.

커피가 나오자 둘은 프림과 설탕을 각각 한 스푼씩 넣어 잘 섞은 다음 후루룩 마신다. 서건우가 다시 물었다.

"히라오 상, 제가 궁금한 게 하나 있는데요."

"네."

"그때 왜 저한테 그런 중요한 사실을 알려 주셨죠?"

히라오는 약간 놀란 듯 콜록 소리를 냈고, 커피가 조금 뿜어져 나와 탁자 위로 튀었다.

서건우는 바로 냅킨을 꺼내 탁자를 닦고 히라오는 "미안해요. 죄송합니다."를 연발한다. 그리고 천천히 대답한다.

"글쎄요. 음…… 그날의 분위기?"

"분위기요?"

"더웠잖습니까."

"네."

"하필이면 오쿠보 코리안타운이기도 했고."

"네?"

서건우는 히라오가 무슨 소리를 하는 건지 이해가 되지 않는지 눈만 동그랗게 떴다.

"사실 저도 잘 모르겠습니다. 여러 가지가 복합적으로 작용한 것 같습니다. 아마 지금 이 분위기라면 말하지 않았을지도 몰라요. 하하하."

"아, 그렇군요. 뭔지 정확하게는 모르겠지만 대강 알 것 같기도 합니다."

"네. 그겁니다. 아마 서 상이, 아니 건우 씨가 저와 비슷한 상황이었더라도 저한테 알려 줬을 것 같아요. 그런 분위기였다면."

"아마도……. 네, 생각해 보니 저도 그랬을 것 같습니다."

누가 먼저랄 것도 없이 둘은 커피 잔을 들었고, 서로의 눈을 한 번 마주 본 후 커피 잔에 입을 가져갔다.

달콤한 향내가 목을 타고 넘어간다.

오사카 작전회의

—

"대통령님과 여사님 들어오십니다. 모두들 자리에서 일어나 큰 박수로 맞이해 주시기 바랍니다."

2019년 6월 28일 저녁.

오사카그랜드호텔 십사 층 봉황홀은 일본 전국에서 모인 4백여 명의 재일동포 및 뉴커머들로 가득 찼다. G20정상회의 일정을 마친 문재현 대통령이 교민과의 간담회 겸 만찬을 위해 입장하자 우레와 같은 박수 소리가 터져 나왔다.

문 대통령과 김정순 여사는 언제나 그렇듯 온화한 미소를 띤 채 앞줄에 앉은 사람들과 자연스럽게 악수를 하며 장내로 들어왔다. 제일 앞줄 귀빈석을 배정받은 도쿄민주포럼 대표단과 서건우 사무국장 역시 예정에 없던 악수를 하면서 허리 굽혀 인사를 했다.

대통령 내외 바로 뒤에 따라오던 오재호 경제수석과 이헌기 재외동포담당비서관도 덩달아 악수를 했다.

이헌기 비서관은 도쿄민주포럼 대표단과 악수한 다음 건우 차례가 되었을 때, 잠깐 양복 주머니에 손을 한 번 넣었다가 다시 악수를 청했다.

건우는 살짝 눈인사를 한 후 그의 손을 잡았다.

인사가 끝나자 사회자는 "착석해 주십시오. 바로 국민의례 및 애국가 제창 그리고 대통령님의 인사말이 있겠습니다."라고 말한다.

건우는 자리에 앉으면서 방금 이헌기 비서관과 악수한 손을 펴 보았다. 건우의 손에는 조그마한 쪽지가 하나 놓여 있었다.

국민의례가 시작되고 애국가의 내레이션이 나올 때 건우는 쪽지를 몰래 펴 본다.

— 대통령 인사 십 분간 할 예정이니 시간 없음. 애국가 끝나자마자 대기실로 와 주게.

건우는 쪽지를 한 번 본 후 고개를 들었다. 대통령 내외분이 들어왔던 문 옆에 오재호와 이헌기가 서 있었다.

눈이 서로 마주치고, 셋 다 고개를 살짝 끄덕거렸다.

"그래, 그 사람과 이야기해 봤나?"

서너 평 남짓한 조그만 방.

가운데 탁자가 하나 놓여 있고, 오재호와 이헌기가 나란히, 그리고 그 건너편에는 서건우가 앉아 있다. 접이식 파티션 너머 옆방 봉황홀에서는 문재현 대통령의 목소리가 들려오고 있다. 오재호 경제수석이 급한 마음에 단도직입적으로 물어오고, 서건우가 대답한다.

"네. 어제 만났습니다."

"그 후로 별다른 소식은 없나?"

서건우는 약간 떨리는 목소리로 말한다.

"어제는 별말 없었는데, 조금 전에 연락이 왔습니다. 발표할 것 같다고 합니다."

서건우는 휴대폰을 꺼내 히라오로부터 온 일본어로 된 라인 메시지를 둘에게 보여 주면서 말했다.

"이게 조금 전 히라오 상이 보내온 메시지인데 '오늘 각국 정상들과의 모임 이후 관방부에서 연락이 왔는데 총리의 심기가 불편하다고 합니다. 아무래도 뭔 일이 있었던 모양인데, 발표할 것 같은 느낌이 들어요'라고 적혀 있습니다."

오재호 수석이 낮은 신음 소리와 함께 쥐어짜듯 내뱉었다.

"트럼프 대통령의 트윗 때문인가?"

"아마 그런 것 같습니다. 아까 단체사진 찍을 때도 영 인상이 안 좋았고요."

이헌기 비서관이 어두운 표정으로 화답한다.

그들이 말하는 것은 오사카G20정상회의가 열리는 28일 당일 올라온 트럼프 대통령의 트윗을 의미했다.

조지 트럼프 미 대통령은 에어포스원 대통령 전용기를 타고 오사카로 오는 도중에 이런 내용의 트윗을 올렸다.

[오사카를 거쳐 한국을 방문할 것이며, 판문점을 방문할 것이다. 그리고 판문점에서 모든 세계인들이 깜짝 놀랄 이벤트가 열릴지도 모른다. 지켜보시라!]

오 수석의 말은, 이 트윗이 야스베 총리의 기분을 언짢게 했다는 뜻이다.

사실 이번 오사카G20정상회의는 7월 21일에 열릴 참의원 통상선거를 앞두고 야스베 총리가 야심차게 기획한 정치적 이벤트였다. 자민당의 압도적인 승리를 위해 세계를 주름잡고 있는 강대국 및 선진국 20개국의 지도자들을 만나 강한 일본, 강한 지도자의 이미지를 일본 내 유권자들에게 심어 주려는 목적이 담겨 있었다.

그런데 트럼프 미 대통령이 올린 이 트윗 한 줄 때문에 전 세계의 이목이 트럼프 미합중국 대통령과 문재현 한국 대통령 그리고 트윗에는 명시적으로 드러나지 않았지만 조선민주주의인민공화국 국무위원장인 '그'에게로 쏠린 것이다.

또한 이 추리에 대한 이헌기 비서관의 화답에 등장하는 '단체사진'이란, 첫날 각국 정상들이 모여 단체사진을 촬영했을 때 일어난 해프닝을 의미한다.

일본의 야스베 총리는 호스트국 의장으로서 먼저 기념촬영장에 도착해 각국의 정상들을 기다리고 있었다. 각국 정상들이 촬영장에 도착해서 자신에게 다가오면 환담을 나누고 친밀한 관계를 연출하려고 했는데, 각국 정상들이 그와 환담은커녕 악수조차 하지 않는 전대미문의 사태가 벌어진 것이다.

오재호 수석은 다른 섹션에 참가했기 때문에 보지 못했지만, 이헌기 비서관은 이번 행사에서 대통령 의전비서관도 겸한 관계로 현장에 있었다. 그는 야스베 총리가 외톨이가 되는 광경과 그로 인해 분노와 수치심 어린 표정으로 바뀌는 것을 실시간으로 목격했고, 그래서 그 일을 언급한 것이다.

영문을 모르는 서건우는 눈만 껌벅거렸다. 그런 건우에게 오재호 수석이 질문했다.

"그건 그렇고, 이게 만약 실제로 진행된다면 이후 타임 테이블이 어떻게 되는 건가?"

그러자 서건우는 "안 그래도 이 부분은 어제 제가 물어봤습니다."라고 운을 뗀 후 다음과 같이 상세하게 설명했다.

"히라오 상 말에 따르면, 먼저 총리가 발표한 후 3주간의 퍼블릭 오피니언을 받아야 한다고 합니다. 법이 그렇게 되어 있다고 하네요. 그렇다면 정상회의 기간에는 발표할 수 없을 테니까 아무리 빨라도 7월 1일 월요일입니다. 그러면 담당 부서에서 퍼블릭 오피니언을 받기 위한 사전평가서를 만드는데, 이것의 작성에 하루 이틀 걸리니까 아무리 빨라도 7월 3일입니다. 그러니 그때부터 3주, 즉 7월 24일까진 움직이지 못합니다."

"그래? 그다음엔?"

이헌기 비서관이 재촉하듯 물었다.

"그렇게 모인 퍼블릭 오피니언을 수렴하는 것에 일주일 정도의 시간이 걸린다고 하는데, 이번과 같은 정령안 개정의 경우 80퍼센트 이상의 압도적 찬성이 나오면 바로 발표를 할 수도 있다네요. 다만 각의결정을 하는 날이 화요일과 금요일입니다. 즉 빠르면 7월 26일, 7월 30일, 혹은 8월 2일이고, 정상적으로 진행한다면 8월 9일 정도? 참고로 8월 9일이 지나 버리면 일본은 '오봉야스미'라 불리는 장기 휴가에 돌입하기 때문에 8월 20일로 아예 늦춰질 수 있습니다."

"짧으면 한 달, 길면 두 달 정도 시간을 벌 수 있다는 것인가?"

"아닙니다. 시간을 더 벌 수 있어요."

"그게 무슨 말인가?"

"정식으로 시행되는 건 각의결정이 나온 3주 후부터 시행된다고 합니다."

"뭐야, 그럼 두 달 이상은 무조건 버는 것 아닌가?"

"네. 정상적으로 진행된다면 그렇게 됩니다."

"오케이. 일단 조금 안심이 되는군. 고맙네."

그때 봉황홀에서 우렁찬 박수 소리가 터져 나왔다.

이헌기 비서관이 자리에서 일어나 접이식 파티션을 잠깐 들춰 보고 말한다.

"대통령님 인사가 끝났습니다. 들어가 봐야 할 것 같은데요, 수석님."

"그래요. 들어갑시다."

오재호도 일어나 파티션 쪽으로 성큼성큼 발길을 옮기다가,

도중에 멈춘다. 문득 생각난 듯 고개를 돌리며 고맙다는 인사를 전한다.

"서건우 씨, 이번에 아주 수고 많았어요. 우리가 잘 대처해 낸다면 건우 씨가 일등 공신입니다."

"아, 아닙니다. 조국을 위해 미력하나마 보탬이 되어서 오히려 제가 영광입니다."

서건우가 별일 아니라는 듯 웃으며 말하자 오 수석과 이 비서관의 표정도 덩달아 밝아졌다.

악의

—

'외교참사… 문 대통령, 언제까지 야스베 총리와 눈도 마주치지 않을 것인가.'

"선배님, 이거 제목이 너무 과하지 않습니까?"

"뭐? 너 아까 TV 안 봤어?"

"물론 봤지요."

"근데 뭐가 과하냐, 인마."

전영배가 자신의 원고를 둘둘 말아 조중일보 유재상 편집국장의 이마를 쿡쿡 눌렀다.

"아니, 저는 그냥 선배님 걱정돼서 그러는 건데…….."

"뭐? 푸하하! 인마, 너 이거 한 글자도 고치지 마. 그대로 내. 알았어?"

유재상이 논설위원실 문을 열고 밖으로 나가려는 순간, 갑자기 문이 확 열리면서 정통으로 이마에 부딪힌다. 편집국의 젊은 신참 기자다.

신참은 "아, 죄송합니다. 죄송합니다."를 연발하며 고개를 숙이고, 유 편집국장은 이마를 문지르며 "야, 이 새끼야! 노크 몰라 노크?"라며 짜증을 낸다.

그 모습을 보던 전영재가 "지랄한다, 에휴."라며 한숨을 쉰다.

편집국 신참은 "그게 저…… 급한 소식이 지금 막 들어와서 국장님과 실장님께 알려 드리려고 마음이 급한 나머지……."라며 변명을 한다. 그러자 유재상 편집국장이 되묻는다.

"부장은 어디 갔는데? 아니, 대체 무슨 일이기에 네가 여기까지 오는 거야?"

"그게…… 지금 다 점심 하러 나가셔서…… 빨리 내야 할 것 같은데 판단이 안 서서 급히 왔습니다. 죄송합니다!"

둘의 대화를 듣고 있던 전영재가 천천히 자리에서 일어나며 말한다.

"무슨 소식인데? 북한이 미사일이라도 쐈어?"

국장을 향하고 있던 신참의 시선이 전영재 쪽으로 돌아간다.

"트럼프 대통령이 오사카에서 방한하겠다는 트윗을 올렸는데, 방한도 방한이지만 판문점에서 김정운을 만날 것 같은 뉘앙스라서요."

"뭐?"

"왜?"

전영재와 유재상이 거의 동시에 놀라움을 표한다.

그 순간 전영재의 사무실 전화가 울린다. 액정 표시를 보니 일본에서 걸려 온 국제전화다. 전영재는 문 앞에 어정쩡하게 서 있는 둘에게 나가라는 손짓을 하고, 둘은 전영재에게 가벼운 목례를 하고 빠른 걸음으로 사라진다.

전영재는 수화기를 들었다.

"덴 상! 확인했어?"

오카무라 사무차관이다. 으레 하는 인사조차 생략할 정도로 매우 급박한 목소리다.

"네? 형님, 무슨 말씀이십니까? 뭘 확인해요?"

"트럼프 트윗. 아직 몰라?"

"아, 그건 저도 방금 들었습니다."

"그거 진짜야? 판문점에서 김정운 위원장 만난다는 거?"

"저희도 이제 알았으니까 확인해 보려고요. 근데 뭐 가짜뉴스 아니겠습니까? 갑자기 어떻게 만납니까? 무슨 옆집 사는 친구 만나는 것도 아니고. 하하하."

"물론 나도 그렇게 생각하는데, 이거 야스베 총리가 단단히 화가 났어. 지금 심기가 엄청나게 불편하다고."

"아, 그건 제가 문재현 대통령 까는 칼럼 하나 썼어요. 오후에 올라갈 겁니다. 물론 야후재팬에도 일본어로 올릴 생각이구요."

"아니, 그게 아니고! 지금 문재현이 문제가 아니잖아. 트럼프가 그거 올리는 바람에 오사카정상회의가 완전 들러리 비슷하게 됐다니까!"

전영재는, 겉으론 표현하지 않았지만, 갑자기 짜증이 밀려왔

❋

다. 자기가 트럼프 본인도 아닌데, 그리고 오사카G20정상회의에 관여한 것도 아닌데 이런 말을 들어야 할 이유가 없다. 넌지시 불만을 제기했다.

"아이고, 형님, 제가 그러라고 한 것도 아닌데 저한테 그러시면 그게 참……. 하하하."

"뭐라고 하는 게 아니고 부탁하는 거야. 진짜 둘이, 아니 셋이 만나는지 아닌지 알아봐 줄 수 있겠어? 이러다간 정말 저번에 그거 발표할지도 모른다니까."

"그거라니요?"

오카무라가 조금 숨을 고르더니 말한다.

"화이트리스트."

전영재가 놀라면서 "아니, 그거 아직도 진행 중입니까? 그거랑 정상회담이랑 무슨 상관이 있다고……."라고 말끝을 흐리고, 오카무라가 "아, 몰라, 나도."라고 화답을 한다. 하지만 둘다 분위기가 심상치 않게 돌아가고 있다는 건 확연히 느끼고 있었다.

잠깐 동안의 침묵이 이어진 후 전영재가, 마치 뱀이 움직일 때 내는 소리처럼 낮고 음산한 톤으로 입을 연다.

"그런데 뭐, 나쁘진 않은 것 같은데요. 발표하는 것도."

전영재의 말에 오카무라가 놀라며 되묻는다.

"덴 상, 그게 무슨 소리야?"

"어찌 되었건 문재현 대통령 입지가 상당히 곤란해지는 것 아닙니까. 한일 관계가 정치적인 것뿐 아니라 경제적인 분야에서도 어그러지는 거잖아요. 문재현이 버틸 수 없으면 뭐, 그러면 저희한텐 좋은 거니까요."

오카무라는 전영재의 말에 말문을 잃은 듯 한동안 대답하지 못했다.

"여보세요? 형님? 안 들려요?"

"아, 아닐세. 잘 들려."

"근데 왜 말씀을 안 하세요?"

오카무라는 사실 어이가 없었지만 일본을 위해서 이렇게까지 하는 전영재가 고맙기도 해, 금세 마음을 고쳐먹은 후 칭찬을 하기 시작했다.

"참, 우리 덴 상은, 정말 발상의 전환이라고 해야 하나, 거참…… 하하하."

"형님, 걱정하지 마십시오. 우리가 다 알아서 할 테니까."

"그래, 내 아무튼 자네만 믿겠네. 그럼 수고하시게나."

"네, 알겠습니다. 형님, 살펴 들어가십시오. 충성!"

전화를 끊은 뒤 전영재는 돌돌 말려 있던, 자신이 썼던 칼럼 원고를 다시 한 번 쳐다보더니 제목을 지우개로 슥삭슥삭 지운다. 그리고 다시 연필을 들어 빈칸을 채워 넣는다.

바뀐 제목은 '문 대통령은 일본의 야스베 총리 대신 독재자 김정운을 선택할 생각인가?'였다.

오사카 임시각료회의

—

2019년 6월 28일 저녁, 일본내각 간사이 제2청사.

"문재현 저거, 지금 뭐 하자는 짓이야?"

거칠게 회의실 문을 밀치고 들어오는 야스베 총리가 오만상을 찌푸리며 겉옷을 아무렇게나 벗어 방구석에 던져 버린다. 그 모습을 소가 관방장관, 요시다 경제산업성 대신 그리고 오카무라 사무차관이 지켜본다.

오카무라는 오후에 호출 명령을 받아 오사카로 급히 내려왔다. 미리 전영재에게 전화를 한 것이 다행이었다. 야스베 총리가 보나 마나 물어볼 한국 내의 현재 상황에 대해 이야기할 수 있게 됐기 때문이다.

야스베 총리는 회의실로 들어오자마자 소가 관방장관에게

쏘아붙이면서 화를 폭발시켰다.

"소가! 트럼프가 왜 저런 트윗을 올린 거야? 그리고 왜 다들 나를 무시하냐고? 우리가 G20을 얼마나 준비했는데 왜 저러는 거야, 대체!"

야스베는 자리에 제대로 앉지도 않은 채 탁자를 쾅! 내리치며 성난 목소리로 말했다.

"트럼프 대통령은 예측이 불가능한 인물이라……."

소가 관방장관은 주저하며 말했지만 그의 이 말이 야스베의 심기를 더욱 건드리고 말았다.

"그걸 누가 몰라! 그래도 그렇지, 칙쇼, 저게 뭐냐고! 손님으로 왔으면 빌어먹을 예의란 게 있는 거잖아!"

"총리 각하, 목소리 좀 낮추시고……."

소가 관방장관은 회의실 바깥에 대기하고 있는 총리담당 기자들이 야스베의 비속어가 섞인 호통을 들을까 봐 안절부절못했다.

"아, 진짜 더러워서 못 해 먹겠네. 근데 둘은 대체 왜 저리 친한 척하는 거야? 응? 칙쇼, 열 받게."

야스베 총리는 각국 정상들과의 단체사진 촬영 전에 일어난 해프닝과 트럼프 대통령의 판문점 이벤트를 암시하는 트윗 탓에 제정신이 아니었다.

야스베가 말하는 '둘'이 트럼프와 김정운인지 트럼프와 문재현인지 아무도 물어보지 않았다. 다만 그러한 야스베의 모습을 지켜보던 오카무라 사무차관은 내심 혀를 찼다. 비속어도 비속어지만, 일국의 지도자가 보여 주는 어린아이 같은 질투심이 한없이 유치하게 느껴졌기 때문이다.

"요시다! 그래서 판문점에서 만난다는 거야? 아니면 그냥 구라 친 거야?"

"아, 안 그래도 그것 때문에 오카무라 사무차관이 도쿄에서 내려왔습니다."

요시다 대신이 오카무라를 향해 눈짓을 한다.

오카무라는 흠, 흠, 헛기침을 한 후 진영재로부터 들은 이야기를 털어놓았다.

"네, 총리 각하. 제가 한국의 고위층 관계자한테 들은 바로는 힘들지 않겠나라고 합니다. 정상회담이 애들 장난도 아니고, 게다가 장소가 판문점이면 준비도 하고 그래야 하는데, 전혀 그런 동향이 없는 것 같습니다. 그냥 트럼프 대통령이 판문점 미군 초소를 처음으로 방문하니까 아마 그것 때문에 들떠서 자기 희망을 트윗에 써 버린 게 아닐까 합니다."

"진짜야?"

어느새 자리에 앉은 야스베 총리는 자기 앞에 놓인 물을 벌컥벌컥 마시면서 오카무라의 말을 들었다. 물 덕분인지 오카무라의 설명 덕분인지 모르겠지만 아까보단 훨씬 나아 보였다.

"네. 한국 최고의 언론사로부터 들은 정보이기 때문에 아마 맞을 것입니다."

"어디? 조중일보?"

"네. 거기 논설위원이 직접 전해 준 말입니다."

"그렇군. 하긴 그럼 그렇지. 무슨 애들 장난도 아니고 트럼프 그분도 참 웃기다니까. 하하하."

오카무라는 금방 표정이 풀어져서 너털웃음을 터뜨리는 야스베 총리를 보며 순간적으로 눈살을 찌푸렸다. '어떻게 저렇게 경박한 사람이…… 쯧쯧쯧.' 하는 느낌이다.

"오카무라 차관."

"네!"

오카무라는 소가 관방장관이 갑자기 자신의 이름을 부르자 놀란 나머지 크게 대답을 했다.

"자료는 그 이후로 업그레이드된 것 없지?"

"무슨 자료 말씀이십니까?"

"화이트리스트 그거."

"아, 네. 없습니다."

소가는 더 이상 물어보지 않고 일단 야스베 총리의 눈치를 살폈다. 야스베 총리는 이 회의에 오기 전에 이미 소가에게 연락을 했고, 그때만 하더라도 지금 당장 화이트리스트 정령안 개정을 발표할 것처럼 광광댔기 때문이다.

하지만 오카무라와 소가의 대화를 들은 야스베는 "잠깐만." 이라고 짧게 말한 후 눈을 감고 생각에 잠긴다. 벽에 걸린 커다란 시계의 초침 소리만 들릴 정도로 무거운 침묵이 회의실 안을 가득 메운다.

일이 분쯤 지나 야스베가 천천히 입을 연다.

"일단 G20에 집중하자."

오카무라는 가슴을 쓸어내렸다. 물론 그도 상황이 여기까지 왔으면 화이트리스트 정령안 개정은 당연히 발표될 것이라고 예상하고 있었지만, 정작 그날이 다가오면 이후 상황이 어떻게 전개될지 상상조차 안 되었던지라 이런 식으로라도 야스베 총리의 '결단'이 미뤄지는 것이 좋았다.

오카무라는 슬쩍 요시다 대신 쪽으로 눈을 돌렸다. 요시다 대신도 안도하는 기색이다.

총리의 말에 용기를 얻은 듯 요시다 대신이 묻는다.

"내일 문재현 대통령하고는 따로 만나실 생각이십니까?"

"내가? 왜? 면담 일정도 안 잡았는데 내가 왜 만나?"

"아, 별다른 뜻은 없고, 그냥 한번 물어본 겁니다."

요시다가 바로 후퇴한다. 그러자 야스베 총리가 자기 파벌 후배에 해당하는 요시다에게 일침을 놓는다.

"자네, 요즘 감각이 영 떨어진 것 같아 마음에 안 들어."

요시다는 아무 말 없이 고개만 푹 숙이고 야스베 총리가 덧붙인다.

"그런 고집불통을 내가 왜 만나야 하나? 아니, 다 떠나서 한국에서 몇십 년 동안 한국 경제에 이바지하고 있는 우리 신제철광산 재산이 왜 압류당해야 하냐고. 자네, 그게 말이 된다고 생각하나?"

"아, 물론 저도 그 판결은 말이 안 된다고 생각합니다."

"그런데 문재현이는 압류를 하겠다고 하잖아. 그리고 정신대 재단, 그것도 없앴잖아."

"총리 각하, 화해치유재단입니다."

소가 관방장관이 끼어들어 이름을 정정해 준다.

"이름 따윈 상관없어! 어쨌든 그거 없앴잖아. 그런데 내가 왜 만나야 하냐고. 제 고집대로 다 하겠다는 인간을 만나서 억지로 연기하고 웃고 그러란 말이야? 난 그런 거 못 해!"

야스베 총리의 목소리가 다시 높아지자 소가 관방장관이 "총리님, 밖에 기자들 있으니까 조금만 톤을……."이라고 한 번 더 말한다.

"됐어, 칙쇼! 아무튼 난 들어갈 테니까 자네들도 해산해."

야스베 총리는 의자를 과격하게 밀치고 일어나 겉옷을 집어 들고 회의실 바깥으로 사라진다.

총리가 나가자 소가, 요시다, 오카무라는 누가 먼저랄 것도 없이 깊은 탄식을 내뱉는다.

소가 관방장관이 오카무라에게 말한다.

"오카무라 차관."

"네."

"아무래도 화이트리스트 발표할 것 같으니까, 도쿄 올라가면 다시 한 번 그 자료 체크해 주고."

"네, 알겠습니다."

"요시다 대신은 내일 올라가면 노다 외무성 대신하고 한번 만나 보고."

"네? 노다 대신은 왜요?"

"발표할 경우를 대비해야지. 한국에서 바로 외교적 액션이 나올 거 아냐. 당신이나 내가 그걸 다 받을 수 없는 노릇 아닌가. 외무성도 알고 있어야 대비를 하든가 말든가 하지."

"그럼 그 화이트리스트 개정안이나 리스트도 보여 줍니까?"

"그건 아직 보여 주지 말고, 그냥 얼굴이나 한번 본다는 느낌으로 만나 봐."

여기까지 말해 놓고 소가 관방장관은 답답한지 담배를 한 대 꺼내 물었다. 오카무라 사무차관이 눈치를 보다가 조심스럽게 말을 꺼낸다.

"저…… 관방장관님은 총리 각하가 그걸 발표한다고 생각하시는 겁니까?"

"응, 저분 스타일 알잖아. 그리고 아무래도 지금 총리가 제대로 판단할 상황이 아닌 것 같다."

"관방장관님은 잘 아시겠지만, 정말로 발표했다간 큰일 납니다."

"누가 그걸 몰라? 그럼 어쩌라고? 총리가 저러는데!"

밖에 기자들 있다고 톤 좀 낮추라던 조금 전 말은 까먹었는지 이번엔 소가 관방장관의 데시벨이 올라간다. 하지만 오카무라는 소가라면 말이 통할지도 모른다는 생각이 들어 내친김에 더 털어놓기로 결심한다.

"솔직히 오성이나 KS하익스, GL디스플레이, 이런 기업들이 어떤 기업들입니까? 관방부 극비 명령이고 또 추가 리스트도 추려 내라고 해서 저희 경산성 엘리트 계원들이 몇 명이나 달라붙어 천백 개 리스트도 추려 냈지만, 장관님도 아시다시피 그 안에 솔직히 전략물자 아닌 게 더 많지 않습니까. 저는 정말 역풍을 맞을까 봐 너무 걱정됩니다. 객관적으로, 또 장기적으로 보면 우리 쪽 기업의 타격이 더 커지는 건 누가 봐도 뻔한데 말입니다."

"아, 누가 몰라? 이 논쟁은 그만하고, 아무튼 선거도 끼어 있고 하니까 일단은 추이를 지켜보자고. 내일 되면 또 마음 바뀌실지도 모르니까."

소가와 요시다가 자리에서 일어나자 오카무라도 엉거주춤 일어나 고개를 꾸벅 숙이며 예를 표한다.

텅 빈 회의실에 멍하니 서 있다가 다시 자리에 털썩 주저앉은 오카무라는 길게 한숨을 내쉬더니 휴대폰을 꺼낸다.

"스즈키? 나야. 응, 그거 조만간 발표할 것 같다. 히라오하고 같이 마지막 점검 작업을 해 놔."

휴대폰을 끈 오카무라는 아이쿠오스 밸런스 궐련을 한 대 꺼내 피워 물었다. 아이쿠오스 특유의, 뭐라 표현하기 힘든 향내가 방 안에 퍼진다.

에어포스원과 공군1호기

—

2019년 6월 29일 오후 2시.

문재현 대통령이 G20정상회담을 마치고 오사카국제공항의 1번 활주로에 대기 중인 공군1호기에 탑승하기 직전 몸을 돌리고 손을 흔들었다. 대내외적으로 어려운 일들이 닥쳐올 것임을 이미 알고 있으면서도 특유의 온화한 미소가 가득하다. 김정순 영부인도 옆에서 만면에 미소를 띠고 있다.

대통령 내외를 송별하는 주일오사카 대한민국총영사관 직원들이 팔을 크게 벌려 하트를 만들고, 그 옆에서는 그러한 문재현의 인기랄까, 최고 지도자를 대하는 직원들의 허물없는 모습이 신기한지 일본 언론 매체가 연신 플래시를 터뜨린다.

일본 매체 기자들 뒤로 외무성 차관 및 국장급 인사들이 멀뚱멀뚱 서 있는 모습이 보인다.

잠시 후 문 대통령 내외가 공군1호기 안으로 사라졌다.

같은 시각, 오사카국제공항의 2번 활주로에는 미합중국 대통령의 전용기 에어포스원이 웅장한 위용을 자랑하며 트럼프 대통령의 탑승을 기다리고 있다. 잠시 후 미 대통령 전용 차량 비스트가 에어포스원 앞에 주차하고, 육중한 덩치의 트럼프 대통령이 먼저 내려 황급히 반대편으로 걸어가 아내 멜라니아 영부인의 차 문을 열고 그녀를 에스코트한다. 그 장면을 각 언론 매체가 쉴 새 없이 카메라에 담는다. 타고난 쇼맨십의 소유자로 널리 알려져 있는, 그야말로 트럼프다운 행동이다.

그런데 언론 매체 옆에 서 있는 사람들이 문재현 대통령 배웅 때와는 달리 중량감 있는 인사들로 포진돼 있다. 노다 외무성 대신과 소가 관방장관이 트럼프 대통령에게 다가가 악수를 청하고, 트럼프도 "베리 굿!"을 연발하며 그들과 악수를 나눈다.

그리고 트럼프 내외는 빠른 발걸음으로 에어포스원에 올라탄다.

마치 하루라도 빨리 오사카를 떠나고 싶어 하는 듯한 트럼프의 행동이 못내 아쉬운지 소가 관방장관의 표정이 살짝 구겨진다.

몇 분 후 공군1호기와 에어포스원이 거의 동시에 출발한다. 물론 목적지는 트럼프가 수차례 공언한 것처럼 대한민국이었다.

소가와 노다는 트럼프를 보내고 G20 폐회식을 준비하기 위해 다시 오사카국제회의장으로 출발했다.

"자네, 아직도 요시다와 별다른 교분 없나?"

"누구 말입니까? 요시다 대신?"

"그래, 요시다가 그 요시다 말고 누가 또 있나?"

"뭐, 굳이 따로 만날 일이 없으니까요."

소가 관방장관이 노다에게 요시다 경제산업성 대신에 대해 살짝 운을 뗐다. 그러나 노다는 찜찜한 말투로 되받는다.

그럴 만한 이유가 있었다. 원래 노다와 요시다는 정계 입문 동기로 앞서거니 뒤서거니 라이벌 관계를 유지하며 집권 여당 자민당 내의 중핵으로 성장했다. 야스베 파벌의 좌장이 소가 관방장관이라면 그 바로 밑을 노다와 요시다가 떠받치고 있었던 것이다.

그런데 원래도 그다지 좋지 않았던 이 둘의 사이가 결정적으로 틀어진 계기가 있었다. 바로 작년 2018년 10월에 나온 대한민국 대법원의 신제철광산 강제징용공 확정판결이었다.

판결이 나왔던 그때, 외무성과 경제산업성을 책임지고 있던 둘은 정기국회에서 해당 부처의 장관으로서 야당의 치열한 입장 표명 요구에 대한 질의 공격을 받았다.

그때 요시다 경산성 대신은 '개인의 배상권 청구 요구는 1965년 일한협정 당시 소멸됐다'고 주장한 것에 반해 노다는 '일한협정은 개인의 권리까지 소멸시키지 않았다'는 정반대의 발언을 해 버렸다.

한창 질문 공세를 이어 가던 야당 의원들은 여당 핵심 각료인 둘의 발언을 순간적으로 이해하지 못해 벙벙한 표정을 지었고, 한 줄 뒤에서 이들의 발언을 듣고 있던 야스베 총리는 이마에 손을 대며 답답한 표정을 연출하기도 했다. 두 사람의 라이벌 의식이 야스베 총리의 입장을 난처하게 만든 것이다. 하지만 막 내각 구성을 끝낸 상태이기도 했는지라 총리는 '당 내의 건전한 토론이 존재한다는 좋은 증거'라는 식으로 얼버무렸다.

아무튼 이 해프닝이 계기가 되어 둘의 사이는 완벽하게 틀어졌고, 사석에서는 서로가 서로를 피하는 사이가 되고 만 것이다.

"도쿄 올라가면 네가 먼저 연락해서 당장 내일이라도 만나."

"왜요?"

"바카야로, 언제까지 그러고 있을 거야? 너희가 잘 해야 나도 총리도 마음이 편하지."

"아니, 제 말은 갑자기 지금 왜 연락해야 하냐고요?"

"그건 조금 뒤면 알게 될 거야. 요시다한테도 이야기해 놨으니까 요시다가 먼저 전화 걸어 올 수도 있고. 선거도 있으니까 너희 둘이 잘 해야 한다."

"음, 알겠습니다. 장관님이 그렇게까지 말씀하신다면, 뭐."

소가는 극도의 피로감이 몰려들어 눈을 스르륵 감았다.

한국으로 향하는 공군1호기에 마련된 소회의실에서 오재호 경제수석과 이헌기 비서관, 신혜연 외교부 장관 그리고 문재현 대통령이 회의를 하고 있다.

문재현 대통령은 오사카에서 줄곧 보였던 온화한 모습과는 달리 비장한 표정이며, 별다른 의견을 제시하기보다는 참모들의 말을 경청하는 중이다.

신 장관이 "그렇다면 7월 중에 발표된다 하더라도 실제 시행은 8월 말이나 9월 초가 된다는 거죠?"라고 묻자 이 비서관은 "네, 맞습니다. 서건우가 히라오한테 직접 들었다고 합니다."라고 답했다.

신 장관이 약간 안도하며 "그러면 일단 외교적 해결을 도모해 볼 시간은 있다고 봅니다."라며 대통령을 쳐다봤다.

오재호 수석도 연달아 입을 연다.

"오성전자, GL디스플레이, KS하익스 등은 제가 개별적으로 접촉을 해 보았는데, 짧으면 일 년 길면 이삼 년 정도 타격도 있고, 생산 공정을 바꾸는 데 막대한 비용이 들어간다고는 하지만, 감당할 수는 있다고 합니다. 특히 GL과 오성은 이미 정보를 입수하고, 외부로 공표하지는 않았지만 생산 공정을 변경시키는 작업과 대체 거래처를 확보하는 작업에 착수했다고 합니다."

그들의 말을 묵묵히 듣던 문재현 대통령은 손을 모은 채 뭔가를 골똘히 생각하는 눈치다. 아직 한마디도 하지 않은 그를 세 사람이 물끄러미 쳐다본다.

그때 소회의실 문이 열리며 통역비서관이 전화기를 들고 들어온다.

"트럼프 대통령이십니다."

전화기를 건네받은 문재현 대통령은 방금까지의 무심한 표정에서 벗어나 온화한 표정으로 바뀐다.

통역비서관이 수화기 아래 이어폰 단자 라인을 연결한 후 인이어 마이크를 장착한다.

"안녕하십니까, 문재현입니다. 출발하셨습니까?"

통역비서관이 문 대통령의 말을 듣고 영어로 통역해 트럼프 대통령에게 전달한다. 그러자 치직거리는 잡음이 약간 들리기는 하지만, 특유의 하이 톤 목소리가 들려온다.

"오! 마이 굿 프렌드, 프레지던트 문! 바로 옆에서 비행하고 있어! 하하하."

그 말을 듣고 문재현은 창밖을 내다본다. 거리는 좀 있지만 확실히 에어포스원으로 보이는 비행기가 공군1호기와 열을 맞추어 비행하고 있다. 얼굴까진 보이지 않지만 보나 마나 이쪽을 쳐다보면서 껄껄 웃어 가며 전화를 하고 있겠구나라는 생각이 문재현의 머리를 스친다.

트럼프가 재차 물어온다.

"그런데 과연 '그 친구'가 내려올까? 정말 그리해도 되려나?"

"괜찮습니다. 트윗에 살짝 운을 띄우시기만 하시죠. 공식적인 발표는 오히려 거부감을 불러일으킬 수 있으니까요."

"오케이. 나는 당신을 항상 믿으니까. 그럼 도착하면 보자고, 프렌드!"

문재현이 수화기를 통역비서관에게 다시 건네주자 신혜연 장관이 화들짝 놀란 표정으로 물어온다.

"대통령님, 그 친구라니요? 혹시······."

"네, 맞습니다, 장관님. 저도 정신이 없어서 알려 드리질 못

했네요.”

　아무렇지도 않은 것처럼 말하는 문재현 대통령의 말에 신혜연 장관뿐만 아니라 오 수석, 이 비서관의 표정도 경악을 금치 못한다. 그들이 놀란 이유는 물론 ‘그 친구’ 때문이었다.

◯

2019년 6월 25일.

　한국전쟁 기념식을 마치고 청와대로 돌아온 문재현 대통령은 바로 민영노 비서실장을 불렀다. 사흘 앞으로 예정된 G20 준비 상황과 화이트리스트 관련 보고를 받기 위해서였다.

　곧장 집무실에 들어선 민영노 비서실장은 이미 준비된 듯 막힘없이 설명했다.

　“오사카G20정상회의는 신혜연 외교부 장관과 오재호 경제수석 그리고 이헌기 해외동포담당비서관을 위주로 여덟 명의 수행단을 꾸렸습니다. 대통령님 내외분을 합하면 도합 열 분입니다. 저와 차두현 안보수석 그리고 이연락 국무총리님, 이명진 국방부 장관을 중심으로 대통령님 부재 시 외교안보 프로토콜 매뉴얼에 따라 정상적으로 대처할 예정입니다. 화이트리스트 배제 시의 상황에 대해서는 각급 부처에서 물밑작업을 순조롭게 진행 중입니다. 대외경제정책연구소의 긴급 보고서에 따르면 삼 개월간은 심리적 측면의 경기 침체가 예상되고 개별 기업들의 영업이익 손실도 수반되겠지만, 그 후 차츰 회복돼 일 년

후엔 정상 궤도를 밟을 것으로 전망됩니다. 또한 감세 등 국가적 지원이 필요한 경우에는 한시적으로라도 최대한 혜택을 주는 것이 낫다고 권고하고 있습니다. 조금 더 세부적으로 본다면 불화수소의 경우…….”

따르릉! 따르릉!

보고가 이어지는 도중 집무실 전화가 울렸고, 민영노 비서실장은 본능적으로 집무실 원탁 위에 놓여 있는 전화기를 쳐다봤지만 미동조차 없다.

문재현 대통령이 자리에서 일어나 자기 자리로 간다. 민영노 비서실장이 그를 따라 와 집무실 위의 전화기를 쳐다본다. 둘만 있는 경우엔 비서실장이 먼저 전화를 받은 후 용건을 묻고 문 대통령에게 전해 주는 케이스도 많기 때문이다.

그런데 책상 위의 전화기 세 대 중 업무용 전화기는 벨 소리가 울리지 않고 있다. 민영노 비서실장은 그 옆의 옆, 가장 오른쪽 투명한 유리 상자 안에 든 전화기가 울리는 것을 확인하고 소스라치게 놀란다.

“핫라인입니까?”

문재현은 알 수 없는 미소를 지으며 고개를 끄덕거리고 오른손을 유리 상자 위에 올린다. ‘인증 완료’의 음성 메시지가 울린 후 유리 상자가 열린다.

문 대통령은 천천히 수화기를 든다.

“안녕하십니까, 문재현입니다.”

“대통령님, 수고 많으십네다. 김정운입니다.”

"그날 갑자기 연락드려 죄송합니다."

"하하하. 아닙네다. 오랜만에 대통령님 정정하신 목소리 들어서 저도 좋았습네다."

"허허허. 다행이네요. 어떻게, 그 건은 생각을 좀 해 보셨는지요?"

옆에서 대화를 듣고 있던 민영노 비서실장이 침을 꿀꺽 삼킨다. 일 초의 시간이 천 일처럼 느껴진다.

"걱정하시 마시라요. 그날 판문점 가겠습니다."

문재현 대통령의 안색도 화사해진다.

"결단을 내려 주셔서 감사합니다. 그날 바로 트럼프 대통령에게도 전화를 드렸고, 트럼프 대통령도 위원장님을 꼭 뵙고 싶다는 말씀을 하셨습니다."

"기라면 앞으로 저는 어떻게 해야 합니까?"

"트럼프 대통령이 오사카에서 트윗을 올릴 겁니다."

"트위터, 그거 말입네까?"

"네. 자기는 그게 편하다고……."

"햐, 그 양반 참……."

"하하하. 저도 잘 이해는 안 됩니다만, 아무튼 그렇게 하신다고 하니까요."

"알갓습니다. 내가 알아서 하겠습니다."

"그럼 그날 건강한 모습으로 뵙겠습니다."

"대통령님도 오사카 잘 다녀오십시오. 그럼 며칠 후에 뵙겠습니다."

수화기를 내리자 삼 초 후 다시 유리 상자가 닫힌다.

대수롭지 않게 자리에서 일어나 다시 원탁으로 발걸음을 옮기는 문 대통령을 보고 민영노 비서실장은 어안이 벙벙한 표정을 감추지 못했다.

"아니, 대통령님, 언제……."

"오성전자 이용재 부회장 만난 그날 전화했었습니다."

"트럼프 대통령에게도 한 겁니까?"

"네. 트럼프 대통령, 김정운 위원장 두 분에게 어차피 만날 거면 이번에 만나는 게 좋지 않겠나 싶어 제가 부탁 좀 드렸습니다."

"부탁이라뇨? 저는 도무지 영문을 모르겠습니다. 그 두 분이 만나는 것과 화이트리스트가 무슨 관계가 있는지."

문재현은 자세를 한 번 고친 후 민영노를 쳐다보며 결연하게 말했다.

"실장님, 저는 야스베 총리가 우리 대한민국 사법부의 판결과 화해치유재단을 걸고넘어지면서, 또한 한반도 평화경제의 축인 한국과 북한 사이를 방해하고 싶다는 목적하에 치사하고 비이성적인 경제보복에 나서는 행동을 절대 용서해선 안 되겠다는 결론에 도달했어요."

아직도 영문을 모르겠다는 듯 눈만 껌벅이는 민영노 비서실장을 항해 문재헌 대통령은 난호한 어조로 덧붙였다.

"완전히 새로운 대한민국을 만들 수 있는 둘도 없는 찬스를 일본이 우리에게 줬다고 생각합니다. 미끼를 던졌으니 아마 물지 않겠습니까, 야스베 총리라면?"

민영노는 그제야 알았는지 저도 모르게 탄성이 터져 나왔다.

"아! 그러니까 지금 대통령님은 오사카G20정상회담 직후에 북미정상회담을 판문점에서 개최해서, 심기가 불편해진 야스베 총리로 하여금 당장 화이트리스트를 발표하게 만들겠다는 것이군요."

"어차피 발표할 것이라면 먼저 응수타진을 해야 하지 않겠습니까? 공은 야스베 총리에게로 넘어갔으니 어떤 식으로 나올지 두고 보죠."

"정말 대단하십니다. 저는 무서워서 도저히……."

문재현 대통령은 민 비서실장의 휘둥그레진 눈을 보면서 예의 온화한 미소만 지을 뿐이었다.

판문점 북미회담과 관방부 긴급회의

—

"어떻게 됐어?"

스즈키 국장이 허겁지겁 경제산업성 무역관리부 회의실로 뛰어 들어왔다. 그 역시 오늘, 즉 2019년 6월 30일 아침 다나카 관방수석비서관의 연락을 받고 처가에서 바로 상경했다. 장모님의 병세가 악화됐다는 소식을 받고 오카무라 사무차관의 허락을 받아 야마나시현 고후시의 처가에 가 있었던 것이다. 그러다가 아침나절에 걸려 온 다나카 비서관의 휴대폰 연락에 히라오와 마찬가지로 급히 도쿄 가스미가세키의 경제산업성으로 올라왔다.

"만날 것 같습니다. 지금 판문점 남측 평화의 집에 도착해 있는 상황입니다."

하무라 계원이 걱정스러운 표정으로 말했다.

"아, 젠장……. 야! 관방부에서 연락 온 건?"

"아직 없습니다."

"오카무라 차관님은?"

"지금 관방부에 계시다고 연락 왔습니다."

스즈키는 회의실에 모여 있는 대여섯 명의 계원들과 히라오에게 지시를 내렸다.

"야, 각자 자리로 돌아가서 다시 한 번 자기가 맡았던 품목리스트 훑어보고 있어. 방송은 히라오하고 내가 보면 되니까."

계원들이 회의실을 나가자 히라오가 물었다.

"관저에서 지령이 떨어질까요?"

"인마, 당연하지. 총리 성격 몰라?"

그 순간 액정 TV 화면 속 NHK 아나운서의 목소리가 올라갔다.

"아! 지금 조지 트럼프 미합중국 대통령이 판문점 남측 평화의 집에서 나와 천천히 걸어가고 있습니다. 반대편에선 김정운 위원장이 모습을 드러냈습니다. 싱가포르와 베트남에 이은 제3차 북미정상회담이 누구도 생각하지 못했던 서프라이즈한 과정을 거쳐 성사될 것 같습니다. 지금 두 지도자가 판문점 중앙에 섰습니다. 악수를 나누고, 아! 지금 트럼프 대통령이 북측으로 넘어갑니다!"

흥분된 목소리를 쏟아 내고 있는 아나운서와 달리 스즈키와 히라오의 표정은 절망적이다.

스즈키가 휴대폰을 꺼내 회의실 탁자 위에 올려놓는다. 히라오도 꺼내어 똑같은 행동을 취한다. 그리고 몇 초 후 스즈키의 전화가 울리고, 스즈키는 한숨을 길게 내쉰 후 전화를 받는다. 오카무라 사무차관이었다.

"어디야?"

"본청 무역관리부 회의실입니다, 차관님."

"히라오도 같이 있지?"

"네."

"둘 다 관방부로 빨리 뛰어와. 긴급회의다."

"네, 알겠습니다."

오카무라의 목소리도 기운이 없다.

전화를 끊은 스즈키는 히라오에게 눈짓을 하며 "전쟁 같은 하루가 시작되겠네."라고 씁쓸하게 말한 뒤 윗옷을 걸친다.

히라오는 조용히 스즈키의 뒤를 따라가며 속으로 '하루가 아니라 몇 달, 아니 몇 년이겠죠.'라고 되뇐다.

●

2019년 6월 30일 저녁.

내각관방부 대회의실에 스즈키와 히라오가 도착했을 땐 이미 소가 관방장관, 다나카 관방수석비서관, 요시다 경제산업성 대신, 오카무라 사무차관, 노다 외무성 대신이 모여 있었다.

둘은 인사를 하고 쭈뼛거리며 들어가 말석에 자리를 잡았다.

얼마 지나지 않아 다시 회의실 문이 열리고 야스베 총리가 불쾌한 기색으로 들어온다. 그는 당연하다는 듯 회의실 탁자

정중앙에 앉는다. 다나카 수석비서관이 자리에서 일어나 취지를 설명한다.

"오늘 긴급회의는 오후 네 시경 한국과 북한의 접경 지역인 판문점 군사분계선…….."

"다나카, 그만하고 앉아. 여기 그거 모르는 사람 누가 있나?"

소가 관방장관이 핀잔을 주자 다나카는 "네. 그럼 야스베 총리 각하께서 주관하시는 것으로 하겠습니다."라고 급히 말을 끊고 착석했다.

"말들 해 봐. 소가 관방장관부터."

"저부터요?"

"그래. 자네부터 해 봐."

소가가 엉거주춤 자리에서 일어난다. 그러자 야스베 총리는 "앉아서 해, 앉아서."라고 손짓을 했고 소가는 다시 앉았다.

"일단 생중계 화면을 보면 누구도 예상하지 못했던 번개 회합이었던 것은 확실하고, 오 분에서 십 분 정도 만나 인사만 주고받을 것이라는 예상은 빗나간 것 같습니다. 한 시간 동안이나 이야기를 했으니 앞으로의 북미 문제에 있어 어느 정도 진전된 의견 교환이 심도 있게 나눠지지 않았을까 생각합니다. 자세한 정보는 내각조사실을 동원해 알아보도록 하겠습니다."

"다음."

야스베 총리가 소가 관방장관 바로 옆에 있는 노다를 가리킨다. 노다는 처음부터 앉아서 입을 연다.

"트위터 외교라는, 솔직히 정상적인 외교 관례로는 도저히 생각할 수 없는 시추에이션이 일어난지라 저로서는 지금 상황 파악이 잘 되지 않고 있습니다. 다만 주한일본대사관의 정보에 따르면 문재현 대통령이 모종의 역할을 한 것 같습니다."

"문재현?"

야스베 총리가 문재현이라는 말에 반응한다.

"네. 청와대 정보원은 아니고 한국 외교부 쪽 이야기를 들어 보니, 신혜연 장관이 지지난 주부터 빈번하게 비공식적으로 청와대를 출입했다고 합니다."

"이번에 오사카에서 그 여자 따로 안 만났어?"

"아, 그, 그게 저쪽에서 시간을 안 내줘서……."

"에휴, 쯧쯧. 다음, 요시다 말해 봐."

이번에는 탁자 반대편에 앉아 있는 요시다 경산성 대신에게로 손가락을 돌린다.

"저요? 저는 지금 단계에선 별로 할 말이……."

"요시다!"

"네! 총리 각하!"

"고개 들어 주위를 둘러봐라."

"네? 아, 네."

요시다가 좌우를 둘러본다.

"뭐가 느껴지나?"

"그, 글쎄요."

"칙쇼, 너희 부서만 네 명이나 왔잖아."

"아, 네. 확실히 그러네요."

"화이트리스트 근거 보고서는 다 완성된 거 맞지?"

"네. 그 보고서라면 이미 6월 14일에 완성해서 관방부에 올렸습니다."

"그거 실무자가 누구야?

요시다 대신이 자기 옆에 주르륵 앉은 오카무라, 스즈키, 히라오를 쳐다본다. 히라오와 서로 눈이 마주친다. 요시다가 눈짓을 하고, 히라오가 벌떡 일어나면서 말한다.

"제, 제가 작성했습니다, 총리 각하."

"그거 나도 읽어 봤는데, 잘 썼어. 그런데 마지막 부분의 '비즈니스 리스크'는 무슨 근거에서 나온 거야?"

의외로 야스베 총리는 별다른 감정 기복 없이 부드럽게 물어본다.

"특별한 근거라기보다는 경제학 및 통계학적으로 설명한 통상적인 리스크입니다. 화이트리스트에서 대한민국을 배제할 경우 단기적으로는 타격을 줄 수 있지만, 오성전자 및 오성반도체, KS하익스, GL디스플레이는 글로벌 초일류 기업인지라 막대한 자금력을 바탕으로 생산 라인 공정을 독일, 네덜란드, 벨기에, 대만 등 대체재를 생산해 내는 소재부품 기업들에 맞춰 바꿔 버릴 수가 있습니다. 이렇게 되면 우리 일본 기업이 장래에 다시 소재부품을 납품하려 해도 아예 할 수가 없게 되는, 반도체 사업 분야의 특수성에 기인한 통상적 리스크라고 보시면 됩니다."

히라오의 말이 끝나자 스즈키 국장도 엉거주춤 손을 들었다.

야스베가 고개를 끄덕거렸다. 아무래도 야스베 총리가 평상시와는 다른 느낌이라 스즈키도 말을 해야겠다고 생각한 모양이다.

"이번 화이트리스트 근거 보고서 실무총괄을 맡은 스즈키라고 합니다. 히라오 군의 설명에 좀 더 보태자면, 단순한 국내 해당 기업의 경제적 타격보다 양국 간의 감정이 격해질 리스크도 있다고 봅니다. 그렇게 되면 일본 제품에 대한 불매운동이나 일본으로 관광을 오지 않는 사태도 발생할 것입니다. 즉 전략물자 제조업뿐만 아니라 서비스 분야 등 사회 전 분야에 걸쳐 다대한 영향을 미칠지도 모른다는 리스크가 존재합니다."

스즈키가 자리에 앉자 야스베 총리는 아직 발언을 하지 않은 오카무라 사무차관을 가리킨다.

"자네도 말해 봐."

오카무라는 숨을 한 번 들이켠 후 말한다.

"스즈키, 히라오와 비슷한 의견입니다. 솔직히 저희 입장에서는 관방부에서 지난 3월 비록 극비 지령으로 내려오긴 했지만 통상적인 업무라고 생각했습니다. 그리고 평소에도 저희가 각종 국내 경제에 관한 백서 등 전망치를 내는데, 올림픽 전까지는 몰라도 그 이후에는 마땅한 경기 호전 대책이 보이지 않고 있습니다. 소비세 인상 부분도 걸리니까요. 그런 면에서 볼 때 이번 건은, 정말 그렇게 정령안이 개정된다면, 득보다 실이 많을 것으로 예측됩니다."

야스베 총리는 한동안 골똘히 생각에 잠긴다. 아무래도 도쿄대 출신의 경산성 실무진 셋이 공통적으로 화이트리스트 정령안 개정을 반대하는지라 고민이 될 수밖에 없다.

그때 조금 전 총리로부터 면박을 당한 요시다 대신이 점수라도 따고 싶었는지 먼저 한마디 꺼낸다.

"그런데 이건 자존심이 걸린 싸움 아닙니까? 조만간 참의원 선거도 있고, 선거 국면에서 리더십 있는 총리 각하의 강한 모습을 어필하는 것도 괜찮을 것 같은데요."

오카무라, 스즈키, 히라오의 얼굴이 일순 굳어진다.

엎친 데 덮친 격으로 노다 외무성 대신마저 거들고 나선다. 어제 G20이 끝나고 올라오는 신칸센 그린좌석에서 요시다와 나란히 앉아 사적인 회포를 푼 것이 영향을 끼친 것 같다.

"저도 요시다 대신 의견에 찬성합니다. 비록 제가 작년에 말실수를 하긴 했지만 징용공, 위안부 건도 있으니까 이번에 한번 본때를 보여 주는 것도 괜찮다고 생각합니다."

노다마저 나서자 오카무라, 스즈키, 히라오의 안색이 더욱 일그러진다.

"소가 군, 이 의견들 종합해서 자네가 다시 한 번 말해 보게."

야스베 총리는 자신의 오른팔이자 차기 총리대신 후보로 유력한 소가 관방장관에 바통을 넘겼다. 소가 관방장관의 말에 따라 결정하겠다는 느낌이다.

"음, 정말 어려운 문제인데…… 확실히 경산성 관료 제군들의 의견도 일리는 있습니다. 하지만 보고서 자체는 매우 잘 만들어져 있고, 이들 소재부품이 한국 측에 들어가지 않으면 한국 내의 여론에 따라 문재현 정권이 징용공, 위안부 건에 대해 고개를 숙일 가능성도 있다고 봅니다. 다행인 것은 한국 최고, 최대의 언론이라 불리는 조중일보를 비롯해 한국의 양심적인 언론들이 합리적인 보도를 하고 있다는 점입니다. 그저께 조중일보의 일본통인 논설위원은 북한이 아닌 일본을 선택하라는 아주 좋은 의견을 내기도 했고요. 아까 경산성 실무자 제군들이 한 말을 종합하면 장기적으로 가면 피해를 입지만, 단기적으로는 한국 기업들이 확실한 손실과 피해를 입습니다. 단기결전의 자세로 저희가 강한 정신으로 임한다면 충분히 문재현 정부의 항복을 받아 낼 수 있을 것 같고, 또 그렇게 된다면 요시다 대신이 말한 것처럼 참의원 선거에도 큰 도움이 될 듯싶습니다. 총리 각하, 정면돌파하시죠?”

소가 관방장관의 말이 끝나자 야스베 총리가 흐뭇한 미소를 띠며 자리에서 일어난다. 그리고 천천히 박수를 한다. 느닷없는 총리의 박수에 다른 사람들도 영문을 몰라 하면서도 총리를 따라 박수를 한다.

소가는 처음에는 어리둥절한 표정을 지었지만 결국 자기 자신도 박수를 몇 번 한다.

“역시 내 오른팔 소가 군! 가장 확실하구먼. 이게 바로 관료와 정치인의 차이야. 관료 녀석들은 보고서니 전략 분석이니 탁상공론만 하지. 그리고 항상 리스크만 이야기해. 언제나 네거티브야. 패배적이라고. 잘 쓴 보고서를 포지티브하게 긍정적으로 진취적으로 써먹을 생각을 아예 못 해. 그러니까 철밥통 공무원이란 소리만 듣는 거야, 안 그래?”

방금까지 진중해 보였던 야스베 총리는 온데간데없이 사라졌다. 아니, 어떻게 보면 원래 모습 그대로의 감정적이며 즉흥적인 야스베로 돌아온 것이다.

히라오와 스즈키는 고개를 푹 숙였고, 오카무라는 흠, 흠, 하는 계면쩍은 헛기침 소리만 낼 뿐이다.

야스베 총리가 못을 박았다.

"내일 소가, 자네가 발표해."

총리의 갑작스런 명령에 소가 관방장관이 당황한 듯 "내, 내일 말입니까?"라며 말을 더듬거렸다. 그러자 야스베가 씩 웃으며 교활하게 말한다.

"쇠뿔도 단김에 빼랬다고 문재현이 G20 끝나자마자 우릴 물먹였잖아. 그러면 나도 그 자식 바로 엿 먹여야지. 정상회담도 했겠다, 보나 마나 들떠 있을 텐데 정신 확 차리게 내일 아침 정기 기자회견에서 자네가 전격적으로 발표해 버리는 거야. 인상 제대로 쓰고 아주 초강경 태도로 임하라고. 네 존재감을 보이란 말이야. 뭔 소린지 알겠어?"

"네, 알겠습니다."

"그리고 한 번에 너무 많이 발표하면 집중력이 떨어지니까 자넨 '화이트리스트에서 대한민국을 제외시키겠다'까지만 발표하고, 나머지 구체적인 내용은…… 그래, 너희 실무진에서 보도 자료를 만들어."

야스베가 얼굴이 발갛게 상기된 스즈키와 히라오를 가리킨다.

히라오가 머뭇거리는 사이, 스즈키가 "네! 바로 정령안 개정에 대한 사전평가서 그리고 어떤 물품을 왜 제외시키는지 보도 자료 바로 만들도록 하겠습니다!"라고 우렁찬 소리로 답했다.

히라오는 그런 스즈키가 원망스러운지 힐끗 쳐다본다.

"자, 그럼 이만 해산하자. 다들 하루만 더 수고하자고."

야스베 총리의 얼굴은 웃음이 흘러넘쳤다. 그것은 마치 자신과 전혀 다른 인생을 걸어온, 자기 기준에서는 하찮은 실향민 출신 인권 변호사 문재현의 뒤통수를 갈겨 버리겠다는 일념으로 가득 찬 비열한 미소이기도 했다.

　　　　　　　　　　●

관저를 나와 경산성으로 복귀하는 스즈키와 히라오의 발걸음이 유독 힘없이 느껴진다. 어깨도 축 늘어져 있다. 그들은 실무담당자였지만 처음부터 이 정령안이 실현되리라고는 생각지도 못 했다.

스즈키는 항상 "야, 작성만 하는 거야, 작성만. 그게 되겠냐?"라고 히라오에게 말했고, 또 오성전자 이용재로부터 짭짤한 용돈까지 건네받았다.

돌이켜 보면 스즈키가 보고서 관련 정보를 오성전자에 넘긴 이유에는 발표까진 가지 않을 것이라는 확신도 존재했다. 6월 3일 이용재 회장을 비밀리에 만났을 때는 '80퍼센트의 확률로 통과될 것'이라고 말을 했지만 그것 역시 일종의 연기였다. 오히려 그는 80퍼센트의 확률로 통과되지 않을 것이라 생각했기 때문에 스스럼없이 정보, 아니 첩보를 넘길 수 있었던 것이다. 만약 정령안 개정이 자신의 진짜배기 예상처럼 발표되지 않는다 하더라도 "다행스럽게도 20퍼센트의 확률에 걸린 것 같습니다."라고 말하면 되니까.

한편 히라오는 다른 맥락에서, 이를테면 서건우가 내일 이 사실을 알게 되면 일본이라는 나라에 대해, 또 자신에 대해 어떻게 생각할까라는 걱정이 먼저 들었다. 소가 관방장관 입에서 나올 그 보고서와 구체적인 소재부품 규제 방법, 목록 등도 전부자신의 손을 거쳤다는 사실까지 서건우가 알고 있기 때문이다.

히라오는 그것들이 매스컴을 통해 공개적으로 밝혀지는 '순간'이 부끄러워 견딜 수가 없는 셈이다.

비슷하지만 다른 이유로, 두 사람은 한숨을 푹푹 내쉬면서 걷고 있다.

어느새 초여름에 접어들었는지 후덥지근한 습기가 둘을 감싼다.

"덴 상, 나야, 오카무라."

"아니, 요즘 왜 이리 전화가 잦으십니까. 동생이 그리도 보고 싶어요? 하하하."

전영재는 웃으면서 전화를 받았다. 하지만 오카무라 사무차관은 가라앉은 목소리로 응대한다.

"지금 농담할 때가 아닌 것 같고, 내일 그걸 발표하기로 했어."

"뭐 말입니까?"

"화이트리스트."

"헐, 정말입니까?"

"응. 방금 총리대신이 직접 지시했네. 판문점 회담 때문에."

"판문점 회담 때문에요?"

"설명하기 복잡하니까 됐고, 아무튼 자네가 힘 좀 써 줘. 솔직히 나도 마찬가지지만, 우리 후배 실무진 녀석들은 영 마뜩잖은가 봐."

"뭐가 마뜩잖습니까?"

"근거가 빈약하다는 거지. 직접 작성한 놈들이 그러니까 솔직히 나도 그런 생각이 들고, 또 장기적으로 보면 확실히 우리 수출 기업들에게 피해가 갈 수밖에 없어. 그래서 하는 말인데, 나는 빨리 봉합시키고 싶네. 총리는 모르겠지만 관방장관도 마찬가지 생각이야."

"음, 무슨 말씀인지 알겠습니다."

"응. 기사 좀 잘 써 줘. 길게 가면 절대 안 되네. 좀 부탁함세."

"네. 자유애국당 쪽에도 저번처럼 제가 정보를 건네도록 하죠."

"한 달일세. 한 달이 넘어가면 섣삽을 수 없어."

"걱정 마십시오, 형님. 제가 누굽니까."

"그래, 지금으로선 자네밖에 없으니까 잘 부탁하네."

전화를 끊은 후 오카무라는 아이쿠오스 담배에 불을 붙인 후, 환하게 불이 켜져 있는 수상 관저를 바라보았다. 평탄하다면 평탄했던 삼십오 년간의 관료 생활 막판에 이런 중차대한 사태가 터질 줄은 꿈에도 몰랐다는 듯 애꿎은 담배만 뻑뻑 빨아 댄다.

화이트리스트 1차 공습의 날

—

2019년 7월 1일.

관방부 기자실이 웅성거리기 시작했다. 보통이라면 소가 관방장관 혼자 주간 정례브리핑을 진행하는데, 요시다 경제산업성 대신과 노다 외무성 대신이 함께 정례브리핑을 진행한다는 기자클럽 간사의 통지가 전달되었기 때문이다.

"세 명이나 정례브리핑에 출석한다고?"

"뭔가 있나 본데?"

"어? 실세들만 다 오네. 이거 뭔가 심상찮다."

평소라면 기자클럽 대기실에서 화면을 통해 브리핑을 지켜볼 괸저 신임기자들까지 수섭주섬 노트북을 챙기기 시작했다. 이삼십 명은 남아 있어야 할 대기실은 전화 대기 한 명만 남겨두고 모조리 브리핑홀로 향했다. 여느 때와 다름없는 평온한

날이지만 일촉즉발의 미묘한 분위기가 관방부 전체를 감싸고
있었다.

　　　　　　　　　　●

　"소가 관방장관, 요시다 경제산업성 대신, 노다 외무성 대신
입장합니다. 자리에서 일어나 주십시오."

　기자들로 꽉 찬 브리핑홀에 세 명의 장관이 차례대로 들어와
일장기에 예를 차린다.

　소가 관방장관이 연단 중앙의 마이크 볼륨을 체크한 후 천천
히 입을 열었다.

　"오늘, 2019년 7월 1일, 야스베 총리의 명에 따라 다음과 같
이 발표합니다. 지금까지 일본의 화이트리스트, 즉 백색국가
우대 정책에 따라 수출에 있어 광범위한 포괄적 호혜적 처우를
받아 온 대한민국을 화이트리스트 27개 국가에서 제외하는 정
령안 개정안을 상신합니다. 이에 따른 사전평가서 및 견해서는
7월 3일 상정하고 개정절차법에 기초해 3주간의 퍼블릭 오피니
언 기간을 둡니다. 7월 24일 개진된 의견을 검토해 빠른 시일
내에 각의결정에 보낼 계획입니다. 이상입니다. 궁금한 사항
있으면 질문하시고, 질문 내용에 따라 노다, 요시다 두 장관이
답변할 수도 있습니다."

　빠르게 자판을 쳐 내려가던 언론사 기자들은 탄성을 내뱉었
다. 개중에는 짧은 비명을 발하는 기자도 있었다.

소가 관방장관의 말이 끝나자마자 수십 명이 손을 들었다. 간사 역할을 맡은 요미우리 신문사의 선임기자가 "시간 관계상 통신사 한 명, 방송사 한 명 그리고 경제지 및 종합일간지 해서 네 명의 질문만 받겠습니다. 먼저 두 번째 줄 왼쪽 세 번째."라고 능숙한 진행 솜씨를 선보인다.

"교도통신 가네무라입니다. 갑자기 그런 조치를 내리는 이유가 뭡니까?"

소가가 요시다에게 눈짓을 한다. 기자단과 사전 질문 조정 (네마와시; 根回し)을 하지는 않았지만 가장 먼저 나올 질문으로 예상했던 것이다.

요시다 대신은 성큼성큼 중앙으로 걸어 나와 마이크를 잡았다.

"저희가 입수한 자료에 따르면 우리 일본국에서 한국으로 수출한 소재부품 등 일부 품목들에 대한 한국 정부의 전략물자 관리가 최근 제대로 되고 있지 않다고 판단했기 때문에, 지난 수년간 바세나르 협정에 의거 수차례 협의를 가지자고 제안했지만 한국 측이 응하지 않아 부득이하게 이러한 호혜국 대우를 못하게 된 것입니다. 그리고 오해를 하면 안 되는 것이 있는데, 이 개정안이 발효될 경우에는 해당 품목의 수출을 금지하는 것이 아니라 보다 엄격하게 관리하겠다는 것이므로 과도한 해석은 삼가 주시기 바랍니다."

"작년의 한국 대법원 판결 때문인가요?"

요시다 대신의 설명이 끝나자마자 바로 질문이 터져 나왔다.

진보 매체로 불리는 아사니치신문의 우에무라 기자였다. 그가 질문을 하자 기자클럽 간사도 요시다 대신도 당황한 기색을 얼핏 보였지만, 소가 관방장관이 나선다.

"그것과는 직접적 관련이 없습니다. 다만 양국 간의 신뢰 관계에 문제가 있다는 큰 틀 안에서 본다면 어느 정도 영향을 미쳤다고도 할 수 있습니다만, 직접적인 원인은 방금 요시다 대신이 설명한 것이라 보시면 됩니다. 그 부분에 대해서는 노다 외무성 대신이 덧붙여서 설명할 것입니다."

소가 관방장관은 노다를 지목했다. 노다도 이 부분에 대한 시뮬레이션이 되어 있는지 요시다와 마찬가지로 성큼성큼 마이크 앞으로 걸어온다.

"한국 대법원의 신제철광산 징용공 보상 판결은 개인청구권 부분에 관련된 것이므로 이번 화이트리스트와는 관련이 없습니다. 이 부분은 외교적으로 해결하기 위해 지금도 지속적으로 한국 측과 의견을 교환하고 있습니다."

노다 대신의 답변이 끝나자마자 우에무라 기자가 곧바로 재차 질문한다.

"네? 한국의 신혜연 장관, 제가 그저께 오사카에서 만났는데 노다 대신과 작년 그 판결 이후로 연락 한 번 하지 않았다고 하던데요?"

소가가 간사 역할을 맡은 요미우리 선임기자에게 눈짓을 한다. 간사는 "우에무라 기자, 개별 취재는 나중에 하시고요, 다른 기자들 질문도 받아야 하니 이번 질문은 없는 것으로 하겠습니다."라고 말한다.

"네, 다음 분 질문하겠습니다."

"NHK 가네코입니다. 개정안이 발표되면 구체적으로 어떤 전략물자 품목들이 수출관리령의 제재를 받습니까?"

요시다 대신이 노다 대신과 교대한다.

"그것은 퍼블릭 오피니언을 거쳐 개정안이 시행된 이후 천백 개 품목을 위주로 한 목록이 나올 것이며, 당장 지금부터는 긴급적 조치로 전략물자로 전용될 가능성이 있는 불화수소, 포토 레지스트, 플루오린 폴리이미드 세 가지를 선정했습니다."

"이 세 품목을 당장 시작한다고요? 그런데 지금 말한 세 가지는 전략물자라기보다 반도체 메모리나 올레드TV 등에 쓰이는 핵심소재 아닙니까? 이것들과 전략물자가 무슨 관계가 있는 거죠?"

니혼게이자이신문의 반도체 및 첨단기술팀 팀장을 맡은 바 있는 히라노 기자가 갑자기 일어나 질문한다. 간사와 요시다는 또 당황한다. 히라노는 내친김에 쩌렁쩌렁한 목소리로 연달아 질문한다.

"요시다 대신님, 솔직히 말씀해 주십시오. 일종의 경제보복 조치라고 봐도 됩니까?"

요시다 대신이 "아, 그렇게는 볼 수 없고, 이 불화수소는 핵무기 등의 전기제어장치에 전용될 우려가 있는 전략물자라서 긴급하게 조치한, 그러니까, 에, 또……."라며 더듬거리자, 소가 관방장관이 다가와 마이크를 낚아채면서 말한다.

"여러분, 괜한 오해는 하지 마시고, 추후 보도자료를 경산성에서 배포할 예정이니 그걸 참고해 주시기 바랍니다. 오늘 정례브리핑은 이것으로 마치겠습니다."

소가 관방장관이 급하게 브리핑을 마치고 요시다, 노다와 함께 퇴장하려 하자 기자들 사이에선 고성이 터져 나온다.

"장관님! 잠시만요!"

"불화수소 등이 북한 측에 들어갔다는 말입니까? 장관님!"

"장관님! 해당 일본 기업들은 알고 있습니까? 장관님! 퇴장하지 마세요!"

기자들의 고성에 아랑곳없이 세 명은 재빠르게 퇴장하고 브리핑홀 문이 굳게 닫힌다.

기자들 중 몇 명은 그들을 뒤따라 나가고 남아 있는 이들은 타이핑을 하느라 정신이 없다. 몇몇 선임기자들은 휴대폰을 꺼내 전화를 돌리는 등 말 그대로 아비규환이다. 그들 역시도 전혀 예상하지 못한 내용이었기 때문이다.

⬤

"헉!"

〈야후! 재팬〉에 속보로 뜬 '대한민국을 화이트리스트 국가에서 제외… 소가 관방장관이 발표'라는 기사를 본 서건우는 짧은 비명을 내질렀다.

곧바로 이헌기 청와대 재외동포담당비서관의 카카오톡 메시지로 기사 주소 링크를 집어넣고, 그 밑에 [일본 정부가 한국을 화이트리스트에서 제외한다는 발표를 했습니다. 조금 전에 소가 관방장관이 정례브리핑에서 그렇게 말했습니다.]라고 보냈다.

바로 이헌기 비서관의 답장이 왔다.

[안 그래도 알고 있네. 그리고 조중일보가 미리 알았는지 오늘자 지면에다가 1면 톱뉴스로 썼어. 우리도 곧 회의를 해야 하니까 나중에 다시 연락함세.]

이 비서관의 메시지를 읽고 있는 그때 전화기가 울렸다. 송석진으로부터 걸려 온 전화였다.

"자네, 조금 전 뉴스 들었나?"

"응. 화이트리스트 말하는 거지?"

"아, 알고 있구먼. 야스베 이 새끼, 정말 미친 거 아냐?"

"어제 판문점 때문에 그런 거 아냐? 암튼 정신없으니까 나중에 다시 연락해. 나 일단 지금 히라오 상한테 연락해 볼 테니까."

"그래, 알았어."

송석진과 통화를 마치고 서건우는 히라오에게 [히라오 상, 잘 계십니까?]라는 라인메시지를 보냈다. 바로 '읽었다旣読'는 표시가 떴다. 하지만 아무리 기다려도 답은 오지 않았다.

⬤

"일단 예정대로 산업통상부에서 긴급 태스크포스 팀을 마련했고, 대외경제정책연구소는 이미 현황 및 전망 보고서 작성에 착수했습니다. 대통령님께서 이미 말씀하셨던 30대 기업 총수 간담회는 오늘 오후에 진행되고요. 중국 측은 제가, 러시아 측은 송길영 의원이 접촉했습니다."

2019년 7월 1일 오전 11시.

민영노 비서실장이 마치 이런 사태를 예견했다는 듯 술술 계획을 털어놓자 청와대 회의실에 모인 각 행정부처 장관 및 수석 들은 내심 놀란 기색을 보였다. 그도 그럴 것이 6월 17일 긴급회의 이후 진행 상황을 전달받지 못한 사람들, 이를테면 이연락 총리는 당일 아침 집무실에서 조중일보의 1면 기사 '일본 정부, 화이트리스트 우대국에서 대한민국만 제외!'를 읽고 깜짝 놀라 청와대로 연락한 케이스였다.

"대통령님, 이게 어떻게 된 겁니까? 그럼 그날 회의 때 나온 정보가 맞는다는 것 아닙니까."

"총리님, 그렇게 걱정은 하지 마시고요. 일단 민 실장한테 연락 갈 겁니다. 조금 이따가 뵙죠. 아참, 앞으로 총리님이 하셔야 할 일이 많습니다. 허허허."

이연락 총리는 태연자약한 문재현 대통령의 반응에 놀랐지만, 반대로 청와대 측이 당황하고 있지 않다는 느낌도 동시에 받아 혼란스러운 감정에 빠졌다. 그리고 조금 전 민영노 비서실장의 연락을 받고 즉시 청와대로 향했던 것이다.

"우선 부처 장관님들을 제외하면 송길영 의원님이 와 계십니다. 송 의원님, 보고 해 주십시오."

한국 정치권에서 러시아통으로 불리는 송길영 의원이 육중한 덩치를 자랑하며 자리에서 일어났다.

"네, 여러 국무위원님들 계신데 저만 의원 신분으로 참석해 의아해하실 겁니다. 일단 저간의 사정을 말씀드리자면, 저는 6월 17일 청와대 민영노 비서실장의 연락을 받고 바로 러시아 푸틴 대통령의 비서실장이자 산업부 장관을 겸하고 있는 안드레아 미하블로스키 실장에게 연락했습니다. 화이트리스트 건은 이야기하지 않았고 다만 지금 쟁점이 되고 있는 반도체 소재부품의 수입을 다변화하고 싶다는 우리 정부의 의지를 건넸습니다. 안드레아 실장은 상당히 기뻐하면서 푸틴 대통령에게 보고한 후 즉시 국가적 차원에서 방안을 검토하겠다는 긍정적인 답변을 내놓았습니다. 조만간 연락이 올 것으로 생각됩니다."

이어 민영노 비서실장이 발표했다.

"송 의원님, 감사합니다. 이어서 제가 말씀드리겠습니다. 중국 정부 상무국 부부장과 직접 연락을 취했습니다. 저 역시 화이트리스트 배제에 관한 내용은 밝히지 않았으며, 반도체 관련 대체 소재부품을 수입하고 싶다는 의향을 중국 측에 전달했습니다. 마찬가지로 적극 협력하겠다는 의사를 전달받았습니다. 이상입니다."

다음으로 신혜연 장관이 일어났다.

"오늘 오후에 주한일본대사를 초치해 이번 발표에 관한 설명을 듣고 유감 표명을 할 예정입니다. 물론 저로서는 일단 외교적인 해결이 바람직하다는 대통령님의 견해에 따라 노다 대신에게 빠른 시일 내 만나자는 요청을 할 생각입니다.”

신 장관이 자리에 앉자 남시훈 경제부총리가 손을 들어 질문했다.

“외교적인 해결이 가능하겠습니까? 가능성은 몇 퍼센트 정도로 보시나요?”

남 부총리의 말은 2018년 10월에 있었던 대법원의 신제철광산 징용공 판결 이후 신혜연 외교부 장관과 노다 외무성 대신이 약 팔 개월간 한 번도 만나지 않았다는 것에 의문을 품고 나온 질문이었다.

신 장관은 약간 주춤거리는 기색을 보였지만 솔직하게 답했다.

“제 생각으론 힘들 것이라 봅니다. 가능성으로 따진다면 20퍼센트도 안 될 것으로 보입니다.”

“힘들다는 근거는 뭐죠?”

남 부총리가 평소와는 다르게 질문을 쏟아 냈다. 아무래도 이번 화이트리스트 정령안이 실제로 개정될 경우 그 파급력에 대해 오재호 경제수석과 함께 가장 잘 알고 있는, 그리고 또 책임자급 위치에 있기 때문일 것이다. 이왕이면 외교적인 해결을 도모해 보자는 바람이었고, 남 부총리 옆에 앉은 오 수석 역시 고개를 끄덕거렸다.

신 장관이 대답을 주저하자 문재현 대통령이 직접 입을 열었다.

“부총리님, 이건 제가 말하겠습니다. 이번 오사카G20정상회의에 참가하면서 신 장관도 그런 것들을 상의하기 위해 같이 가셨는데, 일본 측이 생각을 꺾지 않았습니다. 우리 측 실무진이 이런저런 제의를 했는데 징용공 문제를 해결하지 않으면 만나지 않겠다는 뜻을 직접적으로 전해 왔습니다. 부총리님도 아시겠지만, 저는 삼권분립의 민주주의적 가치를 존중하며, 무엇보다 개인의 인권 문제에 국가가 관여해서는 안 된다는 원칙을 가지고 있습니다. 그 점들은 우리가 타협할 수 없는 부분입니다. 부총리님과 오 수석님 그리고 양 장관님, 세 분께서 힘들어지실 것입니다만 어떻게든 헤쳐 나가 주십시오."

"네, 대통령님 의지가 그러하시다면 오히려 힘을 얻게 되네요. 잘 알겠습니다."

그때 회의실 문을 열고 이헌기 비서관이 들어왔다. 그의 손에는 종이 한 장이 들려 있었다.

"죄송합니다. 급한 통문이 와서……."

이헌기 비서관이 탁자 위에 놓인 프롬프터용 투명 액정 위에 그 종이를 올렸다.

"일본에서 온 경산성의 사전평가서 내용입니다. 모레 7월 3일에 경산성 홈페이지에 공지될 내용이고, 24일까지 퍼블릭 오피니언을 받는다고 합니다."

이 비서관이 올린 자료에는 다음과 같은 내용이 적혀 있었다.

화이트리스트 정령안 개정에 관한 사전평가서

법률 또는 정령의 명칭: 수출무역관리령의 일부를 개정하는 정령안

규제의 명칭: 외국환 및 외국무역법에 기반한 수출관리

규제의 구분: 신설, 개정(확충, 완화), 폐지

담당 부서: 무역경제협력국 무역관리부 무역관리과

평가 실시 시기: 레이와 원년 7월 3일~7월 24일

1. 규제의 목적, 내용 및 필요성

① 규제를 실시하지 않을 경우 장래 예측(베이스라인)

"규제의 신설 또는 개폐를 실행하지 않을 경우에 생길 것으로 예측되는 상황"에 대해서 명확하고 간결하게 기재한다. 또 이 "예측 가능한 상황"은 5~10년 후를 상정하고 있지만, 과제에 따라서는 현 상황을 베이스라인으로 하는 것도 가능하므로 각 과제별로 판단할 것. (현 상황을 베이스라인으로 하는 이유도 명기)

→ 이번 개정은 외국환 및 외국무역법(이하 외환법)에 따라 수출관리를 적절하게 실시한다는 관점으로부터 외환법에 기초한 수출무역관리령의 별표3의 지역(이른바 화이트리스트 대상 국가)에서 대한민국을 삭제하는 것. 대한민국의 무역관리에 관한 규제(캐치올 규제)가 불충분한 것에 추가해 대한민국과의 신뢰 관계가 현저하게 손상되고 있는 중에 한국의 무역관리제도의 적절한 운용을 확인하는 것이 곤란해진 것에서 실시하는 것이며, 역으로 규제 개정을 실시하지 않을 경우 적절한 수출관리체제가 유지되지 않을 가능성이 있다.

② 과제, 과제 발생의 원인, 과제 해결 수단의 검토(신설에 있어서는

비규제 수단과의 비교에 의해 규제 수단을 선택하는 것의 타당성)

과제는 무엇인가. 과제의 원인은 무엇인가. 과제를 해결하기 위한 "규제" 수단을 선택하게 된 경위(효과적, 합리적인 수단으로 '규제', '비규제'의 정책 수단을 각각 비교 검토한 결과 '규제' 수단을 선택한 것)를 명확하고 간결하게 기재한다.

→ 과제 및 그 발생 원인

대한민국의 무역관리에 관한 규제(캐치올 규제)가 불충분하며 한국과의 신뢰 관계가 현저하게 손상되어 가는 과정에서 무역관리제도의 적절한 운용의 확인이 곤란해진 것.

→ 규제 이외의 정책 수단

이번 조치는 수출관리제도를 적절히 운용하기 위해, 대한민국을 대상으로 한 수출에 대해 수출관리제도를 엄격하게 운용하기 위한 조치이며 비규제 수단은 생각할 수 없다.

→ 규제 개정의 내용

적절한 수출관리체제를 운용하기 위해서는 수출무역관리령 별표2의 나라(화이트리스트 대상국)에서 대한민국을 삭제하는 것이 필요하다. (끝)

"뭐예요? 이게 전부예요?"

양동신 산업통상부 장관이 의아하다는 표정으로 질문한다.

"네. 자료를 건네준 서…… 아니, 정보원에 따르면 이게 전부라고 합니다."

이헌기 비서관이 서건우의 이름을 말하려다가 입을 다물었다.

문재현 대통령이 6월 17일 이후 정보원 실명에 대해서는 함구하라는 별도 지시를 내렸기 때문이다.

"무슨 이런 사전평가서가 있죠? 법령 근거가 턱없이 부족한데요?"

"급조한 티가 너무 나는데, 이거 믿을 수 있습니까?"

"이래 가지고 무슨 오피니언을 받는다는 거죠?"

좌중이 갑자기 소란해진다. 화이트리스트 발표가 가져온 파장에 비하면 사전평가서가 너무 초라했기 때문이다.

그때 지금까지 한마디도 하지 않고 가만히 있던 이연락 총리가 한글 번역본 뒤에 첨부되어 있던 일본어 원본을 보더니 무겁게 입을 뗀다.

"음, 이걸 읽어 보니 일본 정부는, 오늘은 일단 거짓말을 한 것 같습니다."

"그게 무슨 말씀입니까, 이 총리님?"

문재현 대통령이 묻자 이연락 총리는 원본 부분에 손가락을 가리키며 단호하게 말한다.

"일본의 소가 관방장관은 오늘 아침 화이트리스트 정령안 상신을 결정하면서 한국의 수출관리 실태가 적절치 않아 이른바 적색국가 등으로 자기네들의 소재 및 부품이 흘러들어 갈 가능성이 있어 개정안을 올리겠다는 뉘앙스로 이야기했는데, 여길 보시면 그 부분 즉 수출무역관리가 불충분하다는 것에 '추가해(加え)' 양국 간의 신뢰 관계가 현저하게 손상되어 있다고 써 놨습니다. 무역관리가 불충분하다는 것만 써도 상관없는데 신뢰

관계가 현저하게 손상된다는 표현을 썼다는 것은, 일본 정부 스스로가 수출무역관리가 아닌 다른 이유와 맥락, 이를테면 방금 남 부총리님이 지적하신 대로 작년에 있었던 대법원 판결이나 위안부 문제 등이 이번 정령안 개정의 근거로 작용하고 있다는 뜻이죠. 물론 우리는 그런 맥락에서 나온 것으로 심정적으로 파악하고 있었지만 증거는 없었는데, 경산성이 발표한 이 사전평가서를 본다면 일본 정부에서는 정치적, 사법적 문제를 빌미로 경제적 규제 조치를 취했다는 증거를 스스로 남겼다고 판단할 수 있을 것 같습니다.”

이연락 총리의 말이 끝나자 문재현 대통령이 흡족한 미소를 띤다.

“이 총리님 말씀 잘 들었습니다. 다른 분들 의견 없으십니까?”

차두현 안보수석이 손을 들었다.

“네. 차 수석님, 말씀하세요.”

“실무적인 것 하나, 음…… 양 장관님께 묻고 싶은데요. 오늘 일단 세 가지 품목 불화수소, 포토레지스트, 플루오린 폴리이미드를 발표했는데 이건 당장 규제가 되는 겁니까? 정령안 개정 발표도 아직 되지 않았는데, 상식적으로 보면 월권행위 아닙니까?”

“네. 국제통상 상식으로는 당연히 이해가 안 가는 조치입니다. 현재의 수출관리령상에서도 아직까지는 대한민국이 화이트리스트에 속한 나라이기 때문에 저 세 가지를 당장 규제하겠다는 것은 명백한 위법이고, 또 우리가 이의를 제기할 수 있다고 생각합니다.”

양 장관의 말이 끝나자 문재현 대통령이 단호하게 말한다.

“양 장관님, 공식적인 이의는 제기하지 마세요. 실제로 그렇게 할지 안 할지는 좀 두고 봐야 하고 우리 국내 여론도 봐야 하니까.”

“국내 여론 볼 거나 있겠습니까? 아침에 조중일보 보니까 어디서 정보를 받았는지 벌써 알고 썼던데요.”

오재호 경제수석이 가방에서 조중일보를 꺼내 탁자 위에 올린다. 이연락 총리도 아침에 총리실에서 읽었던 1면 톱기사가 뇌리에 선명하게 박혀 있다.

문 대통령이 알 듯 말 듯한 미소를 지으며 말한다.

“그건 두고 보지요. 아무튼 오늘 바쁘신 와중에 모여 주셔서 감사하고요. 우리는 감정이 아닌 상식과 원칙에 기반해 의연하게 대처한다는 마음가짐으로 나아가면 됩니다. 일본이 먼저 비상식적이며 비합리적인 공격을 해 왔으니 그에 상응하는 조치를 각 부처별로 해 주시고요. 특히 아까 말씀드린 경제부처 책임자 분들은 매일 오후 네 시에 화상회의를 진행하도록 하겠습니다. 외교부 장관님은 노다 대신 측과 계속 접촉해 보시고, 때에 따라선 미국 측의 개입이 필요할 수도 있으니까 그 부분은 제가 맡도록 하겠습니다. 오늘 회의는 이만 마치도록 합시다.”

회의 참석자들이 일어나 하나둘 밖으로 나가고 문 대통령이 문 옆에 서서 일일이 배웅한다.

텅 빈 회의실에 남겨진 문재현 대통령은 다시 탁자로 돌아와

경산성의 사전평가서를 집어 든 후 읽어 내려간다. 그의 눈빛
이 점점 불타오르는 것처럼 느껴진다.

2019년 7월 1일 오전.

회의실에 설치된 TV를 보며 사전평가서를 작성하는 히라오의 휴대폰에 라인메시지 알림이 뜬다. 서건우였다.

하지만 당장 해야 할 일 때문에 바로 답장을 못 하고 TV 속의 소가, 노다, 요시다 대신의 합동 정례브리핑을 보면서 빠르게 메모를 해 나간다. 한숨을 푹푹 쉬어 가면서.

그때 스즈키가 커피 잔을 들고 들어온다.

"어때?"

스즈키는 왼손에 든 따뜻한 모카커피를 히라오 앞으로 내밀며 물어본다.

"이거 진짜 큰일 났는데요."

"왜?"

"기자단과 사전 조정이 전혀 안 되어 있어서 중구난방이에요. 보도자료부터 먼저 뿌려야 하는데 다나카 비서관이 실수인지 뭔지 몰라도 배포하지 않은 것 같습니다. 니혼게이자이 히라노 기자가 불화수소 나오자마자 바로 딴지 거는데요. 아사니치 신문 우에무라 기자도 정치적인 보복 아니냐고 대놓고 물어보고. 이거 총체적 난국입니다."

"그런 것까지 네가 신경 쓰지 마. 기사야 뭐 저네들이 알아서 쓰겠지. 사전평가서나 써."

"쓰고 말고 할 것도 없습니다."

히라오가 마침 사전평가서가 다 완성됐는지 휴대용 프린터기로 한 장 출력해 스즈키에게 건네준다.

그걸 읽은 스즈키는 손을 내밀고 히라오는 가만히 보고만 있다.

"뭐 해?"

"네?"

"다음 장은?"

"없는데요."

"뭐? 야, 인마, 이걸 그냥 올리자고?"

"다 들어갔지 않습니까. 저는 더 이상 뭘 써야 할지 모르겠습니다."

"야! 아무리 그래도 그렇지, 이걸 어떻게 홈페이지에 올리냐?"

"근데 핵심은 다 들어갔잖습니까."

"말을 만들어서라도 페이지 채워야지."

"더 만들 말이 없는데 어떡하란 말입니까."

그때 회의실 문이 열린다. 조금 전까지 정례브리핑에 등장했던 요시다 대신과 오카무라 사무차관이 들어온다.

히라오와 스즈키가 자리에서 일어나 예를 차린다.

스즈키는 바로 손을 뒤로 가져가 히라오에게 받은 사전평가서 종이를 양복바지 뒷주머니에 구겨 넣는다. 빠른 손놀림이다.

"여기들 있었구먼. 브리핑 봤어?"

요시다 대신이 둘에게 말을 건다.

"네! 방금 봤습니다. 역시 장관님 답변이 아주 귀에 쏙쏙 들어오더군요. 훌륭한 회견이었습니다."

스즈키가 예의 아부성 영업 멘트를 날리고, 히라오는 그런 모습을 피곤하다는 투로 쳐다본다.

"사전평가서는 어떻게 됐어? 관방부가 아주 관심이 높아. 올리기만 하면 찬성 의견이 쇄도할 거라고 말하더라고."

"네?"

히라오가 놀라는 표정을 짓는다.

"뭐, 자신 있다는 식으로 말하던데. 아무튼 다 썼어?"

"아! 아직 작성 중입니다."

히라오가 다 썼다고 답변할까 봐 스즈키가 발 빠르게 나선다.

요시다 대신은 "그래, 그럼 오늘 중으로 써서 바로 가져와. 결재할 테니까."라고 말한 후 나가려 한다.

히라오가 무언가 결심한 듯 나가려는 그를 부른다.

"장관님, 제가 좀 드릴 말씀이 있습니다."

오카무라 사무차관과 스즈키 국장이 동시에 히라오를 마땅찮은 눈빛으로 쳐다본다. 아무리 실무담당자라 하더라도 수석관리관 과장 직급이 천하에 경산성 대신을 불러 세운 것이다. 대단한 결례지만 요시다 대신은 너털웃음을 터뜨리며 자리에 앉는다. 그가 앉자마자 히라오가 입을 연다.

"제가 사전평가서를 작성하면서 내내 궁금했던 사안이 있습니다."

"말해 봐."

"오늘 세 가지 부품에 대해서 말씀하셨는데, 물론 그 세 가지를 S랭크에 놓은 것도 저희 무역관리과이긴 합니다만, 이걸 당장 시행하면 우리 일본 기업들에게도 상당한 타격이 예상됩니다. 가령 오성전자 및 오성반도체에 불화수소 에칭가스를 공급하는 무리타화학공업의 지난 삼 년간 재무제표를 보면 오성반도체가 차지하는 비중이 매출의 30퍼센트가 넘습니다. 당장 수출규제를 할 경우 오성반도체가 이 기업의 물건을 살 수 없게 됩니다."

스즈키는 오성반도체 이야기가 나올 때마다 속으로는 흠칫했지만 겉으로는 아무 내색도 하지 않았다.

히라오가 말을 잠깐 쉬자 요시다가 다그쳤다.

"그래서?"

히라오는 계속해서 말을 이어 나갔다.

"아, 당연히 우리 기업의 손실이 예상된다는 것입니다. 두 번째로는 오성반도체가 반도체 부분의 초일류 기업인지라 대체재를 빨리 찾아 버릴 가능성이 큽니다. 솔직히 지금 오성반도체의 에칭가스 일본 의존율이 41퍼센트 정도밖에 안 됩니다. 이 수치가 상당히 애매모호하다는 점입니다. 즉 글로벌 초일류라면 일본 기업을 아예 제외해 버리고 이미 에칭가스를 받고 있는 기존 거래선의 수입량을 늘려 버릴 수도 있습니다. 그렇게 해서 반도체 생산량이 커버되어 버리면 장기적으로 오성반도체 같은 우량 기업과의 거래는 두 번 다시 할 수 없지 않을까 하는 걱정입니다. 마지막으로 국제 여론입니다. 그저께 야스베 총리 각하가 오사카정상회의에서 자유무역의 중요성을 이야기하셨는데 이틀 지나서 이런 발표, 그것도 구체적인 발표를 하고 사전평가서까지 써 버리면……."

쾅!

잘 듣고 있던 요시다 대신이 갑자기 탁자를 내리치면서 벌떡 자리에서 일어난다.

"뭔 소리야! 자네가 썼던 근거 보고서에 북한으로 수출됐을 의혹이 있다고 나와 있잖아. 이거 네가 작성한 거 아냐? 무슨 국제 여론이 어쩌고저쩌고야?"

요시다가 불같이 화를 내자 옆에 있던 오카무라 사무차관이 급히 말린다.

"아이고, 장관님, 고정하세요. 히라오 군은 만일의 사태까지 염두에 두자는 거니까……."

"뭐? 너희 이 새끼들, 지금 항명하는 거야? 응?"

"아닙니다. 무슨 그런 말씀을……."

180

"야! 스즈키! 네가 써, 사전평가서!"

"아, 네. 아, 알겠습니다."

"새끼들이 까라면 까야지. 응? 전 국민이 보는 방송에다 대고 다 말했는데 뭐? 햐, 나 참, 이 나약한 공무원 새끼들, 당장 작성해서 가져와!"

요시다 대신은 화가 머리끝까지 났는지 회의실 문을 쾅! 닫고 밖으로 나갔다. 오카무라 사무차관도 그 뒤를 쭈뼛쭈뼛 따라갔다.

히라오의 얼굴과 눈이 벌겋게 달아오른다.

스즈키가 그런 히라오를 보면서 아까 뒷주머니에 꾸깃꾸깃 감춰 두었던 사전평가서 종이를 끄집어낸다.

"이거 작성자란에 내 이름 적고 한 장 더 뽑아라."

"네?"

"젠장, 나도 더러워서 못 해 먹겠다. 무슨 병신 새끼들이 진짜……. 내가 책임질 테니까 그냥 이거 제출하려고."

"괜찮겠습니까, 국장…… 아니 선배님?"

"내가 책임질게. 저 병신들 나라가 망해 봐야 정신을 차리지. 뭐 해? 빨리 줘, 인마!"

히라오가 작성자란을 수정한 후 바로 프린트한다. 스즈키가 그걸 건네받고 아무 말 없이 회의실 밖으로 나간다.

노드북 전원을 끈 히라오는 스즈키가 두고 간 꾸깃꾸깃한 종이를 펼쳐 본다. 그때 다시 건우로부터 라인메시지가 온다.

[바쁘신가 봐요. 나중에 시간 날 때 천천히 메시지 보내 주세요.]

히라오는 서건우로부터 온 라인메시지와 자신이 작성한 사전평가서를 번갈아 쳐다보다가 카메라 모드를 작동시킨 후 사전평가서를 촬영한다. 그는 잠시 망설이다가 라인메시지를 통해 사전평가서 사진을 건우에게 보냈다.

개돼지들

"논설위원님, 지금 바깥에 난리가 났습니다."

조중일보 유재상 편집국장이 논설위원실을 박차고 들어왔다.

2019년 7월 5일 저녁.

조중일보가 떠들썩하다. 누군가가 조중일보 본사 사옥 건물 맞은편에서 대형 슬라이드 화면을 쏜 것이다. 그것도 조중일보 광고가 흐르는 액정 화면 바로 밑에 '매국신문 조중일보 폐간하라!', '조중일보 광고주 두고 보자!', '더러운 친일매국 황국조중일보!' 등의 슬라이드 화면이 순차적으로 지나간 것이다.

전영재는 이미 창밖을 통해 슬라이드를 쏘는 건너편을 지그시 쳐다보고 있는 중이었다.

"유 국장, 내가 너한테 항상 뭐라고 하냐?"

"네? 갑자기 무슨 말씀이십니까?"

"제발 국장쯤 됐으면 호들갑 좀 떨지 말라고 항상 말하잖아. 북한이 미사일을 쏜 것도 아니고, 넌 왜 이렇게 경망스럽냐. 응?"

"아니, 그게 아니라, 이거 뭔 조치를 취해야 하지 않습니까?"

"그럼 경찰에 신고하든가, 아니면 네가 저기 쏘는 데 가서 잡아 오든가."

"그, 그건 좀……."

"그러니까 인마, 촐싹거리지 좀 말라고."

유재상 편집국장은 전영재 논설위원의 말에도 불안감을 완전히 감추지는 못했다. 날이 갈수록 사옥 앞 시위대의 수가 늘어나고 있었기 때문이다.

4월과 5월만 하더라도 한 달에 두어 번 이삼백 명 규모의 시위대가 모였을 뿐이었는데, 며칠 전 일본의 화이트리스트 정령 안 개정이 발표된 이후부터 매일, 그것도 천여 명에 달하는 시위대가 모였기 때문이다.

이 모든 것은 물론 조중일보의 기사와 칼럼 때문이었다.

유재상은 솔직히 억울했다. 기사야 유재상 본인이 책임자지만 문제는 칼럼이었다. 특히 전영재의 칼럼이 일본을 너무 편들고 있다는 느낌을 유재상조차 받고 있었다. 즉, 그러한 친일 칼럼 때문에 조중일보 전체가 안 받아도 되는 비난까지 받는다고 생각했던 것이다. 하지만 전영재는 요지부동이었다.

복잡한 생각에 사로잡힌 유재상에게 전영재가 창밖을 내다보며 친근하게 말을 걸었다.

"재상아."

"네? 아, 네. 선배님."

전영재가 직책이 아닌 이름을 부를 때는 선배라고 호칭하는 것이 조중일보의 오래된 관례다. 게다가 유재상은 전영재의 대학 직속 후배이기도 했다.

"네 생각에 문재현이가 오래 버틸 수 있을 것 같냐?"

"못 버티죠. 어떻게 버팁니까?"

"그럼 쟤네들이 하는 저런 유치한 데모는?"

"오래 못 가죠. 하루 이틀 봅니까?"

"자, 불매운동은?"

"불매운동요? 메이드 인 재팬을? 그냥 웃고 말죠. 푸하하."

"지랄한다. 방금까지 쫄았던 주제에. 쯧쯧쯧."

사실 7월 1일 소가, 노다, 요시다의 정례브리핑 이후 한국에서는 불매운동의 바람이 불고 있었다. 일장기 가운데의 태양이 동그라미라는 점에 착안해 '안 가요, 안 사요'의 'ㅇ' 부분에 일장기 태양을 집어넣은 일제 불매운동 캠페인이 폭발적으로 점화한 것이다.

실제로 일본에 가는 한국인 관광객이 줄어들기 시작했다는 뉴스가 방송을 탔고, 대표적인 일본 소비재들, 이를테면 유니온클로우 같은 옷들이 안 팔리기 시작한 것이다. 먹거리에도 영향을 미쳐 외국 백주 섬유율 2위를 기록했던 아사히 캔 맥주가 순식간에 5위 바깥으로 밀려나는 수모를 겪었다. 이런 모습에 전영재는 매일같이 필봉을 휘둘렀다.

'대통령의 무조건적 反日은 누구를 위한 것인가?' (7월 2일. 사설)

'지는 것이 이기는 것이다' (7월 3일. 칼럼 '전영재의 사색')

'난리 난 韓 반도체 기업 "이러다간 망할지도 모른다"'(7월 4일.

'전영재의 人터뷰')

'불매운동이 성공한 사례는 없다' (7월 5일. 사설)

전영재는 자신이 있었다.

물론 전영재의 이러한 칼럼은 많은 반발을 사기도 했지만,

보수우파 유튜버나 제1야당 자유애국당의 문재현 정부 공격에

수도 없이 인용되었다. 전영재는 후자 쪽 파워가 훨씬 세다고

생각했다. 무엇보다 일본 경산성의 정보를 직접 입수할 수 있는

파이프를 가지고 있다는 것이 그러한 자신감의 원천이 되었다.

"재상아, 나는 오히려 쟤들 불쌍해 죽겠어."

"그게 무슨 말씀이십니까?"

"저런 거 할 시간에 히라가나라도 한 글자 더 배우는 게 본인

을 위해서 낫잖아. 그런데 허구한 날 나와서 아스팔트 바닥에

앉아 몇 시간씩 데모를 한다. 의미 없는 구호나 외쳐 대면서. 넌

쟤들 안 불쌍하니?"

"뭐, 자기가 좋다고 하는 거니까 불쌍하고 말고를 떠나

서⋯⋯."

"어휴 인마, 넌 그래서 안 되는 거야. 인정이 없어, 인정이.

측은지심, 그런 거 모르냐?"

"예? 아니 선배님, 그 고사성어가 이 상황에 맞는 겁니까?"

"껄껄껄. 그냥 들어가라. 쓸데없는 걱정 하지 말고."

"선배님은 안 들어가십니까?"

"내일 칼럼 써야지. 이번엔 뭐로 할까, 음, 불매운동 때문에 도산 직전에 있는 여행사 이야기나 쓸까?"

"또 쓰시게요?"

"왜? 싫어?"

"아이고, 아닙니다. 어쩌면 그렇게 글이 확확 나오는지 신기해서요. 정말 선배님, 대단하십니다요."

"인마, 공치사 그만하고 빨리 들어가. 내일도 아침 일찍 나와야 하니까. 일본 뉴스 잘 체크하고."

"넵. 알겠습니다, 선배님!"

유재상이 약간은 장난스럽게 거수경례를 한 후 뒷걸음질 치며 전영재의 방을 나간다.

전영재는 다시 창가로 가서 사옥 아래를 내려다본다. 저녁 아홉 시인데 아직도 수십 명이 옹기종기 모여 촛불시위를 하고 있다.

전영재는 씩 비웃으며 내뱉는다.

"아무짝에도 쓸모없는 개돼지들……."

퍼블릭 오피니언

"현재 몇 건이나 모였지?"

"한 2만 5천 정도 됩니다. 지금도 하루에 수백 건씩 쏟아지고 있습니다. 정말 대단한데요."

하무라가 놀랍다는 투로 히라오에게 보고한다.

히라오는 착잡한 심정으로 퍼블릭 오피니언 아이콘을 클릭했다. 7월 17일 현재, 정확하게 27,534건이 모였다. 아직 마감까지 일주일이나 남아 있는데 이런 추세라면 경제산업성, 아니 일본 부처 통틀어서 가장 많은 오피니언을 받게 된다. 다른 정령안 개정은 많아 봤자 이삼백 건인데 이것만 유독 몇만 건이 되니, 요시다 대신의 "관방부가 퍼블릭 오피니언은 책임지겠다고 하니까."라는 말이 계속 맴돈다.

게다가 오피니언을 남긴 사람들의 주소를 보면 야마구치현

188

과 아키타현이 압도적으로 많았다. 히라오는 씁쓸했다. 야마구치현은 야스베 총리, 아키타현은 소가 관방장관의 지역구였기 때문이다.

물증은 없지만 요시다 대신의 그 말은 결국 두 최고 권력자의 지역구 조직을 움직이겠다는 뜻이었다는 합리적 의심이 들었던 것이다. 그리고 공통적으로 오피니언들이 너무 짧았다.

[한국의 버르장머리를 꼭 고쳐주세요. 찬성합니다.]

[일본을 업신여기는 조센징은 망해도 쌉니다.]

[질서의식도 없고, 일본을 더럽게 만드는 한국인은 돌아가라!]

이처럼 정령안과 전혀 상관없는 내용도 부지기수였다.

히라오는 파일 옆에 용량을 나타내는 바이트가 표시되는 것에 안도했다. 1킬로바이트 이하는 보나 마나 이런 혐오 욕설이 담긴 단문이라는 걸 쉽게 간파할 수 있어서 클릭의 수고로움을 덜 수 있었기 때문이다.

그렇게 기계적으로 클릭하며 내려가다가 데이터 용량이 12킬로바이트나 되는 파일을 발견했다. 흥미가 동해 클릭하는 순간, 히라오는 자신의 눈을 의심했다. 도쿄도 신주쿠구 햐쿠닌초 2초메로 나가는 주소 옆에 '서건우'라는 이름이 뚜렷이 적혀 있었기 때문이다.

한 번 가 봐서 안다. 주소도 맞고 이름도 맞다. 바로 그 서건우다.

히라오는 본능적으로 주위를 한 번 살펴본 후 조심스럽게 파일을 클릭했다.

私は2001年から日本に住んでいる韓国人です。日本人の妻と結婚し、4人の子供を育てながら、また東京西側の豊かな自然環境と地域コミュニティ―に恵まれながら18年も暮らしています。様々な職を転々としましたが、今は小さい自営業を営んでいます。納税の義務はもちろんのこと、雇用にも少しは寄与していると思っております。

　しかし最近この件によって両国の長らく続いてきた友好関係がギクシャクしていることに不安感が広がりつつあります。安倍総理は韓国をホワイトリストから排除する根拠を的確に出していない気がしてなりません。日本から輸出された素材が北朝鮮へ不法転用されてはいないかと、心配しているようですがそういうことしたらすぐばれるし、何よりアメリカが許すわけがありません。またそのような規制は韓国の産業通商部が綿密に規制し、調査しています。私はこういう単なる可能性や推測に基づいたことで65年以来続いてきた両国の友好関係が崩れ落ちることがとても理解できないのです。

　またこの措置(政令案改正)が通ってしまうと、日本の企業にも不利益が生じます。また日本に対する不買運動とのせいで日本の地方観光産業が一挙に衰退する恐れも多々あります。観光産業は安倍総理が東京オリンピックも含めて一番力を入れている分野ではないでしょうか。年間700万人を超える韓国人が日本に訪れ、日本と韓国の架け橋になっています。彼らが日本で使うお金、つまり経済的な効果も無視できません。

政治的なものは政治的に解決することが正道だと思います。自由貿易体制の現代社会において確かではない根拠に基づいて経済的な圧迫を加えることは中国みたいな独裁国家がやることです。

私は日本に暮らしている一市民でありますが、おそらくこの地で死ぬでしょう。妻も子どもたちもこの地で人生を通り過ごすと思います。何十年も続いた両国の平和と交流が遮断されるようなことが起きないような決断を出していただきたいと切実に願っております。よろしくお願いします。

저는 2001년부터 일본에서 살고 있는 한국인입니다. 일본인 여성과 결혼해 네 명의 자녀를 키우면서, 또 도쿄 서쪽의 자연과 지역 커뮤니티의 은혜를 입으며 십팔 년이나 살고 있습니다. 여러 직업을 전전했고 지금은 조그마한 자영업을 하고 있습니다. 납세의 의무는 물론 고용에도 조금은 기여하고 있다고 생각합니다.

하지만 최근 이 정령안 개정으로 인해 양국 간에 오래 지속되어 온 우호 관계가 흔들리고 있는 것에 불안한 마음이 듭니다. 야스베 총리는 한국을 화이트리스트에서 배제하는 근거를 적확하게 설명하고 있지 않다는 생각이 듭니다. 일본에서 수출된 소재가 북한에 불법 전용되지 않을까라고 걱정하는 것 같습니다만, 그런 짓을 했다간 금방 들킬뿐더러 무엇보다 미국이 용서할 리가 없습니다. 또 그런 문제는 한국의 산업통상부가 면밀하게 조사하고 규제합니다. 저는 이러한 단순한 가능성 혹은 추측에 기반한 조치로 인해 65년 이래 계속되어 온 양국의 우호 관계가 붕괴되는 것이 아무리 생각해도 이해가 되지 않습니다.

또한 이번 조치(정령안 개정)가 통과되어 버리면 일본 기업에게도 불이익이 발생합니다. 또 일본에 대한 불매운동 등의 탓으로 일본의 지방 관광산업이 일거에 쇠퇴할 두려움도 있습니다. 관광산업은 야스베 총리가 도쿄올림픽을 포함해 가장 힘을 쏟고 있는 분야가 아닙니까. 연간 7백만 명이 넘는 한국인이 일본을 방문하고 있으며, 그들이 일본과 한국을 잇는 가교 역할을 하고 있습니다. 또 그들이 일본에서 사용하는 돈, 즉 경제적인 효과도 무시할 수 없습니다. 정치적인 것은 정치적으로 해결하는 것이 도리라고 생각합니다. 자유무역체제가 정착된 현대사회에 있어 확실하지 않은 근거로 경제적인 압박을 가한다는 것은 중국 같은 독재국가나 하는 짓입니다.

저는 일본에서 살고 있는 평범한 소시민이고, 아마 이 땅에서 목숨을 거둘 것입니다. 아내는 물론 아이들도 일본에서 살아갈 것입니다. 몇십 년 동안이나 지속된 양국의 평화와 교류가 차단되는 상황이 발생하지 않도록 결단해 주시기를 절실히 기원하고 있습니다. 잘 부탁드리겠습니다.

넋을 잃고 읽어 내려가던 히라오는 갑자기 눈시울이 시큰해졌다. 그리고 또다시 부끄러워졌다. 서건우의 말은 하나도 틀린 것이 없었기 때문이다.

그런데 어쩌다 보니 이 모든 사태의 시발점이 된 근거 보고서부터 사전평가서는 물론 천백 개 품목이 담긴 화이트리스트 배제 리스트까지 전부 자신이 작성했다. 서건우의 퍼블릭 오피니언에 전적으로 동의하면서도 실제로는 정반대의 행동을 해 버린 것이다.

말로는 표현할 수 없는 복잡한 심정에 휩싸여 쉽사리 헤어나오지 못하고 있던 그때, 스즈키가 무역관리과에 나타나 큰소리를 지른다.

"히라오! 회의실로! 빨리!"

"네! 지금 갑니다!"

히라오는 이내 마음을 추스르고 자리에서 일어나 회의실로 향했다.

회의실에 마련된 대형 액정 TV에서는 NHK 방송이 '한국에 러시아 및 중국이 불화수소를 제공할 의향이 있다'는 뉴스를 내보내고 있다. 또한 스즈키 국장 앞에 놓인 영자 신문 뉴욕타임즈는 '일본이 국제자유무역의 질서를 깨뜨리고 있다'라는 제목의 기사가 실려 있다.

스즈키 국장 옆에 앉아 있던 오카무라 사무차관이 연신 아이쿠오스를 피워 대고 있는 모습에서 상황이 꽤나 심각한 것을 느낄 수 있다. 그는 히라오가 들어오는 것을 보고 신문들을 툭 던진다. 아사니치신문과 니혼게이자이신문이다.

"외국 언론이야 그렇다 쳐도 아사니치와 니혼게이자이는 대체 왜 이러는 거야?"

오카무라가 던진 두 신문에는 일본의 조치를 비판하는 뉘앙스의 기사가 실려 있다.

이 두 신문은 7월 2일부터 야스베 총리와 이번 지시를 내린 내각관방부의 오판에 대해 적절하게 지적해 왔다. 그것의 연장선에서, 그리고 이제 나흘 후면 열릴 참의원 통상선거도 결부되어, 전통적인 반反야스베 논조의 아사니치는 더욱더 야스베 및 경제산업성의 잘못에 맹공을 가하고 있었다.

그런데 기사를 읽다 보니 경제산업성 관계자를 소스로 한 부분이 눈에 띤다.

"너 아니지?"

오카무라가 히라오를 뚫어지게 쳐다보며 심문하는 투로 말한다. 히라오는 깜짝 놀라면서 "무슨 말씀이세요. 저 아닙니다. 제가 이런 취재에 협조할 리 없지 않습니까?"라고 반문한다.

히라오는 기사의 내용이 자신이 평소 주장했던 것과 일치하기는 하지만, 실제 이 기사를 쓴 우에무라 기자와는 만난 적이 없었다. 관저담당 선임기자로 워낙 유명하기 때문에 이름만 알고 있을 뿐이다.

"스즈키, 너냐?"

"아이고, 차관님, 무슨 말도 안 되는……."

"그렇다면 계원들인데, 히라오 네가 조심스럽게 알아봐."

"네? 제가요?"

"그래. 어차피 그 문서 쓴 사람들이 너네 동아시아실이잖아.

대여섯 명밖에 없으니까 선거 전까지 찾아. 뭐, 못 찾으면 할 수 없지만"

오카무라도 마지못해 지시하는 기색이 역력했다. 진짜로 범인을 찾아내고 싶으면 보다 강력하게 지시를 내렸을 것이며, 특히 못 찾으면 할 수 없다는 사족을 달 이유가 없다.

분위기를 눈치챈 히라오가 수긍한다.

"아, 네. 제가 한번 조심스럽게 알아보겠습니다."

"응, 그건 뭐 중요한 건 아니니까 알아서 하고. 내가 히라오 군한테 묻고 싶은 건, 불화수소 말이야. 우리 것 말고 한국이, 아니 오성이니 KS하익스 같은 기업이 러시아제나 중국제를 쓸 수 있는 거야?"

"당장은 안 될 겁니다. 트웰브 나인을 구현하지 못했을 겁니다. 수율 문제가 있어서 완벽을 기하려면 99.9999999999퍼센트 이상의 고순도 불화수소여야 합니다."

히라오가 모처럼 전문가적 답변을 한다. 하긴 이번 건을 계기로 반도체 관련 소재부품에 관해 낮밤을 가리지 않고 몇 달간 공부했으니 어찌 보면 당연한 결과일 수도 있다.

"근데 왜 갑자기 되지도 않는 제안을 하고 그러는 거지? 당연히 자기네들 제품으로 안 된다는 걸 알면서 말이야."

"중국 제품은 파이브 나인, 즉 99.999퍼센트까지는 구현되어 있어서, 이걸 어찌어찌 활용하면 쓸 수는 있고, 실제로 수입하기도 합니다. 다만 러시아제 불화수소는 기술력이 그렇게 높다는 걸 제가 들어 본 바가 없어서……."

"내가 말하는 건 제품의 질이 아니라, 왜 갑자기 러시아와 중국이 한국 편을 드느냐 이거야."

히라오는 순간 어이가 없었다. 하지만 금세 이해했다. 아무리 천재들만 모인다는 도쿄대 출신의 선배고 경산성 관료 외길 삼십오 년을 걸었다곤 하지만 나이가 낼모레 예순이다. 게다가 반도체 분야처럼 복잡한 게 없다.

히라오는 괜히 억울해졌다. 그래서 이 조치에 대해 반대하고 비판했던 것인데, 결국 직속상관인 사무차관이 비판의 논점을 제대로 몰랐다는 말이다. 그나마 대화가 통했던 유일한 상대 스즈키 국장은 정작 중요한 국면에선 항상 "하이! 하이!"만 외치는 예스맨이었다.

히라오는 마음속으로 길게 한숨을 내쉰 후 말문을 열었다.

"차관님, 반도체는 기본적으로 글로벌 밸류체인, 혹은 글로벌 서플라이체인의 성격을 띠고 있습니다. 철저하게 글로벌적으로 분업화가 되어 있다는 뜻입니다. 일본 기업들, 제가 7월 1일 요시다 대신님께 말씀드렸던 무리타화학공업은 한국 기업에 30퍼센트 이상의 소재를 수출합니다. 그 소재가 바로 에칭가스, 즉 불화수소입니다. 반도체 웨이퍼를 세정하는 데 필수적으로 쓰이지요. 이것을 무리타화학이 한국의 오성반도체나 KS하익스 등에 납품하는 겁니다. 그러면 한국 기업이 그걸로 반도체 칩을 만들어 다시 중국 등으로 보내 완제품을 만들고, 그것이 전 세계로 공급되는 겁니다."

"그런데?"

"네?"

히라오는 순간적으로 말문이 턱 막혔지만, 가슴을 진정시킨 후 다시 찬찬히 말을 이어 갔다.

"반도체가 없으면 완제품을 만들 수가 없잖습니까. 오성과 하익스 두 기업이 전 세계 반도체의 50퍼센트 이상을 만들어 공급하고 있는데, 그걸 못 만들면 속된 말로 애플의 아이폰, 도시바의 4K TV 같은 게 나올 수 없다는 겁니다. 물론 소니나 파나소닉의 노트북과 컴퓨터도 안 나오고요. 전자기기란 게 기본적으로 다 반도체가 들어가고, 그 제조 공정에서 우리 일본 기업의 소재가 대활약을 하고 있는데, 그게 앞으로 규제된다면 그래서 오성 등이 우리 기업들 것을 안 쓴다고 해 버리면 다른 나라 기업이 당연히 러브콜을 보내죠. 그들 입장에서는 절호의 비즈니스 찬스 아닙니까. 이건 정치적인 것과는 아무런 상관이 없는, 아주 자연스러운 행위입니다, 차관님."

가만히 듣고 있던 오카무라 사무차관은 고개를 끄덕거리면서 한마디 한다.

"그런데 왜 그런 구체적인 이야기는 안 했어?"

오카무라의 말을 듣고 이번엔 히라오뿐만 아니라 스즈키조차 입을 벌리고 말았다. 어안이 벙벙한 표정이다.

스즈키가 참다못해 히라오를 응원한다.

"차관님, 아니 선배님, 솔직히 저희가 말하려고 해도, 소가 관방장관님도 그렇고 야스베 총리 각하도 마찬가지고, 심지어 우리 요시다 대신님도 화만 내셨지 않습니까. 이건 선배님도 인

정해 주셔야지요. 까놓고 말해서 저희가 몇 번이나 이런 말을 했습니까. 그런데 구체적인 이야기를 꺼내려고 하면 무작정 화만 내고 말 자르고 호통 치신 분들이 누군데요.”

요시다는 평소 잘 쓰지 않던 '선배님'이라는 표현까지 써 가며 오카무라의 기분이 상하지 않게끔 최대한 부드럽게 설명했다.

오카무라는 좀 생각한 후 말한다.

“음, 알았어. 이번 주 참의원 선거 끝나고 다음 주 수요일, 그러니까 24일에 퍼블릭 오피니언 결과 집계되면 관방부에서 회의할 건데, 스즈키, 네가 방금 히라오가 말한 거 정리해서 보고서 만들어.”

“히라오 군이 만들어서 같이 가면 되지 않습니까.”

“우리끼리 모이는 게 아니니까 히라오는 참석 못 한다. 관광청장하고 경단련 총괄본부장이 올 거야.”

“경단련에서 온다고요?”

히라오의 눈이 번득였다.

“응. 4월에서 6월 2분기 결산이 안 좋은 모양이야. 게다가 방금 히라오 군이 말한 것들 때문에 다음 분기 실적 예상도 좋지 않고. 관광청장이야 당연히 불만을 털어놓을 것이고. 아무튼 우리도 입장을 정해야 하는데, 각의에 올라가면 끝이니까 마지막 기회라 생각하고 네가 만들어 봐. 나는 장관님 설득 한번 시켜볼 테니까.”

“네, 알겠습니다! 저도 스즈키 국장님께 적극적으로 협력하겠습니다. 차관님! 아니 선배님!”

히라오가 갑자기 활기찬 목소리로 답하면서 지금까지 한 번도 내뱉지 않았던 '선배님'이란 단어까지 쓴다. 그 단어에 짐짓 놀란 오카무라가 히라오의 어깨를 한 번 툭 치고 회의실 밖으로 나간다.

스즈키가 히라오를 쳐다보며 말한다.

"알지?"

"네. 제가 쓸게요."

"그래, 잘 정리해라. 발표는 나한테 맡기고."

"그나저나 정말 다행입니다."

"뭐가?"

"뭔가 전향적으로 바뀔 것 같지 않습니까?"

"야, 야, 먼저 헛물켜고 그러진 마라. 야스베가 어떤 사람인데."

"그래도 한번 최선을 다해 보겠습니다."

"그래. 관방부나 관저도 참의원 선거 때문에 정신없을 테니 누가 체크하는 사람도 없을 거다. 한번 마음대로 써 봐."

스즈키는 순수한 마음으로 히라오를 격려하고 회의실 밖으로 나갔다.

히라오는 탁자 위의 신문을 주섬주섬 정리했다.

마침 NHK 뉴스 화면에서는 한국의 불매운동이 들불처럼 번지고 있고, 일본 여행 예약 취소가 속출하고 있다는 내용이 흘러나오고 있었다. 그리고 오성반도체가 '6월 초부터 이러한 움직임이 있을 것으로 전망하고 다량의 불화수소, 포토레지스트, 플루오린 폴리이미드 재고를 확보했다'는 뉴스가 연달아 나왔다.

히라오는 고개를 잠깐 갸웃거렸다. 서건우에게 처음 화이트 리스트 정보를 준 것이 6월 중순이었던 기억이 났기 때문이다. 하지만 이내 잊었다. 히라오는 자기가 어떻게 쓰느냐에 따라서 각의결정까지 가지 않을 것이라는 사명감과 책임감에 불타고 있었기 때문이다.

참의원 선거 패배

—

"논설위원님, 이거 야스베 총리가 진 거 아닙니까?"

조중일보 유재상 편집국장이 전영재 논설위원을 쳐다보며 걱정스럽게 묻는다.

2019년 7월 21일 밤 8시.

일본 참의원 통상선거 투표가 마감됐다.

원래대로라면 그렇게 중요하지 않은 통상선거지만 이번만큼은 달랐다. 야스베 총리가 참의원 선거 결과에 따라 기존의 평화헌법을 개정하겠다고 공공연하게 밝혀 온 터라 일본은 물론 중국, 러시아, 북한, 한국 등 주변국이 더 관심을 보이는 분위기가 형성됐다.

야스베 총리의 개헌안은 현행 일본국 헌법 9조가 명시하는

'군대를 가질 수 없다'는 조항을 철폐한다고 되어 있었다. 즉 군대를 가질 수 있는 보통국가로의 전환을 명시하고 있는 것이었다. 게다가 한국은 7월 1일 있었던 반도체 핵심소재 수출규제 발표와 이후 나올 가능성이 높은 화이트리스트 정령안 개정 때문에 더더욱 민감하게 반응했다. 만약 이번 참의원 선거에서 야스베 총리의 자민당이 승리할 경우 헌법 개정은 물론 한국을 화이트리스트에서 배제하는 이른바 'G1'이 본격적으로 실현될 가능성이 매우 높았기 때문이나.

유재상 편집국장의 걱정스러운 어투는, 야스베 총리가 진 것 때문이라기보다 그간 조중일보가 자민당의 압승을 예상하는 기사를 집중적으로 발표해 왔기 때문이다.

그런데 뚜껑을 열어 보니 정반대였다. 최고의 정확도를 자랑하는 NHK의 20시 05분 출구조사 결과, 연립여당인 자민당과 공명당을 합해 개헌선(참의원 의원 재적수의 2/3)이라 일컬어지는 164석을 넘어 170석 이상은 가볍게 얻을 것이라는 사전 예상을 훨씬 밑도는 160석 정도로 나왔기 때문이다. 특히 자민당 단독만 놓고 본다면 무려 아홉 석에서 열 석을 잃을 것으로 전망됐다.

이래 가지고는 도저히 승리라고 볼 수 없을뿐더러, 지난 몇 주간 조중일보가 써 왔던 자민당 압승 예상 기사와는 정면으로 배치된다.

유재상 편집국장은 바로 이 점을 걱정했던 것이다.

"뭐가 패배야? 연립 과반 넘었으니 그냥 압승이라고 해도 되고, 정 뭣하면 '절반의 승리' 이런 식으로 쓰면 되지."

"저, 선배님, 이걸 압승이라고는 도저히…… 그리고 절반의 승리라고 하기에도 좀 약한 거 아닙니까?"

"인마, 넌 천하에 조중일보 편집국장이……. 에휴, 아니다. 내가 하나 쓸 테니까 넌 그냥 그거 보고 야마 잡아."

"아, 넵. 알겠습니다."

유재상 편집국장은 NHK 출구조사 결과를 녹화한 USB 칩을 뽑아 논설위원실을 나가려 한다. 그런 그를 전영재가 부른다.

"재상아."

"네, 선배님."

"뉴스는 전하는 게 아니라 만드는 거다. 우리가 프레임을 만든다는 것을 항상 생각해. 알았어?"

"넵, 알겠습니다!"

"그래, 그만 나가 봐."

유재상이 나가는 모습을 지켜보는 전영재도 뭔가 힘이 빠진 듯한 느낌이다. 그 역시 자민당의 이번 선거 패배는 예상하지 못했다. 압승이 아니더라도 최소한 개헌선인 164석은 뛰어넘을 것이라고 봤다. 화이트리스트 건도 있어 이번 선거에 대한 한국 내의 관심도 이례적으로 높아, 그간 최고의 일본 전문가로 일컬어져 왔던 자신의 명성에도 금이 갈 것을 본능적으로 염려했던 것이다.

착잡한 마음에 담배를 하나 꺼내 물고 창문을 열었다.

무더운 일요일 저녁, 게다가 아홉 시도 넘긴 시간인데 아직도 이삼십 명 정도가 군데군데 무리를 지어 조중일보 사옥 앞에서 촛불집회를 하고 있다. 그들 대부분은 '안 사요, 안 가요'라는 일본 불매운동 피켓을 들고 있다. 그런데 그 피켓 사이사이로 '안 봐요'라는 신종 피켓이 보인다. '안'의 'ㅇ'에 빨간 일장기 태양, 그리고 그 위에 조중일보의 로고가 덧씌워져 디자인되어 있고, 그 밑에는 '안 뽑아요'도 보인다. '안 뽑아요'에는 제1야당 자유애국당의 로고가 붙었다. 순간 매주 주간회의 때마다 광고가 급감하고 있다는 경영기획실장의 울상 어린 하소연이 스쳐 지나갔다.

전영재는 갑자기 싸늘한 한기를 느낀다. 하지만 이내 머리를 좌우로 흔들면서 현실로 돌아와, 자리에 앉아 일제 '캠퍼스' 원고지를 펴고 언제나처럼 미쓰비시 연필을 들어 제목부터 적어 나간다.

'자민당, 압승에 가까운 승리! 국민민주당 참여시켜 개헌의 길로 나설 듯'

한 줄 띄고 본문을 적으려는 순간 연필심이 뚝 부러지고, 전영재는 잘린 연필심 앞부분을 한동안 멍하니 쳐다본다.

문득 "조중일보 해체하라!"라는 환청이 뚜렷하게 들려온다.

주저와 혼란 그리고 확고한 대응

—

"수요일 회의 취소다. 7월 31일로 미뤄졌어."

2019년 7월 22일 월요일.

경산성의 주간 정례회의가 끝났다. 다른 실국장급 직원들이 나가고 요시다 대신과 오카무라, 스즈키, 히라오만 회의실에 남아 있다. 요시다 대신이 안색을 찌푸리며, 당초 7월 24일로 예정되어 있던 화이트리스트 점검 최종회의 연기를 발표했다.

"선거 때문입니까?"

오카무라가 조심스럽게 물었다. 요시다는 대답 대신 고개만 두어 번 끄덕거린 후 지시 사항을 전달한다.

"자네들도 알다시피 선거 결과가 별로 좋지 않아. 야스베 총리가 좀 쉬고 싶다고 하니까, 일단 24일 퍼블릭 오피니언 정리

되면 그거 취합하고 일주일간 한국 상황 잘 체크해. 노다 녀석이 쓸데없는 짓을 해서 지금 한국 분위기가 안 좋아."

요시다 대신이 말하는 '쓸데없는 짓'이란 7월 19일 금요일에 있었던 일을 가리킨다.

노다 외무성 대신이 이종원 주일한국대사를 외무성으로 초치해 이미 7월 4일부터 시행되고 있는 세 개 소재품목 규제에 관한 한국 측의 입장을 듣던 중, 이종원 대사의 말을 통역하는 통역원의 말을 끊으며 "도대체 한국은 왜 항상 그런 식이냐? 처음부터 그러지 않았으면 되잖아!"라는 식으로 언성을 높인 것을 가리켰다. 노다 대신의 이 언동은 한국은 물론 일본 언론에서도 상당한 비판을 받아 막판 선거운동을 앞두고 나빴으면 나빴지 좋은 영향을 줄 수 없었던 것이다.

게다가 요시다 대신은 직속 라인인 소가 관방장관의 화해 권유도 있었기 때문에 표면적으로는 노다 외무성 대신과 풀었지만 마음속으로는 여전히 라이벌이라는 생각을 하고 있었다.

"퍼블릭 오피니언은 어때?"

요시다의 질문에 스즈키가 서류를 들춰 가며 답한다.

"아직 이틀 남아서 확실치는 않지만 추세상으로 24일 마감 시까지 4만 건 정도 나올 것 같습니다."

"찬성이 대부분이지?"

"네. 일단 건수로만 보면 찬성 의견이 90퍼센트를 상회합니다."

"그렇겠지. 조직 표니까."

스즈키가 요시다 대신의 그 말을 받아 다시 조심스럽게 입을 열었다.

"장관님, 90퍼센트 이상 찬성이면 좀 이상하지 않습니까? 보통이라면 아무리 좋은 정령안이라도 7대3 정도인데 90퍼센트까지 나오면 나중에 말 나오지 않을까 걱정되는데요."

"그건 괜찮을 거야. 우리가 조작하고 그런 건 없으니까. 조직표라는 것도 대신님의 추측일 뿐이지 무슨 증거가 있는 것도 아니니까."

오카무라 사무차관이 요시다 대신을 대신해 답변했다. 요시다는 말 나온 김에 오카무라를 쳐다보며 물어본다.

"그나저나 한국 측 반응은 어때?"

"사실 좀 심각합니다."

"뭐가 심각한데?"

오카무라는 자신이 스크랩한 지난 한 주 한국 언론 지면들을 펼쳤다.

"지금 불매운동이 전국적으로 일어나고 있고, 조금 수그러드나 싶었는데 유니온클로우 본사 임원이 불매운동 아무 효과 없다, 오래 못 간다 식의 강경 발언을 하는 바람에 옷뿐만 아니라 음료수 등 소비재 상품 전반에 걸쳐 퍼지고 있습니다. 특히 아예 일본 제품을 받지 않겠다는 점주들이 늘어나고 있는 것 같습니다. 최근에는 자동차, 일본 여행 보이콧 운동도 일어나고 있어서 실제적인 타격이 오지 않을까 합니다."

"통계 나온 건 없어?"

"불과 2, 3주밖에 안 지났기 때문에 제대로 된 통계 수치는 아직 없습니다. 다만 이런 추세라면 총리 각하께서 휴가에서 돌아오신 다음에 정령안 개정을 발표한다면 불에 기름을 끼얹는 형국이 될 것이라 불매운동이 더 강해질 것입니다. 외교적 해결책 같은 건 어떤가요?"

"노다 녀석 하는 짓 보면 알잖나. 일단 총리 각하가 외교적 해결책은 생각 안 하고 예정대로 발표할 것 같다."

잠시 침묵이 흘렀다. 가만히 있던 히라오가 주위의 눈치를 살피며 입을 열었다.

"장관님, 일본 기업의 2분기 결산 발표가 이번 주에 나올 텐데 그들의 의견이 반영될 여지가 있을까요?"

"갑자기 그건 왜?"

"제가 미리 자료들을 받아 봤는데 실적들이 안 좋습니다. 특히 총리 각하께서 7월 1일 발표하신 그 세 가지 분야를 다루는 기업들은 2분기 회계보고서에 아예 3분기, 즉 7월부터 9월까지는 정치적 이유에 따른 비즈니스 리스크가 있을 것이라고 명시해 버려서, 이것들이 일반에 공개될 경우 시장에 영향을 끼칠 수가 있습니다. 물론 투자자들의 이탈도 예상되고요."

히라오는 일단 한 번 멈춘 후 침을 꿀꺽 삼킨다. 그리고 그동안 생각해 왔던 것을 장관에게 다시 말했다.

"특히 소재부품은 저희가 대한국무역에서 지금까지 줄곧 흑자를 보고 있고, 앞으로도 무조건 흑자를 보는 사업인데 왜 수출규제를 하려고 하는지, 솔직히 저는 지금도 전혀 이해가 되지 않습니다."

오카무라 사무차관과 스즈키 국장이 히라오를 쳐다보지만 별다른 제지를 하지는 않았다. 그의 말이 맞다는 것을 둘 다 알고 있었기 때문이다.

요시다 대신도 7월 1일 책상을 내리치며 분노했던 것과는 달리 화를 내지 않았다. 아마 7월 한 달 내내 한국의 대응을 지켜보며 이건 아닌 것 같다는 생각이 들었을지도 모른다.

조금 생각하던 요시다 대신은 히라오를 보면서 말했다.

"음…… 알았어. 그럼 그것도 7월 31일 최종회의 때 말해. 자네가 실무관 자격으로 회의에 참석한다고 말해 놓을 테니까, 자네가 직접 총리에게 브리핑해."

오카무라 사무차관이 묻는다.

"네? 그럼 또 저희 쪽만 네 명이 되는데요. 그렇게 많이 가도 됩니까?"

"외교 쪽이 막혔으니 우리 판단이 제일 중요하게 됐어. 선거가 이리될 줄 누가 알았겠나. 선거만 이겼어도 이런 복잡한 상황까지 안 왔을 텐데. 에이……."

스즈키가 입을 연다.

"그러면 그날 회의는 총리 각하, 관방장관님, 외무성 대신님, 대신님과 사무차관님, 저, 히라오…… 그리고 관광청장님과 경난년 본무장님이 참가하시는 겁니까?"

"응, 아마도. 부총리는 와 봤자 시간만 잡아먹을 테니까 소가 관방장관님이 알아서 뺀다고 했어."

스즈키의 눈이 묘하게 반짝였다. 히라오의 눈도 약간 희망적으로 빛난다. 그도 그럴 것이, 경산성의 네 명은 지금 상황이라면 정령안 발표에 반대 의견을 낼 것 같고, 관광청장 및 경단련 본부장도 반대 의견이 확실하기 때문이다.

야스베 총리와 노다 외무성 대신이 아무리 강한 의지를 가지고 있다 하더라도 아홉 명 중 여섯 명이나 반대하면 차기 총리 대신으로 유력한 소가 관방장관이 자신의 장래를 위해서라도 컨트롤을 하지 않을까라는 계산이 선 것이다.

"아무튼 일주일 남았으니까 정리들 잘 하고. 일단 나는 제군들 덕분에 구체적인 상황을 알았으니까 최종회의 현장 분위기 보고 판단하겠네. 오카무라 차관은 한국 쪽 뉴스 팔로우 잘 하고."

"네, 알겠습니다."

요시다 대신과 오카무라 차관이 나가자 히라오와 스즈키는 누가 먼저랄 것도 없이 안도의 한숨을 길게 내쉬었다.

스즈키는 히라오에게 "야, 담배나 한 대 피우러 가자. 분위기가 이거 막판 반전을 노려볼 수 있을 것 같다. 흐흐흐."라며 낮게 웃었다. 히라오는 스즈키의 그런 모습에 더더욱 안도했다.

이때만 하더라도 두 사람은 일주일 후에 닥쳐올 지옥 같은 악몽을 전혀 예상하지 못했다.

같은 날 오후, 문재현 대통령과 남시훈 경제부총리, 오재호 경제수석, 양동신 산업통상부 장관, 신혜연 외교부 장관 그리고 이용재 회장이 청와대 대회의실에 모였다.

민영노 비서실장이 자리에서 일어나 회의 시작을 알린다.

"지금부터 화이트리스트 대응을 위한 긴급회의를 시작하겠습니다. 오늘은 상황이 상황인 만큼 오성전자 및 오성반도체의 오너이신 이용재 회장님이 옵서버로 참가하십니다. 먼저 신 장관님부터 상황 설명 부탁드리겠습니다."

신혜연 장관이 자리에 앉은 채 딱딱하게 굳은 얼굴로 경과보고를 했다.

"대통령님이 지난주에 말씀하신 대로 직접 외교 라인을 통해 연락을 취했지만, 여기 모이신 분들도 언론을 통해 접하셨듯이 노다 대신을 비롯해 실무 라인들까지 우리 측 협의 요청을 받아들이지 않고 있습니다. 특히 노다 대신은 지난 금요일 이종원 주일대사를 만난 자리에서 도저히 있을 수 없는 무례한 행동을 저질렀습니다. 솔직히 말씀드린다면 외교적 해결은 어렵다고 판단합니다."

참석자들은 뉴스를 봤는지 너 나 할 것 없이 고개를 끄덕인다.

"다음, 양동신 장관님, 부탁드립니다."

"저희도 마찬가지입니다. 개정안 각의결정 전에 협의를 해보겠다고 실무진을 파견했는데, 경산성 측에서 우리가 실제 작성자로 파악하고 있는 히라오 아쓰시 수석관리관이 아닌 미주 담당 쪽 관리관들이 나와서 할 이야기도 별로 없고, 아무튼 별다른 성과 없이 우리 입장문만 전달하고 왔습니다. 그리고 신 장관님 경우를 보면, 제 판단에는 일본 측에서 강행할 것 같습니다."

양동신 장관은 말을 마친 후 입을 굳게 다물었다. 입가가 파르르 떨리는 것이 얼핏 보였다.

민영노 비서실장이 남시훈 경제부총리에게 눈짓을 하며 "부총리님, 부탁드립니다."라고 말한다.

남 부총리는 직접 자리에서 일어나 수십 페이지에 달하는 서류 복사본을 회의 참석자에게 배포한 후 담담한 미소를 띠며 말한다.

"제가 지금 배포한 자료는 대외경제정책연구소에서 일본담당 베테랑 연구원들이 지난주 며칠간 철야 작업을 하면서 만든 화이트리스트 수출규제 대응 보고서입니다. 일단 한번 가볍게 훑어보시죠."

남 부총리의 말이 끝나자 각자 보고서를 펴서 읽는다.

(KIEP 기초 자료, 2019년 8월 1일 일반 공개)
일본의 對한국 수출규제와 전망

▶ [일본의 수출규제] 일본 경제산업성은 한국에 대해 반도체·디스플레이 관련 3개 소재에 대한 수출규제 강화조치(이하, 리스트 규제)를 단행함과 동시에, 전략물자 수출관리제도 운용상 한국을 '화이트국가'에서 배제하는 절차(이하, Catch-all 규제: 화이트국가 제외)에 들어가

겠다고 발표(7.1)함. ─ [리스트 규제] 플루오린 폴리이미드, 레지스트 (감광재), 에칭가스(고순도 불화수소) 등 3가지 품목의 대한(對韓) 수출 시, 기존의 포괄수출허가(3년간 유효)를 개별수출허가로 전환. (7.4 시행)─ [Catch-all 규제] 일본 경제산업성은 안보상 우호국가로 우대하던 '화이트국가' 리스트에서 한국을 제외하는 방안을 검토 중이며, 이르면 8월 중 시행에 들어간다는 방침.

▶ [일본 제조업의 경쟁력] 가치사슬(Value-Chain) 관점에서 일본의 제조업 부문 경쟁력(세계시장점유율)을 살펴보면 자동차, 가전제품 및 통신기기, 산업기계 관련 부품·소재 분야에서 높은 경쟁력을 확인할 수 있고, 이들 품목이 Catch-all 규제 대상으로 지정될 가능성이 높음. ─ 우리나라의 대일(對日) 부품·소재 무역수지 적자 규모는 2010년 약 243억 달러에서 2018년 약 151억 달러로 줄어들었으나, 여전히 전체 대일(對日) 무역수지 적자에서 부품·소재 산업이 차지하는 비중이 60% 정도에 달함.

▶ [Catch-all 규제] 리스트 규제와 달리 Catch-all 규제는 개별적 수출허가 대상 품목의 범위가 매우 넓다는 점에서 우리 경제에 대한 악영향이 우려되는 상황임. ─ 우리나라의 대일(對日) 수입에서 'Catch-all 규제' 대상 품목은 6,275개(HS코드 10단위 기준)이나 2018년 기준 수입 실적이 없는 품목을 제외하면 4,898개로 나타남. 이 중에서도 대일 수입 의존도가 50% 이상인 품목은 707개, 100%인 품목은 82개에 달함.

▶ [리스트 규제에 대한 평가] 반도체·디스플레이 관련 3개 소재에 대한 수출규제 조치가 국내 기업에 미치는 영향에 대해서는 의견이

나뉘고 있지만, 현재로서는 극단적인 '조업 중단' 사태는 발생하지 않을 전망임. ─ 반도체·디스플레이 산업의 글로벌 서플라이체인을 감안하면, 일본 정부의 7.1 수출규제 강화조치는 오히려 일본 기업에 타격을 줄 것이고, 중장기적으로는 일본 산업의 국제경쟁력을 위협할 것이라는 의견도 대두됨. ─ 단, 일본 정부의 수출규제가 장기화되고 반도체 소재에 대한 수출제한에까지 이르게 되면, 우리나라의 반도체 생산 감소는 우리 경제에 부정적 요인으로 작용할 전망임.

▶ 우리 정부로서는 일본의 수출규제 조치 철회를 목표로 한·일 정부 간 협의는 물론 미국과 중국 등 주요국의 여론 환기, 나아가 WTO 등 국제기구를 활용한 '국제 여론전'을 적극 전개해야 할 것임. ─ 특히 우리 정부는 일본의 수출규제 조치가 자유무역질서를 위협할 뿐만 아니라 글로벌 서플라이체인을 교란할 우려가 농후하다는 점을 국제사회에 적극 주장해야 함.

요약은 두 페이지에 불과했지만, 뒤에 별첨 자료가 스무 페이지 정도 붙어 있다.

요약을 다 읽고 별첨 자료를 읽는 사람들이 하나둘 보이자 남 부총리가 다시 입을 연다.

"별첨 자료는 요약 세 번째에 나오는 품목 리스트입니다. 제가 저번 회의에서 들은 바로는 일본 정부가 지금 기존의 백 개에 추가해서 도합 천백 개의 품목별 리스트를 만든다고 해서, 저희도 해당 부품이 무엇일지 리스트를 추리고 그 대응 방안까지 간략하게 메모했습니다. 대일 수입 의존도 50퍼센트 이상인 품목 707개와 백 퍼센트 전량 일본에서 수입하는 82개 품목을 정리한 리스트입니다. 그리고 일본 측은 천백 개의 리스트라고 하는데, 아마 40퍼센트 이상을 기준으로 한 것 같습니다. 40퍼센트 이상 대일 수입 의존 품목을 계산하면 천백 개 정도가 나옵니다."

남 부총리의 설명이 끝나자 회의실에선 탄성이 흘러나왔다.

지금까지 가만히 있던 문재현 대통령이 입을 열었다.

"대단하십니다, 부총리님. 언제 이런 작업을 다⋯⋯."

"제가 한 게 아니라 대외경제정책연구소가 했는데, 다만 제가 부탁을 좀 과하게 했지요."

"이 자료는 관련 기업 쪽으로 전파됐나요?"

오재호 수석이 나선다.

"아, 이미 지난주 금요일에 전파됐습니다. 대통령님께는 오늘 말씀드리려고 했습니다. 사안이 사안인지라 하루빨리 전파되는 게 낫다고 생각해서⋯⋯."

"오 수석님, 잘하셨습니다. 저한테는 사후에 보고하셔도 되니까 이런 자료들은 나오면 나오는 대로 해당 산업 분야, 개별 기업에 바로 전파하도록 하세요. 앞으로도 마찬가지입니다."

"네, 그렇게 하겠습니다."

남시훈 경제부총리가 다시 말을 이어 간다.

"시간은 여전히 촉박하지만, 일단 일본의 법령상 각의결정을 한다고 하더라도 시행까지 3주의 시간 여유가 있습니다. 그리고 오늘 아침에 뉴스를 보니까 야스베 총리가 갑자기 휴가를 떠났다고 해서 좀 어리둥절했는데, 아무튼 이 호재도 있고 해서 앞으로 한 달 정도는 벌 수 있습니다. 물론 매우 촉박합니다만, 기업들이 보고서의 대응 전략에 따라 발 빠르게 노력하고 우리가 추경 등으로 지원한다면 그렇게 엉망이 되진 않을 듯합니다. 아무튼 현재 저희 경제부처에서는 개별 기업의 피해를 가능한 한 최소화하는 방향으로 움직일 생각입니다. 이상입니다."

남 부총리가 앉자 회의 초반부의 어두웠던 분위기가 약간 밝아졌다. 신혜연 장관과 양동신 장관의 외교적 노력이 수포로 돌아간 것에 대한 분노와 실망이 조금은 완화되는 느낌이다.

민영노 비서실장이 헛기침을 한 번 한 후 다음 순서를 진행했다.

"그럼 대통령님 말씀이 있겠습니다."

문재현 대통령이 예의 온화한 미소를 띠며 물을 한 잔 마신 후 말한다.

"오늘 옵서버로 오성의 이용재 회장님을 모셨습니다. 여러분들도 놀라셨을 것 같은데, 아까 민 실장에게 꼭 하실 말씀이 있다고 급하게 연락이 와서 제가 특별히 모셨습니다. 그러면 이용재 회장님, 말씀하시죠."

이용재 회장은 엉거주춤 자리에서 일어나려 한다. 문재현 대통령은 "앉아서 하셔도 됩니다."라고 말했다. 다시 어색하게 자리에 앉은 이용재는 앞에 놓인 물을 한 잔 마시고 안경테를 두어 번 만진 후에야 천천히, 하지만 또박또박 말을 꺼냈다.

"8월 2일 금요일에 화이트리스트 정령안 개정에 대한 각의결정이 될 겁니다."

문재현 대통령과 민영노 비서실장은 이미 알았던지라 별다른 반응을 보이지 않았지만 다른 각료들은 탄식을 내뱉었다.

양동신 장관이 바로 물어본다.

"백 퍼센트입니까?"

"아닙니다. 80퍼센트입니다."

"백 퍼센트는 아니지만 아주 높은 확률이네요."

"이게 80퍼센트의 가능성이긴 하지만, 지금까지의 패턴으로 보면 백 퍼센트라고 봐도 될 것 같습니다. 아무튼 8월 2일이라고 생각하시고 대책을 세우는 게 좋을 것 같다는 말씀을 드리려고 왔습니다."

"그것뿐입니까, 이 회장님?"

이번에는 남시훈 부총리가 묻는다. 이재용 회장은 휴대폰을 한 번 힐끗 본 후 고개를 들고 답한다.

"퍼블릭 오피니언은 90퍼센트 이상의 찬성을 기록했고, 이것을 바탕으로 최종회의가 7월 31일에 열립니다. 이 자리에서 8월 2일 각의결정으로 결론날 겁니다. 그리고 각의결정이 된 후 이 정령안이 공포될 8월 7일 금요일에는 조중일보 등 한국 언론이 보도하고 있는 단계적 수출규제가 아니라 전면적인 수출규제가 될 것입니다."

"전면적 수출규제?"

남시훈 부총리가 되묻자 이용재 회장은 즉답을 하지 않고 숨을 한 번 크게 내쉰 후 덧붙인다.

"천백 개 품목 전부가 수출규제 대상이 된다는 뜻입니다."

양 장관이 벌떡 일어나 흥분한 목소리로 따진다.

"뭐라고요? 그렇다면 이건 경제보복, 아니 완전한 기습공격 아닙니까? 엿 먹으라는 소리잖아요!"

양 장관의 목소리가 극도로 험악해지자 문재현 대통령이 "양 장관, 진정하고 앉으세요."라고 말한다.

양 장관이 다시 앉자 문 대통령은 이용재 회장에게 묻는다.

"그 정보들은 얼마나 신뢰할 수 있습니까?"

"이것 역시 80퍼센트 정도입니다."

"정보 제공자가 누군지 모르겠지만 아주 영리하신 분이네요. 허허허."

"아, 아닙니다, 대통령님."

이용재는 대통령의 기습적인 말에 당황한 듯 안경테를 어루만지는 시늉을 했다. 콧등에 이미 땀방울이 송송히 맺혀 있다.

"아무튼 이용재 회장님, 귀중한 정보 감사합니다. 오성의 정보력은 자타가 공인하니까 우리도 많은 참고가 되었고, 그렇다고 해서 절대 동요하지 말고 의연하게 정공법으로 대응해 나갑시다. 부총리님과 양 장관님은 해당 기업들…… 아참, 오성은 어떻게 대처해 나가고 있습니까?"

갑작스러운 대통령의 질문에 이용재 회장은 조금 당황했지만, 이내 안정적인 톤으로 답했다.

"아, 대통령님, 저희는 걱정하지 마십시오. 재고도 있고, 생산라인 다 바꾸라고 지시해 놨기 때문에 서너 달 지나면 뭐…….

아참, 그래서 제가 오늘 부탁을 좀 드리고 싶어서 왔습니다."

"무슨 부탁이죠?"

"아무래도 지금 좀 위기 상황이고 해서 말입니다. 그래서 드리는 말씀인데⋯⋯."

"네, 괜찮으니 말씀해 보세요."

이용재가 주저하는 기색을 보이자 문재현 대통령이 온화한 미소를 보였다.

"주 52시간 노동시간 규정, 서너 달 정도만 좀 특혜를 봐주시면 안 될까 해서 말입니다."

"지금 말씀은, 52시간을 넘는 초과 노동을 할 수 있도록 해 달라는 겁니까?"

"네. 아무래도 대통령님의 중점 공약이기도 하고 이미 정착도 되고 해서, 게다가 제가 오성바이오스 건으로 재판도 받고 있어서 말씀드리기가 좀 염려되었는데, 실제로 저희가 6월 중순부터 생산 라인을 바꾸려다 보니 시간이 절대적으로 부족합니다. 아마 다른 곳들도 마찬가지일 겁니다. 개별 중소기업들도 한 달 안에 대비책을 찾으려면 시간이 필요한데, 이게 또 아무나 고용할 수 있는 것도 아니고 해서요. 지금 있는 숙련 엔지니어들이 수고를 해야 하는 측면이 있습니다."

이용재의 말이 끝나자 문재현은 잠시 생각하더니 "그 부분은 제가 고용노동부 장관과 협의해서 한시적 조치라도 취해 볼 수 있도록 긍정적으로 검토하겠습니다."라고 말했다.

이용재 회장은 감사의 표시로 고개를 꾸벅 숙이면서 말했다.

"감사합니다, 대통령님. 그렇게만 해 주신다면 적어도 생산라인 수정 및 대체재 수급까지 쳐서 올해 안, 아니 11월까지 반도체 부분은 전부 원상복구 가능합니다."

이용재의 말에 양동신 장관이 놀란 표정으로 되묻는다.

"네? 아니 지금이 7월 말인데 사 개월 만에 대체재까지 찾을 수 있다고요? 시험 검사는 물론 수율 테스트까지 전부 다 할 수 있단 말입니까?"

"아마 가능할 겁니다. 아, 이건 80퍼센트가 아니라 백 퍼센트에 가깝습니다. 하하하."

이용재 회장이 어색한 웃음을 지으며 나름대로 '개그'를 쳐 보지만 아무도 웃지 않는다. 평온한 표정의 문재현 대통령만 제외하고 다들 경악스러운 표정이다.

글로벌 초일류의 저력을 새삼 실감한 듯한 그들의 시선이 부담스러웠는지, 이용재 회장은 앞에 놓인 물 컵을 들어 소리 나지 않게 조용히 마셨다.

야마나시 회합

—

"나이스 샷!"

"캬, 오늘 우리 총리 각하 드라이버가 너무 좋은데?"

"야스베 군, 관저에 골프장이라도 들여놓은 건가? 하하하."

2019년 7월 29일.

야마나시현 고후시의 한 골프장에 네 명의 중노년 남자가 홀을 돌고 있다. 캐디 하나 없이 남자들끼리 라운딩을 도는 풍경도 기묘하지만, 그 안에 낯익은 얼굴, 바로 야스베 총리가 끼어 있다.

그런데 대화가 이상하다. 야스베 총리를 대하는 골프 친구들이 내뱉는 말들이 친하다 못해 깔보는 듯이 들리는 것이다.

일본 최고의 권력자 내각총리대신에게 '군' 호칭을 하는 대머리 노신사가 특히 눈에 띤다. 웃기는 건 그런 호칭으로 불리는 야스베 총리도 별로 개의치 않는다는 점이다. 마치 평소부터 그래 왔다는 느낌이랄까, 아주 자연스럽다.

오후 여섯 시가 되어 라운딩이 끝나자 넷은 클럽하우스 바깥으로 나왔고 그제야 경호원들이 하나둘씩 모습을 드러낸다. 아까까지 야스베 총리에게 하대를 하던 대머리 노신사는 갑자기 깍듯한 존댓말을 쓴다.

"총리 각하, 바쁘신 와중에 시간 내주셔서 감사합니다. 즐거운 라운딩이었습니다."

그러자 야스베 총리가 헛기침을 하며 "아닙니다. 저도 즐거웠습니다."라고 가볍게 예를 취한 뒤 관용차에 올라탔다.

멀리 사라지는 총리 관용차를 보며 라운딩을 같이 했던 셋은 다른 차에 올라타 반대편으로 향한다.

○

십 분 후 야스베 총리가 별장에 도착하자 카메라 플래시가 터진다. 관저 기자들 열두어 명이 야마나시 관저 별장 '야에소'에 찾아와 총리를 기다리고 있었던 것이다.

플래시 세례를 받으며 별장 안으로 들어가는 총리를 향해 기자들이 질문들을 쏟아 낸다.

"총리! 내일 아침에 도쿄로 돌아가시는 겁니까?"

"화이트리스트 정령안 개정 각의결정은 언제 진행하시는 겁니까?"

"향후 정국 구상 좀 말씀해 주시죠? 개헌안은 그대로 밀고 나가십니까?"

기자들이 질문을 쏟아 내며 총리 쪽으로 몰려들자 경호원들이 몸으로 막는다.

야스베 총리는 약간은 짜증스러운 표정을 지어 가며 아무런 대답을 하지 않고 별장 안으로 들어간다. 그때 누군가의 질문이 총리의 뇌리에 박힌다.

"시오자키 궁사님은 정정하시던가요?"

야스베는 흠칫 놀라 고개를 돌렸다. 아사니치신문의 우에무라 기자였다.

우에무라는 아무 일도 아닌 것처럼 히죽히죽 웃는다. 야스베가 고개를 돌려 앞쪽으로 걸으려 하자, 우에무라 기자가 다시한 번 묻는다.

"닛폰카이기 회합은 8월 1일입니까? 아니면 아까 골프 치면서 하신 겁니까?"

야스베 총리가 우뚝 섰다. 하지만 이번에는 고개를 돌리지 않는다. 표정이 흉측하게 일그러져 있기 때문일지도 모른다.

잠시 섰다가 다시 발걸음을 옮기고, 그가 완전히 사라지자관저 홍보비서관이 "내일 도쿄에 복귀하시면 따로 기자회견을 가지도록 하겠습니다. 오늘은 여기서 그만해 주세요."라고 말하고, 경호원들이 기자들을 밀어낸다.

우에무라는 밀려 나가면서도 웃음을 멈추지 않는다.

"나이스 어프로치!"

"야스베 군 골프 솜씨는 나날이 늘어가. 골프는 거짓말 안 하는데, 요즘 나랏일은 신경도 안 쓰지? 하하하."

"아이고, 무슨 말씀입니까, 궁사님. 매일같이 잠도 제대로 못 잘 정도로 바쁩니다. 골프는 트럼프 대통령 지난 5월에 왔을 때 치고 그다음에는 한 번도 못 쳤습니다요."

야스베 총리가 극진한 존댓말을 쓰는 궁사宮司라 불린 이는 고후의 관저 별장 바로 옆에 있는 시오자키塩崎 보국신사報国神社의 책임자 시오자키 궁사였다. 올해로 일흔두 살인 그는 나이에 어울리지 않게 늠름한 풍채와 꼿꼿한 체형을 유지하고 항상 광채 나는 눈빛의 소유자였다. 그들 주위에 있는 나머지 둘은 야스베 총리의 대학 동기들로 도쿄에서 사업체를 운영하고 있었다.

"그런데 자네가 종전기념일 전에 올 줄 알았는데, 이번엔 나도 깜짝 놀랐어. 참의원 선거 때문인가?"

9홀째 드라이버샷을 하고 이백 야드쯤 떨어진 공 쪽으로 걸어가면서 시오자키가 야스베 총리에게 말을 걸었다.

시오자키는 야스베 총리가 의욕적으로 결의를 다졌던 참의원 선거 결과가 나빠 선거운동을 하느라 피곤했던 몸과 마음을 달래기 위해, 그리고 언제나처럼 향후 정국에 대한 조언을 구하기 위해 온 것이라 생각했다. 하지만 야스베 총리에게는 참의원 선거보다 더 중요한 문제가 있었다. 바로 도쿄에 올라가자마자 처리해야 하는 화이트리스트 정령안 개정이었다.

"개헌안이야 궁사님께서 말씀하신 대로 국민민주당 끌어들이면 상관없는데, 지금 바로 결정해야 할 것이 있어서요."

"한국?"

"우와, 역시 궁사님은 정말……."

"자네 내려오기 전에 우메다 군한테서 연락이 왔네."

그러자 같이 라운딩을 하던 야스베의 대학 동기 시라이시가 "우메다 의장님 말씀이십니까?"라고 물었다. 시오자키 궁사가 고개를 끄덕인다.

"응. 요즘 한국을 무슨 특혜에서 제외하니 마니 하는 문제로 상의하러 갈 거라고 하던데."

"네, 맞습니다. 의장님은 다 알고 있긴 합니다."

"뭘 고민하나? 하면 되지."

"그런데 관료들 반대가 심합니다. 들어 보니 일리 있는 부분도 있고요."

"하하하. 야스베 군, 자네 많이 약해졌구먼. 여기 앉아 봐."

마침 9홀째 라운딩이 끝나고 중간 지점 휴게소에 도착했을 때다.

시오자키의 명령에 따라 야스베가 지금까지 많이 해 봤다는 느낌의 능숙한 몸놀림으로 휴게소 소파에 앉아 등을 꼿꼿이 펴고 다리를 모았다.

시오자키는 야스베의 이마에 손을 가져가더니 지압을 하기 시작한다. 목과 등 언저리를 쓰다듬자 야스베는 서서히 몸을 눕힌다.

시오자키가 장 부분을 어루만지며 때로는 손에 힘을 준다. 그 힘이 느껴질 때마다 야스베는 욱, 욱, 소리를 낸다. 모르는 사람이 보면 마사지를 통한 기공 치료 같다.

잠시 후 야스베가 다시 자리에 앉고 눈을 뜬다.

"어떤가?"

"아주 좋습니다, 궁사님."

"그럼 설명하겠네. 한국은, 아니 조선은 우리 선조들이 항상 아껴 온 나라일세. 내선일체의 정신을 함양해 왔던 곳이고, 65년 일한협정을 맺어 동생으로서 받아들인 나라일세. 그렇기 때문에 오히려 형으로서 똑 부러지게 꾸짖기도 해야 그게 바로 조선이 잘되는 것이야. 우리 대일본국을 언제 관료들이 움직였던가. 우리 야마토의 혼이, 그리고 자네의 혈통이 움직였지. 이제 우리 민족이 선인들의 기를 받아 드디어 정상적인 나라가 되고 세계 속에 우뚝 서려고 하는데, 그깟 근본 없는 관료 나부랭이가 이런 것들을 어떻게 알겠나? 지금 당장은 우리도 한국도 힘들 테지만 시간이 지나면 역사가 말해 줄 것이야. 조선은 그 미래가 다가오면 우리에게 당연히 무릎을 꿇고 감사할 것이네. 눈앞의 피해와 단점을 무서워하지 말게. 트럼프 같은 깡패 장사꾼에게도 벗어나서 우리 민족이 정상적인 국가가 되고, 앞으로 조선과 함께 같이 나아갈 길을 야스베 군, 아니 총리대신 각하가 열어젖히시길 1억 2천만 신토神道의 이름으로, 그리고 닛폰카이기의 대종사인 저, 시오자키가 진심으로 기원하겠나이다."

마치 독경하듯 유창하게 연설을 하던 시오자키 궁사는 마지막 말을 존대어로 마무리하면서 갑자기 무릎을 꿇는다.

시오자키의 급작스러운 행동에 그 뒤에 앉아 있던 야스베의 대학 동기 둘도 황급히 무릎을 꿇는다.

자신을 향해 무릎 꿇는 그 모습에 야스베는 일순 당황하지만 제지하지는 않았다. 오히려 아까와는 다른 형형한 눈빛을 띤 채 시간이 약간 지난 후 "네, 알겠습니다. 그만 일어나시죠."라고 말할 뿐이었다.

"사진 찍었어, 지금 거?"

"네, 찍었습니다. 근데 이게 대체 뭡니까? 묘한 분위기인데요."

"저 무릎 꿇은 대머리 양반이 시오자키라는 사람인데…… 뭐 자넨 알 필요 없고. 난 관저 별장으로 갈 테니까, 자넨 바로 도쿄 올라갈 준비 하고 있어. 세 시간 후 고후 역에서 보자. 아참, 방금 사진은 아무한테도 말하지 말고."

"알겠습니다, 선배님."

휴게소에서 족히 삼백 미터는 떨어진 철조망 바깥에서, 무릎을 꿇는 시오자키 및 두 명의 모습과 야스베 총리의 모습을 망원렌즈로 담는 사진기자를 툭툭 치며 빨리 빠져나가자는 말을 한 사람은 물론 아사니치신문의 우에무라 기자였다.

'재플린'의 비극

—

2019년 7월 30일 저녁.

서건우는 오랜만에 우에노를 찾았다. 분쿄쿠 시민센터에서 열리는, 평화통일연합이 주최하는 분기 정세토론 강연회에 참석하기 위해서다.

송석진은 두 달여 전 단둥에서 커다랗게 사진이 찍힌 이후부터 외부 활동을 거의 하지 않았다. 하지만 분기 정세토론 강연회는 전통적으로 평통연의 사무국장이 준비하는 행사다. 발품을 팔아 이리저리 돌아다니면서 후원을 받고 참석자들에게 일일이 연락한다. 건우도 석진의 연락을 직접 받아 후원금 삼만엔이 든 봉투를 준비해 토론회장을 찾기로 한 것이다.

"오! 친구 왔나?"

접수대에 있던 송석진이 서건우를 반갑게 맞이한다.

방명록에 기입을 하고, 봉투를 내민다. 봉투 겉면에는 '정세 토론회 개최를 축하합니다. 도쿄민주포럼 삼만 엔'이라고 적혀 있다.

석진은 "뭘 이런 걸 다⋯⋯."라며 쑥스럽게 한 번 웃고 봉투를 건네받아 모금함 상자에 집어넣는다. 그러다가 갑자기 뭔가 생각난 듯 다른 스태프에게 잠깐 자리를 봐 달라고 양해를 구한 후, 서건우를 끌고 복도 자판기 앞에 설치된 흡연실로 데려간다.

"우에무라 상, 제가 일전에 말한 도쿄민주포럼의 서건우 사무국장입니다."

"아! 안녕하십니까. 이야기 몇 번 들었습니다. 아사니치신문의 우에무라입니다."

"아, 네. 안녕하세요. 저도 이야기 들었습니다. 정말 송 상한테 들은 대로 한국어가 유창하시네요. 반갑습니다."

"그럼 대화 나누고 계세요. 저는 일이 아직 남아서 들어가 보겠습니다."

송석진이 다시 접수대로 돌아가자, 서건우와 우에무라는 명함을 주고받은 후 담배를 한 개비 꺼낸다.

서건우가 우에무라에게 불을 붙여 준 후 우에무라의 명함을 본다. '아사니치신문 관저담당 선임기자 우에무라 히로시上村宏'라고 적혀 있다.

서건우는 송석진으로부터 우에무라의 이야기를 듣기 전부터 이미 우에무라가 서울 특파원도 지냈다는 사실을 아사니치신문 지면을 통해 알고 있었다. 그런데 마침 송석진이 우에무라를 잘 알고 있다고 해서 인사를 시켜 달라고 했던 것이 비로소 실현된 것이다.

"요즘 한국 분위기는 어떻습니까, 서 상?"

"아, 불매운동 말입니까?"

"뭐, 그것도 포함해서……."

"야스베 총리가 각의결정을 못 하도록 불매운동을 하긴 하는데, 글쎄, 잘 모르겠습니다. 과연 가능할지도 의문이고."

"뭐가 말입니까? 불매운동? 아니면 각의결정?"

"각의결정 말입니다."

우에무라가 갑자기 크게 웃는다.

왜 웃는지 서건우는 일순 어리둥절하지만 우에무라는 한바탕 웃음을 터뜨린 후에 말한다.

"우리 서 상은 야스베 총리를 잘 모르시는군요. 그는 아마 할 겁니다. 제가 예상하기엔 8월 2일입니다."

"아, 관저에서는 이미 소문이 났나요?"

서건우는 속으로 당황했지만 태연함을 유지한 채 물었다.

"소문 같은 건 없지만, 아마 제 말이 맞을 겁니다."

"그래요……."

그때 강연회 개시를 알리는 차임벨이 울렸고, 우에무라와 서건우는 담배를 비벼 끄고 세미나실로 발걸음을 옮겼다.

[히라오 상, 오랜만입니다. 오늘 좀 만날 수 있을까요? 저 지금 우에노입니다.]

230

서건우는 세미나가 시작되자마자 히라오에게 급히 라인메시지를 보냈다. 우에무라의 말을 듣고 바로 이헌기 비서관에게 연락을 하려 했지만, 정보의 신빙성이 의심되어 확인이라도 해보고 싶어 히라오에게 연락한 것이다.

조금 지나 히라오에게 연락이 왔다.

[일이 조금 밀려 있어서 두어 시간 후에나 끝날 것 같은데, 괜찮겠습니까?]

서건우는 시계를 봤다. 19시 30분이다. 세미나는 21시에 끝나지만 먼저 우에노의 카운터 바 '재플린'에 가서 기다리고 있으면 될 것 같아 [네, 괜찮습니다. 간만에 재플린에서 드시죠. 아직 시바스리갈 남아 있을 겁니다. 저번에 취했던 것도 마스터에게 사과할 겸. 하하하.]라고 보냈고, 히라오로부터 [오케이.]라는 답신이 왔다.

조금 전 우에무라의 건방져 보이는 웃음과 확신이 마음에 들지 않았지만, 정말 8월 2일에 발표할 것 같다는 생각이 든다.

서건우는 세미나의 내용 따위 하나도 귀에 들어오지 않았다.

◠

"마스터, 시바스리갈 온더록스로 한 잔 주세요. 참, 저번에 죄송했습니다."

"그게 뭐가 죄송하다고, 하하. 그 정도는 일상다반사죠. 근데 오늘은 왜 혼자예요? 재일동포분이랑 일본분은?"

마스터가 서건우를 기억하고 있었는지 정겹게 말을 걸어온다.

"아, 송 상은 오늘 다른 술자리가 있어서 갔고, 조금 이따가 그때 그 일본분 오실 겁니다. 올 때까지 혼자서 시간 좀 때우려고요."

"알겠습니다. 그럼 천천히 마시세요."

마스터는 능숙한 손놀림으로 시바스리갈 온더록스를 한 잔 따랐고, 서건우는 휴대폰을 꺼내 유튜브 버튼을 눌렀다. 나날이 첨예해져 가는 한일 양국의 흐름을, 그리고 무엇보다 일본에서 보지 못하는 한국 뉴스가 궁금했기 때문이다.

조중일보가 운영하는 TV조중의 뉴스를 보며 인상을 찌푸린다. 전영재 논설위원이 나와 '지금 한국은 구한말과 똑같은 상황'이라며 '동북아의 우방은 일본밖에 없는데 대통령이 뭐 하는 짓인지 모르겠다'고 말하는 걸 보고 채널을 돌린다. 평소 즐겨 시청하는 JTBS의 '뉴스하이라이트'를 틀었다.

그때 카운터 바 재플린의 출입문이 열리고 덩치가 건장한 세 명의 남자가 들어온다. 특이하게도 특공복을 입고 있다.

그들은 건우가 앉아 있는 자리에서 의자 하나 건너에 나란히 앉는다.

건우는 유튜브 뉴스에 집중한 나머지 그들이 어떤 옷을 입었는지, 뭐 하는 사람인지 신경 쓰지 못했다. 셋은 고구마 소주 몇 잔을 시키며 험한 일본어를 쓰기 시작했다.

"아까 그 새끼 뭐야?"

"공산당 새끼지 뭐긴 뭐야. 바카야로."

"짭새만 아니었으면 바로 밟아 죽였을 건데."

"야, 야, 한 잔씩 하고 잊어. 그런 병신 한두 번 보냐. 내일 또 우에노공원 돌아야 하니까 빨리 마시고 일어나자. 간빠이! 오츠카레사마!"

안쪽 구석에 앉은 두 명이 주로 이야기를 나눈다.

그런데 옆자리, 그러니까 의자 하나 건너에 앉은 청년이 건우가 보는 화면과 건우의 얼굴을 번갈아 가면서 쳐다본다. 왠지 화면에 등장하는 한국어가 거슬리는 듯한 기색이다.

건우도 그제야 그의 시선을 느끼고 이어폰을 가방에서 꺼내면서 슬쩍 그들을 훑어봤다. '제국친위대'라는 커다란 글자가 새겨진 특공복과 전투화 그리고 전투모를 쓰고 있다. 모두 검정색이다. 딱 봐도 행동파 우익 청년들이다. 우에노공원 일대를 개조한 지프 차량과 승합차로 하루 종일 돌면서 군가를 틀어 대는 그런 이들임을 한눈에 알 수 있었다.

돌이켜 보면 건우가 살고 있는 오쿠보도 몇 년 전엔 그러했다. 헤이트스피치를 하는 이들이 이런 특공복을 입고 선두에 섰던 기억이 떠오른다.

건우는 괜한 시비가 붙을까 봐 한국어가 흘러나오는 유튜브 뉴스 방송을 끄고 한국 뉴스 포털사이트를 켰다. 휴대폰에서 흘러나오는 소리 때문에 그가 쳐다본다고 생각했기 때문이다. 하지만 옆의 청년은 고구마 소주를 스트레이트로 몇 잔이나 벌컥벌컥 마셔 댄다. 한두 번씩 건우를 위아래로 훑어본다.

건우는 심상치 않은 기운을 느껴 시계를 쳐다봤다. 21시 50

분. 십 분만 있으면 히라오가 온다. 다른 장소를 잡기엔 어중간하다. 그냥 조용히 아무것도 하지 않고 기다려야겠다는 마음을 먹었을 때, 갑자기 건우의 전화가 울렸다.

"히라오 상?"

급히 받았던지라 히라오인 줄 알았는데 유나였다.

"**아빠**, 유나야!"

"응, 유나! 갑자기 왜 전화했어?"

건우는 잠깐 자리에서 일어나 가게 밖으로 나간다. 후덥지근한 한여름 바람이 훅 끼쳐 온다.

"다음 주, 그러니까 8월 11일 일요일에는 어디 안 갈 거지? 집에만 있을 거지?"

"그럼 당연하지."

"좋아! 나랑 약속한 거다. **사랑해요**."

"응, **사랑해요**. 빨리 자."

다른 말들은 다 일본어였지만 '사랑해요', '아빠', '엄마' 등은 한국어로 이야기하는 것이 건우 가족의 전통적인 룰이다. 그렇게 전화 통화를 마치고 휴대폰을 주머니에 넣는 순간 건우를 부르는 소리가 들렸다.

"너 이 새끼, 조센징이지?"

건우가 고개를 돌려 쳐다본다. 술 때문인지 얼굴이 불콰해진 덩치 좋은 남자가 서 있다. 바 테이블 옆자리에 앉아 있던 우익 특공복을 입은 청년임을 건우는 금세 알아챘다. 괜한 싸움에 휘말리기 싫어 웃으며 응대했다.

"아이고, 미안합니다. 한국 사람이긴 한데 일본에 산 지 오래되어서 반은 일본 사람이에요. 일본도 물론 좋아하고요."

건우는 그렇게 말하면서 그를 피해 가게 안으로 들어가려 했다. 하지만 그는 몸을 잽싸게 돌려 가게 문을 막아섰다. 건우도 술을 한두 잔 마셔 매우 불쾌했지만, 히라오도 조금 이따 올 것이고 해서 참았다. 히라오에게 연락해 다른 곳에서 만나는 게 낫겠다 싶었다. 그런데 그렇게 하더라도 가방이 가게 안에 있다. 이런저런 자료는 물론 지갑도 가방 안에 있어서 무조건 들어가야 한다.

하지만 우익 청년은 인왕처럼 버티고 서서 히죽히죽 웃으며 길을 비켜 주지 않았다. 행동파 우익들 중에는 버릇 나쁜 이들도 물론 있지만 웬만하면 트러블을 일으키려 하지 않는다. 일반인들과 시비가 붙으면 조직폭력대책법 등에 따라 절대적으로 불리하기 때문이다.

건우는 한 번 더 말했다.

"아, 네, 네. 즐겁게 마시는데 방해해서 죄송합니다. 제 가방이 안에 있어서 그것만 가지고 나올게요."

그러나 청년은 땅바닥을 쳐다보며 "조센징, 조센징."만 반복할 뿐 비켜 줄 기미가 보이지 않는다. 후덥지근한 날씨 때문에 땀이 비 오듯 한다. 몇 번 승강이를 하다가 도저히 참지 못한 건우는 비틀거리며 서 있는 청년을 밀치면서 가게 문을 재빨리 열었다. 청년이 길바닥에 넘어지는 소리가 들려왔다. 하지만 안쪽의 동료 두 명은 가게에서 틀어 놓은 컨트리블루스 음악 때문에 아무 소리를 못 들었는지 "천황 폐하 만세!"를 외치며 흘러간 군가를 부르고 있다.

건우에게는 빨리 이 자리를 피해야겠다는 생각밖에 없었다. 가게 안으로 들어와 가방 속에서 지갑을 꺼내 "마스터, 얼마죠?"라고 묻는다.

마스터는 "네? 친구분 오신다더니 그냥 들어가시게요?"라고 되물었고, 마땅히 할 말이 없는 건우는 "네. 연락이 없네요. 아마 안 오는 모양입니다."라고 말했다. 마스터가 잠깐 기다려 달라고 하면서 계산기를 두드렸다. 그동안 건우는 지갑에서 오천 엔짜리를 꺼내 기다린다.

가게 문이 갑자기 열린다.

아까 문 앞에 서 있다가 넘어졌던 우익 청년이 이마를 왼손으로 짚고 이쪽으로 다가온다. 건우는 히라오가 온 줄 알고 고개를 돌렸다가 그자임을 확인하고 외면하듯 다시 마스터 쪽을 황급히 쳐다본다.

그런데 어두운 가게 조명 때문에 잘 보이지 않았지만, 우익 청년은 방금 넘어졌을 때 주웠던 공사장 철근 꼬챙이 같은 것을 오른손에 들고 있었다.

몇 발자국 걷던 우익 청년이 건우의 뒤쪽 통로로 지나가려 하자 건우는 몸을 바 테이블 쪽으로 밀착시킨다.

그 순간이었다.

건우는 흠칫 놀라면서 왼쪽 아랫배를 내려다본다. 철근 꼬챙이가 꽂혀 있다. 극심한 통증을 참지 못해 비명을 지른다.

"악!"

그 순간 뒤쪽에 서 있던 우익 청년이 헤벌쭉 웃더니 건우의 앞 테이블에 놓여 있던 시바스리갈 병을 들고 건우의 머리를 내려찍는다.

"조센징! 죽어라! 죽어! 이 새끼야! 감히 나를 건드려! 이 개새끼!"

순간 퍽! 하는 소리와 함께 건우의 귀에서 피가 튄다. 그제야 사태를 파악한 마스터와 옆자리에 있던 우익 청년 둘이 폭력을 행사하는 청년에게 달라붙어 "그만해! 그만해, 새끼야!"라며 뜯어 말린다.

넷이 뒤엉킨 그 모습이 건우에게 점점 희미하게 보인다. 마치 슬로모션을 보는 듯한 환상에 빠진다.

그리고 그 환상은 종국에 블랙아웃된다.

◖

긴자센 우에노히로코지 역 개찰구를 나온 히라오는 시계를 보며 A3번 출구 에스컬레이터로 발걸음을 재촉한다. 22시 10분이다.

십 분 정도 늦겠다고 서건우에게 메시지를 보내 놨는데 아직 읽고 있지 않다. 혼자 마시나가 벌써 취한 건 아닌지, 혹은 삐친 건 아닌지 괜히 걱정된다. 급한 마음에 에스컬레이터도 걸어서 올라간다.

그런데 지상으로 나오는 순간 시끄럽다. 경시청 표시가 박힌 경찰차가 서너 대 도로에 서 있고, 구급차와 소방차도 대기 중이다.

무엇보다 채플린으로 들어가는 노무라 증권 옆 골목 입구에 출입 통제를 알리는 노란 테이프가 기다랗게 쳐져 있고 그 앞에 경찰 세 명이 민간인의 출입을 막고 있었다.

히라오는 그 앞까지 다가가 경찰에게 "무슨 일이냐?"고 물었다. 그러자 경찰은 "아무것도 아니니까 다른 길로 가십시오."라며 사무적인 답변을 한다.

히라오는 양복의 위 버튼을 열고 목에 건 경제산업성 관료 출입증을 보여 준다.

"나 경제산업성 관리관입니다. 여기 책임자 없습니까?"

원래는 통용이 안 되는 수법이다. 하지만 골목 입구를 통제하고 있는 경찰이 어려 보였기 때문에 혹시나 싶어 보여 주니 갑자기 부동자세를 취하며 경례를 한다. 피식 웃음이 새어 나왔다. 굳이 그런 것까지 바란 것은 아니었고, 그럴 권한도 물론 없는데 오버한다는 생각이 들었기 때문이다.

"마쓰야마 형사님이 조금 뒤에 나오실 겁니다. 요 안에서 잠시만 기다려 주십시오!"

"아, 그래요. 그럼 좀 들어가서 기다릴게요."

어린 경찰은 노란 테이프를 위로 올려 히라오가 들어갈 수 있게끔 편의를 봐줬다. 히라오는 가벼운 하대를 하며 골목 입구 옆, 그러니까 노무라 증권 비상구 쪽으로 들어가 벽에 기대어 담배 한 대를 꺼내 물었다.

재플린 쪽으로 들어가는 또 다른 골목은 기동대 복장을 한 사람들로 완전히 막혀 있었다. '그 골목에는 몇 개의 조그마한 바가 있을 뿐인데 왜 기동대가 와 있지?'라는 생각이 들었지만 별로 대수롭지 않게 생각했다. 오히려 다른 일반인들은 경찰의 통제로 도로 쪽에 몰려 있었기 때문에, 무언가 특별 대우를 받는 듯한 느낌마저 들었다.

담배를 몇 모금 빨았을 때다.

히라오의 눈이 갑자기 커졌다. 기동대 경찰 사이를 헤치며 나오는 이가 재플린의 마스터였기 때문이다. 땀범벅이 된 그의 뒤로 우익 특공복을 입은 세 명의 청년이 수갑을 차고 나왔다.

마스터가 나오자 히라오가 달려갔고, 경찰특공대가 그를 막아섰다.

"마스터! 무슨 일입니까?"

마스터가 정신없는 와중에 고개를 돌려 히라오를 쳐다보면서 "아, 그 한국인이……."라고 말했지만, 이내 경찰들의 손에 이끌려 출입 통제선 밖으로 빠져나갔다.

재플린 쪽으로 악을 쓰며 들어가려는 히라오를, 세 명의 우익 청년 뒤에 따라오던 형사가 막아선다.

"뭐야? 누구야? 당신 뭐요?"

마쓰야마 형사였다. 그가 히라오를 밀치자 주위의 경찰특공대가 동시에 히라오를 막아서고, 그 뒤로 흰 천에 덮인 응급 침대가 소방응급대원들에게 들려 나온다.

히라오의 눈에 선명히 들어온다.

파룻해진 왼팔을 축 늘어뜨린 응급 침대 위 남자의 손목에 채워진 오래된 세이코 시계.

서건우였다.

히라오는 괴성을 지르며 응급 베드 쪽으로 뛰쳐나갔다. 갑자기 솟구친 동물적인 힘이다. 경찰특공대 서넛도 그를 막지 못했다. 베드 앞에 간 그는 흰 천을 젖힌다. 이마가 으깨어져 뇌수까지 보이는 서건우의 얼굴은 이미 핏빛으로 물들어 있었다.

그때 뒤늦게 다가온 경찰특공대가 히라오의 양팔을 잡아 뒤로 끌었고, 마쓰야마 형사는 그런 모습을 보고 히라오에게 다가갔다.

특공대 대원들이 어찌할 줄 몰라 망설였지만 마쓰야마 형사는 대원들에게 손짓을 하고 담배를 하나 꺼내 히라오에게 건넨다. 히라오는 진이 빠졌는지 고개를 절레절레 흔든다.

마쓰야마는 히라오의 목에 달린 경산성 관리관 신분증을 발견한다.

"혹시 마스터가 말한 그 일본인 손님?"

"네? 무슨 말이죠?"

"조금 전에 죽은 서건우라는 사람이 누굴 기다린다고 하던데, 혹시 그 사람입니까?"

"네! 맞습니다. 접니다!"

"혹시 시간 되시면 지금 잠깐 같이 가실 수 있습니까?"

"물론입니다!"

히라오는 주춤거리며 일어나려 했지만 다리에 힘이 풀려 도저히 혼자 일어날 수 없었다. 몇 번을 시도하던 그를 마쓰야마가 다가와 부축한다.

히라오는 마쓰야마의 어깨에 손을 올리고 다리를 질질 끌다시피 하며 경찰차에 몸을 싣는다.

"뭐라고요? 그러면 아까 그 세 명이 서 상을 집단 구타했다는 겁니까?"

"아, 아직 용의자에 대한 심문은 시작하지 않았는데, 마스터의 목격자 증언에 따르면 세 명이 아니라 그중 한 명이 위스키병을 들고 피해자의 머리를 찍었다고 합니다. 바로 말렸는데 떨어지면서 서너 차례 더 머리를 찍고 해서……. 그런데 그 전에 이미 철근 쇠꼬챙이로 아랫배가 깊이 십오 센티미터 정도로 찔린 상태였다고 합니다. 마스터가 급히 110에 신고를 하고 나머지 피의자 일행 두 명도 급하게 진정시켰다고 하는데, 저희가 신고를 받고 출동했을 때 이미 피해자는 과다출혈로 사망한 상태였습니다. 그런데 사람을 죽여 놓고 피의자는 제정신을 못 차리고 있어서 지금 약물 검사 의뢰를 해 놓은 상태입니다. 처음에 저희기 체포했을 때도 혀가 꼬인 상태에서 '뭐가 문제냐, 반일 종자 없앴으니 훈장을 달라' 같은 술주정을 하기도 했습니다. 혹시 히라오 씨는 저들을 본 적이 있나요?"

우에노 경찰서 심문실에 온 히라오는 손을 파르르 떨어 가며 마쓰야마 형사의 설명을 들었다. 바로 옆 심문실에는 우익 청년 세 명이 의자에 나란히 앉아 있었다. 옷에 새겨진 '제국친위대'라는 글귀가 보이고, 한 명은 아직도 술에 취한 상태인지 하품을 하고 꾸벅꾸벅 조는 등 정상이 아니다. 다른 두 명은 그 옆에 미동도 하지 않고 앉아 있었다.

히라오는 분노가 치밀어 올랐다.

"사람을 죽여 놓고 저 자식 지금 뭐 하는 겁니까! 당장 조사해야 하는 거 아닙니까?"

"아, 진정하세요. 지금은 심문해 봐야 의미가 없습니다. 혈액 검사를 했는데 혈중알코올 농도가 엄청나게 나와서 제대로 된 심문도 안 될뿐더러 심신미약 상태에서 한 진술은 증거 효과가 없습니다. 내일이 되어 봐야 알 것 같네요. 그런데 한 번도 못 본 얼굴들인가요?"

히라오는 꾸역꾸역 올라오는 분노와 슬픔을 억누르며 답했다.

"네. 처음…… 처음 봅니다."

"그렇군요. 오늘 서건우와 만나기로 약속했던 겁니까?"

히라오는 라인 애플리케이션을 켜서 마쓰야마 앞으로 툭 던졌다. 라인메시지 창에는 서건우와 주고받은 대화가 실려 있었다.

마쓰야마는 디지털 카메라를 꺼내 메시지 창을 촬영했다. 평소 같으면 히라오가 "왜 찍느냐?"고 따졌을 법한데 지금은 그럴 기운도 없었다. 모든 게 귀찮고 또 허탈했다.

"오늘은 늦었으니 이만 돌아가시죠. 이후 혹시 필요한 사항이 생기면 다시 연락드리든가 하겠습니다, 관리관 님."

"어느 병원으로 이송됐죠, 서 상?"

"구라마에바시 길의 미쓰이 병원입니다. 그리고 내일 바로 부검에 들어갈 예정입니다."

히라오는 비틀거리며 자리에서 일어났다. 마쓰야마가 급히 달려와 부축한다.

히라오는 그런 마쓰야마를 뿌리치고 조사실 문 쪽으로 비틀비틀 걸어 나가다가 뒤를 돌아본다. 한없이 슬픔에 찬 눈이다.

"서 상 가족에게는 연락했나요?"

"아직 연락을 못 했습니다. 지금 휴대폰 복원 작업 중이라……."

히라오는 다시 발길을 돌려 조사실의 문을 열고 밖으로 나갔다.

우에노 경찰서 사 층 형사과의 기다란 회색빛 복도 천장에 달린 형광등 불빛에 눈이 아프다. 불현듯 서건우의 아내 미치코가 된장찌개를 들고 식탁으로 오던 장면과 천진난만하던 아이들의 목소리 그리고 서건우가 딸 유나와 입을 맞추던 모습이 히라오의 머릿속을 스쳐 지나간다.

히라오는 몇 발자국 옮기다가 복도 한가운데 바닥에 털썩 주저앉아 머리를 양손으로 감싸고 끄윽, 끄윽, 신음한다.

중대한 결심

—

2019년 7월 31일 오전 10시.

수상 관저의 내각관방부는 아침부터 묘한 분위기에 휩싸여 있었다.

표면적으로는 평소와 다를 바 없는 풍경이지만 관저에 속속 나타나는 렉서스 차량에서 내리는 각료들의 모습에는 긴장감이 넘쳐흘렀다.

미야자키 관광청장은 차문을 쾅! 소리 나게 닫으며 울분을 표했고, 경단련 핫토리 총괄본부장도 표정이 어두웠다. 경산성 요시다 대신 및 오카무라, 스즈키 그리고 히라오의 표정도 마찬가지다. 특히 히라오는 전날의 악몽이 아직도 가시지 않은 듯 눈빛이 퀭했다.

스즈키가 안쓰러운 표정으로 히라오의 어깨를 툭 친다. 아침에 히라오로부터 서건우의 부음을 전해 들었기 때문이다.

"그럼 들어가자."

경산성 관료들이 관방부 대회의실에 들어가자 소가 관방장관, 노다 외무성 대신, 다나카 관방수석비서관은 이미 자리를 잡고 앉아 있다. 미야자키 관광청장과 핫토리 본부장은 팔짱을 낀 채 침통한 표정을 짓고 있다.

회의실 문이 열리고 야스베 총리가 회의실로 들어와 가운데 자리에 앉았다.

그가 자리에 앉자 다나카 비서관이 일어나 "지금부터 화이트리스트 정령안 개정안에 대한 최종회의를 진행하도록 하겠습니다."라며 회의 시작을 알렸다.

"먼저 오늘은 미야자키 관광청장과 핫토리 경단련 총괄본부장님이 반드시 참석시켜 달라는 의견을 수차례 주셔서 현장의 목소리를 듣겠다는 총리 각하 및 관방장관님의 의향에 따라 초청했습니다. 그리고 경제산업성은 퍼블릭 오피니언의 결과 및 정령안 개정 최종 보고서의 기안자인 관계로 실무관리관님들이 참석해 주셨고, 향후 외교적 대응 등의 내용을 공유하기 위해 노다 외무성 대신님도 특별히 참석했습니다. 그럼 먼저 현장의 목소리를 미야자키 청장님, 말씀해 주십시오."

미야자키 관광청장은 자리에 일어나 참석자들에게 한 장짜리 문서를 돌렸다. 그 문서에는 다음과 같은 글이 적혀 있었다.

지역 외국 관광객 인바운드 실태

작성: 관광청 해외관광객 통계조사과

1. 실태 조사 이유: 7월 1일 관방부의 한국 소재부품 3개 우대 조항 철폐 이후 한국 내에서 벌어지고 있는 불매운동의 핵심으로 일본 관광 보이콧 움직임이 존재하는 바, 실제 어떻게 진행되고 있는지 에 따른 현황 파악

2. 조사 기간: 7월 3일~7월 24일(3주간)

3. 대상 지역: 한국 관광객이 많이 찾는 규슈 일대, 서일본 지역 공항 및 항만을 중심으로

4. 내용

- 규슈 지역 관광객 전년 대비 25% 감소

- 사가현 사가공항 부산 노선 폐쇄

- 벳부, 미야자키 서울 부산 노선 감소(주 15편을 6편으로 줄임)

- 후쿠오카현 하카타 항구, 시모노세키 항구 고속 페리선 70% 감소

- 쓰시마 섬 80% 감소

- 구마모토현 20% 감소

- 오사카 15% 감소

- 그 외 지역 공통적으로 20% 감소한 상황으로 파악됨

5. 전망: 현재 성수기 예약 취소율이 50% 이상 나오고 있으며, 이러한 추세는 10월까지 이어질 것으로 예상됨. 실질적으로 지역 경제에 막대한 타격을 주고 있고, 앞으로 이러한 상황이 계속된다면 궤멸적인 상황, 즉 모라토리엄을 선언할 수도 있음. 끝.

대부분 읽었다고 판단될 무렵, 미야자키 관광청장은 강한 어

조로 말하기 시작했다.

"정치적인 문제는 저는 잘 모르겠으니 그건 총리 각하께서 알아서 하실 거라 보고, 다만 저는 외부에서 영입된 일종의 CEO라고 생각하고 있으며 총리 각하도 처음에 그런 의도로 저를 이 자리에 앉혔다고 생각하니까, 오늘 제가 좀 작심하고 발언하겠습니다."

야스베 총리는 물론 다른 참석자들도 전례 없이 강한 어조로 나서는 미야자키 관광청장을 다소 놀란 눈길로 쳐다보았다. 하긴 미야자키는 민간에서 수혈된 관광 경영의 전문가였던지라 이 자리에서 모인 관료나 정치인 출신들과는 전혀 달랐다.

H.I.S와 재팬트래블을 일본 여행업계의 양대 산맥으로 만든 전설적 존재 미야자키는 2012년 야스베 총리가 부임하면서 전격적으로 영입된 케이스로, 이후 칠 년간 야스베 총리의 절대적인 신임과 지원을 받아 그의 핵심 국정과제인 외국 관광객 유치 3천만 명 달성을 일구어 낸 천재적 능력을 보였다. 그렇기 때문에 미야자키가 작심하고 발언하겠다는 말에 좌중의 눈과 귀가 쏠릴 수밖에 없었다.

"제가 나눠 드린 문서를 보면 아시겠지만, 지역 경제는 관광업이 주요한 산업 활동입니다. 국내 여행객들보다 당연히 해외에서 오는 관광객들이고, 쓰시마 섬이나 돗토리현 같은 경우는 해외 여행객의 소비 지출로 지역 전체가 먹고산다고 해도 과언이 아닙니다. 그런데 지금 이 문서에 나온 대로 지역, 특히 옆 나라 한국 관광객이 찾는 규슈 일대 중소 지역은 쑥대밭이 되고 있습니다. 현재 이렇다면 성수기인 8월은 보나 마나 뻔합니다. 그래서 묻고 싶습니다. 한국과 싸우는 것, 좋아요. 그렇게 하셔도 됩니다. 그런데 지원은 해 주실 겁니까? 지원이 없다면 한국 관광객 대상으로 생활을 영위하는 이 지역 주민들은 할 게 없습니다. 알아서 해라, 자기 책임이다, 뭐 그런 겁니까? 저를 납득시키지 못하신다면 저는 그만 사직하겠습니다. 제가 있어 봐야 별로 할 일도 없는 것 같고, 지역 관광청에서 하루에 수십 번도 넘게 걸려 오는 클레임 전화로 제 인생을 보내고 싶진 않거든요."

미야자키가 청산유수처럼 자신의 의견을 말한 후 자리에 앉아 버리자, 사회를 맡은 다나카 비서관이 허둥지둥하며 "아, 네, 미야자키 관광청장님의 발언이 있었고요……."라고 말하는데, 그때 핫토리 본부장이 자리에서 일어나 말을 하기 시작했다.

미국에서 오래 살다 온 핫토리 역시 하버드를 졸업하고 메릴린치에서 근무하다가 일본에 온 유학파다. 관저회의에서 사회자의 지시에 따르지 않는 것은 매우 무례한 행위였지만 소가 관방장관은 야스베 총리의 눈치를 살피며 고개를 끄덕였고, 다나카는 "그러면 이번에는 핫토리 경단련 총괄본부장님이 발언하겠습니다."라고 말했다.

"저도 관광청장님 의견과 비슷할 것 같은데요. 4월에서 6월까지 경단련 가입 기업들 실적이 상당히 안 좋습니다. 그런데 7월 초에 한국으로 수출 잘하고 있는 기업들의 심사를 강화하는 등 규제를 하신다고 했는데, 왜 그러시는지 이유를 알고 싶고요. 확실한 건 수출규제, 즉 그 화이트리스트 정령안 개정인가 뭔가를 내각에서 결정해서 법령으로 정해 버릴 경우 7월에서 9월까지 기업 실적은 더 안 좋아질 것이란 점입니다. 특히 무리타화학공업, 도쿄오카공업, 스텔라케미파, JPR, 히다치카세이 등 한국 반도체, 디스플레이 기업들과 거래를 텄거나 주문 생산량이 늘어서 몇백억 엔대의 생산 설비를 완공한 회사들도 있는데요. 이들 회사들이 정부의 지침 때문에 수출 못 해서 이익 못 내고 부도라도 나면 정부가 지원하실 생각입니까? 지원한다면 어떤 내용이죠? 저도 하루에 수십 번씩 연락을 받고 있는데 확실한 지침 좀 내려 주시고, 아니 그 전에 왜 이러는지 이유라도 좀 알려 주십시오. 이상입니다."

초반부터 회의 분위기가 살벌하다.

오카무라와 스즈키는 침을 꿀꺽 삼키고, 요시다와 노다 등 대신들의 표정도 심각해진다. 하지만 야스베와 소가는 이미 예상했는지 혹은 별로 신경 쓸 게 아니라는 것인지 표정 변화가 없다.

그리고 또 한 명, 줄곧 앞만 쳐다보고 있는 히라오의 표정이 가장 불가사의하다.

"네. 오늘 현장의 목소리를 들려주기 위해 옵서버로 참여해 주신 두 분으로부터 질문이 나왔습니다. 어떤 분이…… 답변하시겠습니까?"

다나카가 조심스럽게 말을 꺼내자 소가 관방장관이 손을 들었다.

"아니, 경산성 생각도 들어 본 다음 한꺼번에 답변하지."

그러자 스즈키가 눈치를 보다가 손을 든다.

"경제산업성의 스즈키입니다. 우선 퍼블릭 오피니언 결과를 말씀드리면 이번 화이트리스트 정령안 개정에 90퍼센트가 찬성이고 반대 의견은 8퍼센트, 다시 한 번 생각해 보자는 중간 의견이 2퍼센트로 집계되었습니다. 찬성 의견은 신의를 지키지 않고 북한과 위험한 거래를 하는 한국을 왜 화이트리스트에 둬야 하는가라는 식의 의견이 가장 많고, 반대 의견은 한국과 일본이 지금까지 맺어 왔던 교류와 우호의 역사 등을 강조하면서 이번 정령안 개정이 양국 간 신뢰에 커다란 악영향을 미칠 것이다 등이 있었습니다."

스즈키가 앉자 오카무라 사무차관이 자리에서 일어났다.

"정령안 개정안을 조금 늦추는 것이 어떨까 합니다. 그리고 최근 한 달간 한국에서 일어나고 있는 불매운동과 오성전자 및 오성반도체 등의 발 빠른 대처를 보면, 이번 정령안 개정을 각의결정한다고 하더라도 천백 개 리스트의 전면적인 규제보다 몇 개 품목을 다시 선정하는 유연성이 필요할 것이라고 봅니다. 천백 개를 동시에 발표할 경우 이 소재부품을 수출하는 우리 기업들에게도 혼란이 예상되기 때문에 속도 조절이 필요하다고 봅니다. 이상입니다."

오카무라가 자리에 앉자 그동안 가만히 있던 야스베 총리가 요시다 대신을 보며 입을 열었다.

"그러니까 지금 경산성도 반대라는 거지?"

요시다 대신이 답했다.

"아, 반대는 아니고 조금 신중해야 해야 하지 않나라는 그런 의견으로 받아들여 주십시오, 총리 각하."

그 말을 들은 야스베 총리가 자리에서 일어나더니 요시다 대신 쪽으로 걸어가 그의 머리를 마치 꿀밤 때리듯 한 대 툭 친다.

갑자기 일어난 상황에 나머지 사람들은 모두 깜짝 놀란다. 그런데 정작 당한 요시다 대신은 별로 개의치 않는 표정이다. 마치 이런 일이 일상적으로 있었다는 느낌마저 준다.

"심복이란 녀석이……."

"죄, 죄송합니다."

야스베는 다시 자리에 앉는다. 하지만 관저회의에서, 그것도 다른 사람들이 있는 자리에서 이러한 어이없는 일이 벌어지는 것을 목격한 미야자키와 핫토리가 자리에서 벌떡 일어난다.

미야자키가 "총리 각하 의견은 잘 알겠습니다. 제 사직서는 나중에 제출하겠습니다."라고 말하고 성큼성큼 걸어 회의실을 나가 버렸다. 핫토리 역시 "저도 더 이상 여기 있어 봐야 의미가 없을 것 같으니 돌아갑니다."라고 말한다.

둘이 나가 버리자 갑자기 회의실 분위기가 싸늘해졌다.

소가는 야스베 총리의 이런 행위가 답답한 듯 이마에 손을 살짝 올린다. 아무도 말을 하지 않는 상황에서 야스베 총리가 기괴한 톤으로, 그리고 특이하게도 문어체로 말을 하기 시작한다. 마치 무언가에게 빙의된 듯한 느낌이다.

"화이트리스트 각의결정은 8월 2일 할 것이다. 그리고 지금 여러분들은 나약하기 그지없다. 우리 일본국을 무시하는 한국에 대해 응징을 해야겠다는 마음가짐이 전혀 없다. 한국은 일본의 은혜를 받은 국가인데, 일본을 업신여기고 이미 결정된 불가역적인 협상들을 모조리 어기고 있다. 개인의 청구권이니 뭐니 말도 안 되는 소리를 하고 있다. 그리고 그들 탓에 우리 일본국 기업들이 힘들어하고 있다. 힘들수록 강하게 나가야 한다. 모든 책임은 내가 질 것이니 나를 믿고 따라오길 바란다, 제군들."

야스베는 이 말을 남기고 밖으로 나가 버렸다.

소가가 황급히 일어났지만 야스베는 눈길조차 주지 않는다.

야스베가 나가 버린 후 노다 대신이 눈치를 보며 "관방장관님, 어떡하죠?"라고 물었고, 소가가 "야마나시에서 누굴 만났는지 알 것 같구먼."이라며 말끝을 흐렸다. 그 말을 받아 노다가 놀라면서 말한다.

"설마 시오자키……."

"노다 군, 그만해."

소가 관방장관은 경산성 출신 관료들을 힐끗 보며 노다의 말을 잘랐다.

노다가 "아, 네……."라고 말한 후 길게 한숨을 내쉰다.

소가는 별수 없다는 투로 말한다.

"그만 회의 끝내지. 그리고 8월 2일 각의결정을 할 거니까 요시다 자네도 그리 알고 있어. 아마 앞으로 자네가 바빠질 거야."

"아, 네. 알겠습니다."

회의가 끝나고 모두 밖으로 나온다.

요시다와 소가, 노다는 다음 일정으로 준비된 내각간담회에 참석하기 위해 가고, 오카무라는 각 부서 사무차관 회의에 참석하러 간다.

관저를 나와 경산성으로 돌아오는 길에 스즈키가 히라오에게 말을 걸었다.

"너 왜 한마디도 안 해?"

"할 이야기가 없지 않습니까. 저런 말도 안 되는 분위기에서 무슨 말을 합니까?"

"하긴 젠장할……. 저 삼류대학 출신 바보 멍청이가 나라를 엉망으로 만드는구나."

"그나저나 저 8월 8일 좀 쉬고 싶습니다."

"그래, 연차도 좀 써먹고 해라. 장례식은 언제지?"

"8월 8일입니다. 부검 결과 나오면 바로 장례식 한다고……. 그전에 경찰서에도 한두 번 더 가야 할 것 같아서요."

"그래, 알았어. 어차피 이리된 거 우리가 바빠지고 할 일은 없을 것 같다. 아무튼 그 서건우란 친구 유족들 위로 잘 해 주고."

스즈키는 히라오의 어깨를 툭툭 치며 격려한다.

그때 스즈키에게 전화가 걸려 오고, 그는 히라오의 눈치를 본 후 "아, 네. 네." 하며 먼저 빠른 걸음으로 걸어간다.

스즈키의 뒷모습을 보면서 히라오는 우뚝 선다. 그리고 양복 안 셔츠 윗주머니에 꽂아 넣었던 만년필을 꺼내더니 뚜껑을 젖힌다. 그러자 복잡한 기계식 버튼이 나타났고, 그중 삼각형 표시를 누르자 다나카 비서관의 "지금부터 화이트리스트 정령안 개정안에 대한 최종회의를 진행하도록 하겠습니다."라는 음성이 흘러나온다.

히라오는 그 만년필을 한참 뚫어지게 바라보다가 다시 주머니에 넣고 경산성으로 발걸음을 옮긴다.

도쿄의 정오 햇살이 가스미가세키 거리에 강렬하게 내려쬔다.

"뭐라고? 서건우가 왜 죽어?"

"우익들 소행이라고 하는데, 정광일 상임대표 말에 따르면 우발적인 사고 같습니다."

7월 31일, 민영노 비서실장이 이헌기 비서관이 가져온 일본 언론의 서건우 피살 소식 프린트 자료를 본다. 언론은 행동파 우익들의 만행을 비난하며, 건우 유족들의 슬픈 인터뷰 등을 실었다.

더듬더듬 일본어를 읽어 내려가던 민영노 비서실장은 침통한 표정으로 이헌기에게 다시 한 번 묻는다.

"정말 의도적인 살인 아닌가? 서건우 사무국장이 우리 쪽에 정보를 줬다는 그런 이유로……."

"처음에는 그런 생각도 했었는데, 그렇지는 않은 것 같습니다."

민영노는 침통한 표정을 짓다가 "알겠네. 내가 대통령님께 직접 전달해서 정중하게 격식을 차리도록 하겠네."라고 말했다.

이헌기가 주저하다가 "그…… 히라오는 어떻게 할까요?"라고 묻자 민영노는 "됐네. 히라오란 사람도 고통스러워하고 있을 테니까, 앞으로 그쪽에 선 대거나 그런 생각은 하지 말게나."라고 말한다.

이헌기 비서관이 문을 열고 나가자 민영노는 창문 밖을 내다보며 아주 오랫동안 침통한 표정을 지은 후 눈을 감았다. 얼굴 한 번 보지 못한 사이지만 민영노는 서건우를 위해 명복을 빌었다.

2019년 8월 2일 오전 10시 10분.

약 한 달간의 참의원 선거를 끝내고 각 부처 각료들이 한자리에 모였다. 8월 각의의 시작이다. 일본을 이끄는 내각 대신들이 다 모였다. 내각총리대신이 가운데 자리에 앉자 카메라 플래시가 터진다. 각료들이 웃어 가며 서로 환담을 나누는 모습이 오 분여 동안 촬영되고, 소가 관방장관이 일어난다.

"자, 자, 매스컴들은 이제 철수해 주시고, 8월 첫 내각각료회의에 대해서는 회의가 끝난 후 제가 브리핑하겠습니다. 그럼 이제부터 회의를 시작합니다."

소가 관방장관의 말이 끝나자 언론 카메라들이 철수한다. 마지막으로 철수하는 아사니치신문의 우에무라 기자가 야스베 총리를 쳐다본다. 야스베 총리는 그와 눈이 한 번 마주치지만 외면한다.

우에무라는 씩 웃으며 빨리 나가라고 재촉하는 다나카 관방수석비서관에게 "알았어, 알았다고."하면서 문 밖으로 사라진다. 다나카 비서관은 문을 닫고 그 앞에 열중쉬어 자세로 선다.

야스베 총리가 천천히 자리에서 일어난다.

"각 부처 장관 여러분, 잘 쉬셨습니까?"

"네! 총리 각하!"

일사불란한 대답과 함께 우렁찬 박수가 회의실 내에 울린다. 그런 모습을 흐뭇하게 둘러보는 야스베 총리가 손을 들어 박수를 제지시킨다.

"네, 그러면 오늘은 내가 중요한 결정을 하나 하려고 합니다. 이미 언론들도 많이들 써서 예상하는 분들도 있을 텐데, 먼저 작금의 세계정세 잘 아시죠? 미국과 중국의 무역 분쟁 그리고 동북아 정세가 심대한 영향을 끼치고 있고, 중동 정세도 심상치 않습니다. 즉, 세계가 지금까지 한 번도 경험해 보지 못한 혼란의 소용돌이에 빠지고 있는 오늘, 저는 중대한 결정을 내리려고 합니다."

야스베 총리는 앞에 놓인 물을 한 잔 마신다. 그리고 발표한다.

"외국환 및 무역관리법에 의거해 대한민국을 화이트리스트에서 배제하는 정령안 개정을 싱신합니다. 관련 개정안의 구체적 내용은 지금 앞 탁자에 놓인 개정안에 다 들어 있으니 나중에 한 번씩 읽어 보시고, 핵심 내용은 국가 간의 신뢰 관계를 현저하게 저하시킴과 동시에 전략물자 관리에 심각한 결함이 발견되었기 때문입니다. 정령안 개정에 찬성하시는 각료들은 손을 들어 찬성 의사를 표시하시고 반대 의견이 있는 각료는 이의를 제기하기 바랍니다.”

야스베의 말이 끝나자마자 노다 외무성 대신과 요시다 경산성 대신이 가장 먼저 손을 들었고, 그 이후 누가 먼저랄 것도 없이 스물세 명 각료 모두가 손을 들었다. 야스베 총리는 그 모습을 흐뭇하게 쳐다본 후 자신의 자리 옆에 있는 의사봉을 들어 땅! 땅! 땅! 세 번 내리쳤다. 벽에 걸린 커다란 벽걸이 시계는 10시 20분을 가리키고 있었다.

“그럼 만장일치로 각의결정되었음을 알립니다. 조금 더 덧붙이자면, 일본은 한국을 우대국가가 아닌 정상국가로 받아들일 것이며, 이 모든 원인은 현재의 한국 정부에 있음을 각료들께 전달하고자 합니다. 1965년 일한협정 당시 조약 체결을 통해 일본과 한국은 모든 배상 및 보상 조처가 끝났으며 문재현 정권의 전 정부인 최근실 정권에서 위안부 및 징용공 문제도 불가역적으로 합의를 했습니다만, 여러분들도 아시다시피 이 모든 것을 전복한 문재현 정권은 우리 일본 기업의 재산을 압류하려 하는 등 과도한 집착과 과대망상을 보이고 있으며 어떠한 협의에도 응하지 않는 행태를 보이고 있습니다. 이 상황에서 우리 일본국 내각이 이번 조치를 통해 모든 것을 정상으로 돌리며, 그 일환으로 우대국 조치를 철회한다는 것을 명심하시길 바랍니다. 앞으로 한국과의 개별 업무에서 갖가지 요구나 항의가 들어올 것인데, 이 부분을 각 부처 각료들은 정확하게 파악한 후 부처별로 그 외 제재 및 규제 조치들을 마련하고 대응해 주길 바랍니다."

야스베 총리의 말이 끝나자 다시 한 번 우레와 같은 박수가 쏟아져 나왔다.

모든 각료들이 환호성을 지르며 열렬히 박수를 하는 와중에 소가 관방장관만이 건성으로 박수를 하는 모습이 특이하다면 특이해 보였다.

●

"선배님, 지금 떴습니다! 저희 예측이 맞았습니다!"

"인마, 조용히 해!"

전영재는 헐레벌떡 뛰어 들어오는 유재상 편집국장을 향해 소리를 지른다. 다시 보고 있던 NHK를 주의 깊게 시청했다. 막 소가 관방장관이 발표한 각의결정을 보면서 노트에 일본어와 한자, 한글을 곁들이며 메모를 한다.

잠시 후 소가의 발표가 끝나자 "헤드라인 이걸로 잡아."라고 유 국장에게 던져 준다.

'日 화이트리스트 제외 발동! 文정권에게 '파국破局의 날'로 기억될 것'

유재상은 깜짝 놀라 "에? 이걸로 속보를 내라고요?"라고 반문한다.

전영재가 어이없는 표정으로 말한다.

"그럼. 파국의 날이지. 지금 정령안 내용도 나왔잖아. 어차피 8월 7일에 공표되면 천백 개 품목 전부 다 규제 대상에 들어갈 거야. 한국이 이걸 어떻게 대응해? 문재현 정권에겐 무리라니까. 일본 친구들이 얼마나 치밀한데. 문재현은 이제 끝났어, 파국이라고."

유재상 편집국장은 이게 그 정도까지 갈 일인가 싶었지만 전영재가 너무 확고히 말해서 도저히 반론을 제기할 수 없었다.

●

2019년 8월 2일 오후 2시, 대한민국 청와대 임시국무회의.

"대통령님 들어오십니다."

민영노 비서실장의 말이 있자 청와대 대회의실에 미리 와서 앉아 있던 한국 정부 각 부처 장관 및 주요 차관 그리고 수석비서관 마흔여덟 명이 자리에서 일어섰다.

문재현 대통령은 여느 때와는 달리 굳은 표정으로 착석했다.

다른 참석자들이 자리에 앉자 문 대통령은 "지금부터 제31회 임시국무회의를 개최하겠습니다."라며 회의 시작을 알렸다. 좌중을 한 번 둘러본 후 미리 준비한 원고를 꺼내 틈틈이 좌중을 둘러보며 결연하게 읽어 내려갔다.

각 방송사들도 문재현 대통령의 얼굴을 클로즈업했다.

"비상한 외교·경제 상황에 대응하기 위해 긴급하게 국무회의를 소집했습니다. 오늘 오전 일본 정부는 우리 대한민국을 화이트리스트, 즉 백색국가에서 배제하는 결정을 내렸습니다. 문제 해결을 위한 외교적 노력을 거부하고 사태를 더욱 악화시키는 대단히 무모한 결정으로, 깊은 유감을 표합니다. 외교적 해법을 제시하고, 막다른 길로 가지 말 것을 경고하며, 문제 해결을 위해 머리를 맞대자는 우리 정부의 제안을 일본 정부는 끝내 받아들이지 않았습니다. 일정한 시한을 정해 현재의 상황을 더 이상 악화시키지 않으면서 협상할 시간을 가질 것을 촉구하는 미국의 제안에도 응하지 않았습니다. 우리 정부와 국제사회의 외교적 해결 노력을 외면하고 상황을 악화시켜 온 책임이 일본 정부에 있는 것이 명확해진 이상, 앞으로 벌어질 사태의 책임도 전적으로 일본 정부에 있다는 점을 분명히 경고합니다. 무슨 이유로 변명하든, 일본 정부의 이번 조치는 우리 대법원의 강제징용 판결에 대한 명백한 무역보복입니다. 또한 '강제노동 금지'와 '삼권분립에 기초한 민주주의'라는 인류 보편적 가치와 국제법의 대원칙을 위반하는 행위입니다. 일본이 G20 정상회의에서 강조한 자유무역질서를 스스로 부정하는 행위입니다. 개인청구권은 소멸되지 않았다고 일본 정부 스스로 밝혀 왔던 과거 입장과도 모순됩니다.

우리가 더욱 심각하게 받아들이는 것은, 일본 정부의 조치가 우리 경제를 공격하고 우리 경제의 미래 성장을 가로막아 타격을 가하겠다는 분명한 의도를 가지고 있다는 사실입니다. 우리의 가장 가까운 이웃이며 우방으로 여겨 왔던 일본이 그와 같은 조치를 취한 것이 참으로 실망스럽고 안타깝습니다. 일본의 조치는 양국 간의 오랜 경제 협력과 우호 협력 관계를 훼손하는 것으로서 양국 관계에 대한 중대한 도전입니다. 또한, 글로벌 공급망을 무너뜨려 세계 경제에 큰 피해를 끼치는 이기적인 민폐 행위로 국제사회의 지탄을 면할 수 없을 것입니다. 일본의 조치로 인해 우리 경제는 엄중한 상황에서 어려움이 더해졌습니다. 하지만 우리는 다시는 일본에게 지지 않을 것입니다. 우리는 수많은 역경을 이겨 내고 오늘에 이르렀습니다. 적지 않은 어려움이 예상되지만, 우리 기업들과 국민들에겐 그 어려움을 극복할 역량이 있습니다. 과거에도 그래 왔듯이 우리는 역경을 오히려 도약하는 기회로 만들어 낼 것입니다.

정부도 소재·부품의 대체 수입처와 재고 물량 확보, 원천기술의 도입, 국산화를 위한 기술 개발과 공장 신·증설, 금융 지원 등 기업의 피해를 최소화하기 위해 할 수 있는 지원을 다 하겠습니다. 나아가 소재·부품 산업의 경쟁력을 높여 다시는 기술 패권에 휘둘리지 않는 것은 물론 제조업 강국의 위상을 더욱 높이는 계기로 삼겠습니다. 정부와 기업, 대기업과 중소기업, 노와 사 그리고 국민들이 함께 힘을 모은다면 충분히 해낼 수 있는 일입니다. 정부와 우리 기업의 역량을 믿고, 자신감을 가지고, 함께 단합해 주실 것을 국민들께 호소드립니다. 한편으로, 결코 바라지 않았던 일이지만, 우리 정부는 일본의 부당한 경제보복 조치에 대해 상응하는 조치를 단호하게 취해 나갈 것입니다.

비록 일본이 경제 강국이지만 우리 경제에 피해를 입히려 든다면, 우리 역시 맞대응할 수 있는 방안들을 가지고 있습니다. 가해자인 일본이 적반하장으로 오히려 큰소리치는 상황을 결코 좌시하지 않겠습니다. 일본 정부의 조치 상황에 따라 우리도 단계적으로 대응 조치를 강화해 나갈 것입니다. 이미 경고한 바와 같이, 우리 경제를 의도적으로 타격한다면 일본도 큰 피해를 감수해야 할 것입니다. 우리 정부는 지금도 대응과 맞대응의 악순환을 원치 않습니다. 멈출 수 있는 길은 오직 하나, 일본 정부가 일방적이고 부당한 조치를 하루속히 철회하고 대화의 길로 나오는 것입니다. 한국과 일본, 양국 간에는 불행한 과거사로 인한 깊은 상처가 있습니다. 하지만 양국은 오랫동안 그 상처를 꿰매고 약을 바르고 붕대를 감으며 상처를 치유하려 노력해 왔습니다. 그런데 이제 와서 가해자인 일본이 오히려 상처를 헤집는다면, 국제사회의 양식이 결코 용인하지 않을 것이라는 점을 일본은 직시하기 바랍니다.

국민 여러분께도 특별히 말씀드립니다. 우리는 올해 특별히 3.1운동과 임시정부 수립 백 주년을 기념하며, 새로운 미래 백년을 다짐했습니다. 힘으로 상대를 제압하던 질서는 과거의 유물일 뿐입니다. 오늘의 대한민국은 과거의 대한민국이 아닙니다. 국민의 민주 역량은 세계 최고 수준이며, 경제도 비할 바 없이 성장하였습니다. 어떠한 어려움도 충분히 극복할 저력을 가지고 있습니다. 당장은 어려움이 있을 것입니다. 그러나 도전에 굴복하면 역사는 또다시 반복됩니다. 지금의 도전을 오히려 기회로 여기고 새로운 경제 도약의 계기로 삼는다면 우리는 충분히 일본을 이겨 낼 수 있습니다. 우리 경제가 일본 경제를 뛰어넘을 수 있습니다.

역사에 지름길은 있어도 생략은 없다는 말이 있습니다. 언젠가는 넘어야 할 산입니다. 지금 이 자리에서 멈춰 선다면, 영원히 산을 넘을 수 없습니다. 국민의 위대한 힘을 믿고 정부가 앞장서겠습니다. 도전을 이겨 낸 승리의 역사를 국민과 함께 또한 번 만들겠습니다. 우리는 할 수 있습니다. 정부 각 부처도 기업의 어려움과 함께한다는 비상한 각오로 임해 주기 바랍니다."

실질적인 대국민 기자회견이자 선언이었다. 대통령의, 비장함마저 서려 있는 모두발언이 끝나자 잠시 정적이 흘렀다.

그때 신혜연 외교부 장관이 눈가가 충혈된 채 자기도 모르게 박수를 한 번, 두 번 하기 시작했고, 그것이 기폭제가 되어 회의실 전체가 우렁찬 박수 소리로 가득 찼다.

멀찌감치 회의실 입구에 서 있던 이헌기 해외동포담당비서관은 그 모습을 보고 몸을 문 쪽으로 돌려 눈물을 훔쳤다. 그리고 낮게 "미안하네. 꼭 이겨 내겠네, 서건우 국장."이라고 혼잣말을 내뱉었다.

◦

같은 시각, 경산성 회의실에서 한국 TV를 생중계로 보고 있던 히라오는 문재현 대통령의 발언을 한 자 한 자 일본어 속기로 적고 있다. 하지만 기계적인 손놀림이고 왠지 모르게 시켜서 한다는 그런 느낌이 든다.

옆에 앉아 있던 스즈키 국장이 히라오의 일본어 필사를 보면서 그 내용에 놀랐는지 자기도 모르게 속마음이 터져 나온다.

"와, 젠장맞을! 엄청 세게 나오네. 이거, 총리가 감당할 수 있을까?"

스즈키의 말에 히라오가 아무 대꾸도 하지 않자 스즈키가 그를 한 번 무심히 쳐다본다.

히라오의 왼쪽에 앉아 노트북에다 히라오의 필사를 개조식 문체로 핵심만 옮겨 적고 있는 하무라 계원이 무안해질 뻔한 스즈키 국장의 말을 받는다.

"국장님, 진짜 세네요. 이거 미중 분쟁에 버금가는 전쟁 나는 거 아닙니까?"

스즈키는 하무라가 고마웠는지 금세 말을 받는다.

"그렇지, 전쟁이지. 그런데 이건 우리가 못 이긴다."

"왜요?"

"두고 보면 알 거야. 그리고 만약 이긴다 하더라도 상처뿐인 승리가 될 거야. 팔 두 쪽, 다리 한쪽 잃어버리는 그런 승리."

"에이, 국장님 설마."

"인마, 넌 잘 옮겨 적기나 해. 바로 가져가야 하니까."

"네, 알겠습니다."

그때 문재현 대통령의 연설이 끝났고, 히라오는 속기 필사를 마친 후 하무라에게 건네줬다. 그리고 아무 말도 하지 않고 밖으로 나갔다. 그 동작도 역시 기계적이었다.

어떠한 감정조차 느껴지지 않는 그를 보고 하무라가 "어제 오늘 과장님 왜 저러시죠? 말 한마디도 안 하세요."라고 묻자 스즈키는 "그러게 말이다……. 응? 야! 빨리 옮기라니까, 새꺄." 라고 다시 하무라를 면박 준다.

장례식

—

2019년 8월 8일, 도쿄 시부야 아오야마 장례식장.

서건우의 장례식은 가족장으로 치러졌다. 하지만 검정색 예복을 입은 수많은 인파들로 붐볐고, 대한민국 청와대 문재현 대통령과 주일한국대사관 명의로 된 조화도 보였다. 도쿄민주연합의 대표단은 물론 송석진의 모습도 보인다. 참배객 안에는 히라오도 있었다.

서건우의 아내 미치코와 큰아이와 둘째 유나는 슬픈 표정을 지었지만, 아직 상황 파악을 못 하는 셋째와 넷째는 수많은 사람들을 쳐다보며 갓 배운 한국어로 "사람 많다! 많다!"를 반복하며 때론 웃기도 했다. 그 모습에 히라오는 가슴이 찢어진다.

영정사진 앞으로 가 참배를 올리고 미치코에게 다가갔다. 히라오는 감정을 최대한 억누르고 낮게 말했다.

"죄송합니다, 부인."

"아닙니다. 와 주셔서 감사합니다."

미치코는 최대한 건조하게 말했지만 그녀 역시 감정을 억누르고 있는 것이 느껴졌다.

히라오는 그 옆에 서 있는 아이들의 머리를 한 번 쓰다듬는데 유나가 그의 양복 끝을 잡는다. 히라오가 유나를 내려다보자 유나의 눈에 눈물이 고여 있다. 유나는 슬픈 목소리로 말한다.

"아저씨, 왜 우리 아빠가 저렇게 된 거예요?"

"아저씨가 지켜 주질 못했어. 미안하다, 미안해. 정말."

히라오는 그 말을 하며 유나와 눈높이를 맞추기 위해 허리를 구부렸는데, 그 순간 유나의 눈에서 눈물이 흘러내린다. 그것을 본 히라오의 눈이 붉게 충혈된다.

"아니에요. 저는, 저는 괜찮아요."

입술을 꽉 깨물고 더 이상의 눈물은 흘리지 않겠다는 유나를, 히라오가 서건우의 집에서 하룻밤 묵었을 때 서클 합숙을 가는 바람에 만나지 못했던 큰딸 미우가 끌어안는다.

"괜찮아, 유나야. 아빠는 항상 우릴 지켜 주실 거야."

"응. 알아. 정말 나도 알아."

두 자매의 그 모습을 본 히라오는 순간 눈물이 왈칵 쏟아질 뻔했다. 그 자리에 더 있다간 대성통곡이라도 할 것 같아, 황급히 자리를 피했다.

마음을 진정시키기 위해 장례식장 외부에 마련된 흡연 구역으로 갔다. 담배를 하나 꺼내는데, 라이터 불이 옆에서 들어온다. 송석진이었다.

"이야기 들었습니다. 히라오 상, 너무 자책하지 마세요."

"아닙니다. 제가 조금만 일찍 갔더라도 이런 일은 없었을 것인데……."

둘은 담배 한 모금을 깊이 빨아들이고 연기를 길게 내뿜었다. 송석진이 말했다.

"사모님이 강하시고 아이들도 마찬가지니까 앞으로 잘 해 나갈 수 있을 겁니다."

"네. 다만 너무 아쉽습니다. 저는……."

"어딜 가나 그런 미친놈들은 있으니까 너무 마음 쓰지 마세요. 정말 우발적 사고니까요. 부검 결과도 그렇고."

순간 히라오는 그런 미친놈 중 최고 정점이 일본의 지도자인 야스베라는 생각이 들었다.

히라오는 주위를 한 번 둘러보고 품에서 무언가를 꺼냈다. 7월 31일 관저회의를 녹음한 만년필 녹음기였다.

히라오는 그것을 쳐다본다. 송석진도 물끄러미 쳐다본다.

히라오는 하늘을 올려다봤다. 구름 한 점 없는, 화창하지만 후덥지근한 날씨다. 이마에선 땀이 흐르고 붉게 충혈된 눈이 어느새 원래대로 돌아와 있다. 히라오는 태양을 몇 초간 쳐다봤다. 그리고 다시 눈을 돌려 송석진을 쳐다본다. 송석진도 히라오를 본다.

히라오는 결심했다. 손에 쥔 만년필을 송석진에게 내밀었다.

"이거, 가져가세요."

송석진은 얼떨결에 만년필을 건네받는다. 히라오는 담배를 비벼 끄고 장례식장 바깥으로 걸어가기 시작했다. 그의 뒷모습에 대고 송석진이 "히라오 상! 이게 뭡니까?"라고 큰 소리로 물었다. 하지만 히라오는 고개를 돌려 송석진을 힐끗 한 번 쳐다본 후 손을 가볍게 흔들고 다시 걸어갔다.

완연한 여름을 알리는 듯 어디선가 매미 소리가 쨍쨍거리며 들려오고 있었다.

다음 날인 8월 9일, 경산성 옥상 흡연실에서 후덥지근한 여름의 온풍을 맞아 가며 담배를 피우던 히라오의 휴대폰이 울렸다. 송석진으로부터 걸려 온 전화였다.

히라오는 주위를 한 번 둘러본 후 담배를 끄고 옥상 구석으로 가면서 통화 버튼을 눌렀다.

"아, 접니다, 히라오 상."

"아, 송 상."

송석진의 목소리가 메말라 있던 히라오의 마음을 조금이나마 풀어 준다.

"그거 정말 귀중한 자료던데 감사합니다."

"천만에요. 제가 할 수 있는 유일한 것이었으니까요."

잠시 정적이 흘렀다. 히라오는 마땅히 할 말이 없어서 송석진의 말을 기다렸고 이윽고 석진이 본론을 꺼냈다.

"11일, 그러니까 다음 일요일에 시간 되십니까?"

"마땅히 일은 없습니다."

"서 상 집에 한번 찾아가 볼 생각인데 같이 가실까 해서요. 장례식 때 워낙 사람들이 많아서 저나 히라오 상이나 유족들에게 제대로 인사도 못 드린 것 같아서."

"아……."

히라오는 일순 망설였다.

"사실 그날이 건우 둘째 딸 생일이랍니다. 도쿄민주포럼 사무실로 소포가 하나 왔는데 건우가 둘째 생일 선물로 주문한 DVD랍니다. 마땅히 건네줄 사람이 없다고 정 대표님으로부터 연락이 와서요. 혼자 가기 좀 그런데 같이 가면 어떨까 해서."

히라오는 순간 그날 아침을 떠올렸다. 만취한 자신을 깨우던 아이였다. 그리고 한국과 일본을 구분하는 것이 무슨 의미가 있냐며 당당하게 말했었다. 건우가 장난치듯 쫓아가서, 하지만 진정 사랑이 넘쳐나는 뽀뽀를 나눴던 그날의 풍경과 장례식에서 입술을 깨물며 울지 않으려고 버텼던 유나의 모습이 주마등처럼 스쳐 지나갔다. 그런 유나의 열한 번째 생일을, 오지랖 넓게도 진심으로 축하해 주고 싶은 생각이 들었다.

"가야죠. 당연히 가야죠."

히라오는 자기도 모르게 같은 말을 두 번이나 반복하고 전화를 끊었다. 다시 담배를 꺼냈다가 무슨 생각이 들었는지 도로 집어넣었다.

결정적 제보

2019년 8월 9일 정오.

츠키지 역 앞의 르노아르 커피숍에서 송석진이 초조한 모습으로 입구 쪽을 쳐다본다. 출입문 위에 달린 종이 딸랑거릴 때마다 고개를 든다. 누군가를 기다리고 있는 모습이다.

커피를 한 모금 두 모금 마시면서 몇 번 그 동작을 반복하다가 자리에서 일어나 손을 흔든다.

"우에무라 상, 여깁니다."

가게에 들어와 좌우를 두리번거리던 아사니치신문 관저담당 선임기자 우에무라는 이내 송석진을 발견하고 황급히 달려와 착석을 했다. 그리고 물과 냅킨을 가져온 점원에게 "아메리카노."라고 말한 후 담배부터 문다.

"어떻던가요?"

송석진의 뜬금없는 물음에 우에무라는 담배 연기를 길게 내뿜으면서 재를 턴다. 그리고 상체를 구부려 송석진 쪽으로 몸을 가까이 하고는 낮게 말한다.

"대특종이야. 내가 야마나시에서 찍었던 사진과도 연결시킬 수 있고, 무엇보다 '시오자키'라는 이름이 나온 게 커."

"그렇군요. 그런데 왜 기사가 안 나옵니까?"

송석진은 의아한 표정을 감추지 못했다.

석진의 입장에서 본다면 당연한 의문일지 모른다. 서건우의 장례식에서 만난 히라오로부터 7월 31일에 있었던 관저회의 녹음 파일을 건네받은 후 집에서 듣다가 깜짝 놀란 석진은 바로 히라오에게 전화했다. 하지만 히라오는 전화를 받지 않고, 짤막한 라인메시지를 보내왔다.

[자유롭게 사용하십시오.]

송석진은 그 메시지를 보고 한동안 고민하다가 밤늦은 시간임에도 불구하고 우에무라에게 연락해 관저회의 녹음 파일을 이메일로 보냈다. 다른 기자들도 알고 있긴 했지만 아무래도 야스베 총리를 전면적으로 비판하는 아사니치신문, 게다가 우에무라가 관저담당 기자를 하고 있어 가장 적임자라고 생각했던 것이다.

우에무라 역시 석진에게 한 말처럼 '대특종'임을 직감했다. 하지만 기사로는 쓰지 못했다. 그 이유를 우에무라가 말한다.

"더 확실하게, 그러니까 야스베 총리에게 결정타를 먹이려면 말이야……."

우에무라는 여기까지 말해 놓고 뜸을 들였다. 송석진이 "결정타요?"라고 되묻는다. 그러자 우에무라는 막 탁자에 도착한 아메리카노를 한 모금 들이킨 후 긴장한 표정으로 말했다.

"이 파일을 준 사람이 직접 기자회견을 해야 해."

"예? 그게 말이 됩니까?"

"어차피 기사로 쓰면 바로 공안이 조사 들어간다. 모인 사람 몇 명 되지도 않고, 게다가 관저회의야. 비공개 관저회의는 그 자체로 대외비 취급을 받는단 말이지. 이 파일 준 사람은 공무원기밀누설죄로 무조건 십 년 이상의 징역형을 받아."

"아! 그런 사정이 있었군요."

"응. 그러니까 이걸 제대로 하려면 자네가 그 취재원을 설득해서 직접 기자회견을 하게끔 해야 공익제보가 돼."

"공익제보로 받아들여지겠습니까?"

그러자 우에무라는 결연한 표정으로 말했다.

"당연하지. 내가 취재한 것도 있으니까 기사로 지원할 거야. 그러니 자네가 설득 좀 해 보게. 공익제보로 분위기를 몰고 가면 징역 받아 봤자 육 개월에서 일 년 정도? 물론 본인은 괴롭겠지만, 야스베 총리만 물러나더라도 일본은 훨씬 나아질 걸세. 좀 도와주게나, 친구."

"네……. 한번 시도해 보겠습니다."

"건투를 비네. 일본과 동아시아의 명운이 자네한테 달려 있다고 해도 과언이 아니네. 안 그래도 8월 7일 공표를 보면 천백 개 리스트는커녕 추가제재 조치도 아예 안 나왔으니까 관저 사이드도 상당히 쫄고 있어. 이 상황에서 폭로 기자회견만 터진다면 야스베 총리는 일거에 무너질 수도 있어."

우에무라는 말을 마치고 조금 남아 있던 아메리카노를 마저 마신 후 자리에서 일어섰다.

작별 인사를 한 석진은 남아 있던 자신의 에스프레소를 마저 비운 후 담배를 한 대 빼어 물었다. 내뿜는 담배 연기 사이로 해맑게 웃는 서건우가 스쳐 지나간 듯한 느낌이 들었다.

마지막 결심

—

딩동, 딩동!

2019년 8월 11일.

신주쿠 햐쿠닌초의 단독주택 초인종이 울렸다. 인터폰으로 "누구세요?"라는 말이 들려오고 송석진이 "네. 전화드렸던 송석진입니다. 히라오 상도 같이 왔습니다."라고 대답했다.

대문이 열리고, 다시 현관문을 열자 아이들이 뛰어나온다.

"아! 장례식에서 봤던 아저씨들이다!"

셋째와 넷째가 부리나케 현관으로 뛰어나와 둘을 환영한다. 석진과 히라오는 뭐라 답해야 할지 몰라 우두커니 서 있는데, 미치코가 뒤이어 등장한다.

"죄송해요, 애들이 아직 철이 없어서. 들어오세요."

"아이고, 아닙니다. 그럼 실례하겠습니다."

석진과 히라오는 구두를 벗어 가지런히 정리하고 거실로 들어갔다.

이 층 계단에서 내려오던 유나가 둘을 발견하고 "아! 아저씨!"를 외친다.

히라오는 모처럼 웃는 낮으로 오른손을 흔든다. 동시에 왼손에 든 쇼핑백을 들어 보여 주며 "이거 생일 선물이야. 아저씨들이 사 왔어."라고 말했다.

유나는 한달음에 달려와 내용물을 확인한다.

"와! 이게 다 뭐야. 트와이스다! 전부 다 있네. 우와! 아저씨, 고맙습니다!"

유나의 말은 반은 맞았지만 반은 틀렸다. 원래 건우가 주문한 DVD는 하나였지만, 오면서 트와이스라는 한국 아이돌 그룹의 나머지 DVD를 히라오가 전부 구입했다. 그리고 미치코가 사전에 부탁한 대로 전부 히라오가 산 것으로 했다. 왜냐하면 건우가 사 놓은 것이라고 말하면 유나가 다시 슬퍼할지도 모르기 때문이다.

유나가 DVD를 펼쳐 보며 기뻐하고 있을 때, 송석진과 히라오는 다다미방에 설치된 건우의 영정대 앞으로 갔다. 은은한 향냄새가 풍겨 온다. 둘은 향을 두 자루 뽑아 불을 붙여 향대에 꽂고 합장을 했다. 히라오는 마음 깊은 곳에서 다시 울컥한 무언가가 올라오는 것을 느꼈지만 억지로 참아 냈다.

"유나야, 너 생일 파티 해 주려고 일부러 아저씨들이 오셨대."

"진짜? 짱이다, 아저씨들."

유나와 동생들은 아빠가 없다는 것을 그렇게 개의치 않는 것 같았다.

탁자 위에, 이번에는 송석진이 산 생크림 딸기 케이크를 놓고 숫자 '1' 두 개로 디자인된 양초를 꽂았다.

'생일 축하합니다'의 한국어 버전 노래로 유나의 생일을 축하했다.

케이크를 먹어 가며 담소를 나누려는데, 미치코가 "아, 잠깐만요. 케이크보단 그게 낫겠죠. 한 번 끓이면 되니까 조금만 기다려 주세요."라며 부엌으로 사라진다.

잠시 후 히라오의 코끝을 자극하는 구수한 냄새가 풍겨 온다. 바로 알 수 있었다. 그날 아침에 감동하며 먹었던 된장찌개다.

미치코는 담담하게 말한다.

"오빠가 그렇게 된 날 만들어 놨던 건데, 버릴 수가 없어서 냉장고에 넣어 놨어요. 아무튼 말끔히 비울 수 있어서 다행이에요."

담담해서 더 슬프게 들리는 미치코의 말이다.

히라오의 마음도 쓰리다. 갑자기 눈물이 쏟아질 것 같지만 억지로 참는다. 내색하지 않고 팔팔 끓는 된장찌개를 후후 불어 가며 먹는다.

히라오의 그런 모습을 보면서, 케이크를 먹던 유나가 묻는다.

"아저씨, 또 술 마셨어?"

"아니, 안 마셨는데. 왜?"

"눈이랑 코가 빨갛잖아. 술 마신 사람 같아."

유나의 그 말에 히라오는 참고 있던 눈물샘이 갑자기 터지고 말았다. 윽, 윽, 하는 낮은 신음 소리를 낸다.

유나는 잠자코 티슈를 꺼내 히라오에게 건네고, 히라오는 그걸 받아 눈가를 훔치고 코를 푼다.

된장찌개를 말끔히 비운 후 송석진과 히라오는 주섬주섬 갈 준비를 한다. 구두를 신고 현관 밖으로 나가려는데, 유나가 배웅하는 미치코를 따라 나오면서 말한다.

"아저씨."

"응?"

"오늘 고마웠어요."

"아냐."

"또 놀러 와요. 나 말고 아빠 보러."

히라오는 그 말에 유나에게 다가가 머리를 쓰다듬어 주었다.

"응, 그래. 또 놀러 올게. 너도 보고 아빠도 보러."

"약속해요."

유나는 새끼손가락을 내밀고 히라오도 새끼손가락을 내민다. 손가락을 걸어 약속을 하고 현관문을 나섰다.

히라오는 걸어가면서 몇 번이고 뒤를 돌아봤다. 유나는 그들의 모습이 사라질 때까지 현관문 밖에서 손을 흔들고 있었다.

골목 모퉁이를 돌아 오쿠보 거리로 빠져나가기 직전, 히라오는 송석진의 어깨를 툭 쳤다.

송석진이 고개를 돌리자 히라오는 석진의 눈을 똑바로 쳐다보며 말했다.

"그거 합시다. 기자회견."

한 시간 전이었다.

오쿠보 역에서 석진을 만났을 때, 석진은 시간이 남았으니 조금만 이야기하자며 오쿠보 역 바로 옆에 있는 롯데리아로 들어갔다.

석진은 히라오로부터 넘겨받은 자료를 우에무라에게 건네줬다고 조심스럽게 말했다. 히라오는 "그런데 왜 기사가 안 나온 거죠?"라며 석진이 우에무라에게 보였던 것과 같은 반응을 보였다.

송석진은 우에무라의 말을 그대로 전했고, 히라오는 미처 그것까지는 생각하지 못한 듯 아무런 답을 하지 못했다.

석진은 "천천히 생각하고 정 걸리면 안 해도 되니까 너무 신경 쓰지 마세요."라고 말했던 것이다.

석진은 히라오의 말에 가슴이 두근두근 뛰었다. 순간적으로 주위를 둘러본 후 조심스럽게 물었다.

"괜찮겠습니까?"

"네. 마음을 정했습니다."

"그래도 히라오 상 사모님에게는 알리는 것이 좋지 않겠습니까?"

"아뇨. 말하지 않아도 이해해 줄 겁니다."

"그럼 언제……."

히라오는 눈을 감았다.

건우의 웃는 모습과 그와 함께 술을 진탕 마시던 그날의 기억이 떠올랐다. '임을 위한 행진곡'을 같이 불렀고, 한국어 '보람'을 알았다. 두 번째 만났을 때는 만취 상태에서 이 거리를 걸었다. 이 거리에서 화이트리스트 보고서의 내용을 알려 줬다. 그리고 세 번째 만남 직전에 살해당했다.

십 분만 빨리 갔어도 건우가 살 수 있었을 것이라는 후회가 밀려온다. 하지만 오늘 그 죽음을 담담하게 딛고 일어서는 그의 아내와 아이들을 보았다. 다시 이 거리에, 그의 집에 왔을 때는 부끄러움 없는 당당한 '아저씨'가 되고 싶었다.

"오늘…… 네, 오늘이 좋겠습니다."

송석진은 급히 전화기를 꺼내 약간 떨어진 쪽으로 걸어가며 우에무라에게 연락했다. 석진을 쳐다보는 히라오의 손에는 건우의 아내 미치코로부터 받은, 치에에게 가져다주라는 한국 김 쇼핑백이 들려 있었다.

재판

—

"피고 입장하세요."

2019년 9월 10일.

구치소 미결수복을 입은 히라오 아쓰시가 간수와 함께 도쿄 지방재판소 법정에 들어선다. 방청석에는 그의 아내 치에와 스즈키 국장의 모습이 보인다. 히라오와 치에의 눈이 마주친다. 치에는 조그맣게 주먹을 쥐어 파이팅 포즈를 취한다. 스즈키는 착잡한 표정을 언뜻언뜻 내비치기도 하지만, 그래도 담담해 보인다.

그 외의 방청객들은 전부 언론계 종사자들인지, 히라오가 입장함과 동시에 모두들 스케치북을 펴고 법정 스케치 드로잉을 하기 시작한다. 히라오가 피고인석에 앉자 재판관이 재판 개시를 알린다.

"피고 히라오 아쓰시 전 경제산업성 수석관리관의 공무원기밀누설죄 여부를 가리는 1심 재판을 개정합니다. 검찰관은 먼저 피고의 피의 사실에 대해 설명하시기 바랍니다."

재판관의 말이 끝나자 검찰관이 일어나 히라오의 피의 사실을 설명한다.

"피고 히라오 아쓰시는 1999년 4월 국가공무원 관료시험에 합격한 후 경제산업성에 들어가 줄곧 무역관리부, 무역관리과 동아시아팀을 담당해 온 커리어 국가공무원으로서……."

검찰관이 몇 페이지나 되는 피의 사실을 읽어 내려가는 동안 히라오는 눈을 지그시 감았다.

2019년 8월 11일 오후 5시.

아사니치신문 본사 일 층 로비가 북적거린다. 로비 뒤로 플래카드가 걸리고 그 앞에 두 개의 의자와 탁자가 놓인다.

'경제산업성 현역 관리관이 털어놓는 화이트리스트 양심 고백—관저회의 민낯 전격 공개'

특정 신문사가 공개적으로 주최하는 기자회견은 그 자체로 거대한 이슈가 되었다.

보통이라면 특종 욕심에 내부적으로 다룬다. 하지만 우에무라는 그의 동기인 요시하라 편집국장에게 공공의 이익으로 밀고 나가야 정보원을 보호할 수 있다고 고성을 내지른 끝에 설득시켰다.

단, 조건이 붙었다. 요시하라 편집국장의 조건은 우선 아사니치신문이 주최하는 기자회견임을 명시하고, 두 번째로 우에무라에게 속보 형태로 간단한 핵심만 추려 낸 서머리 기사를 먼저 쓰자는 것이었다.

우에무라는 미리 써 놓은 원고에 야마나시에서 찍은 사진을 달아 인터넷판에 급히 올렸다. 시오자키 궁사가 야스베 총리를 전신 마사지한 후 나중에 야스베 총리에게 무릎을 꿇는, 그 자체로 이런저런 상상력을 북돋우는 바로 그 기괴한 사진이었다.

그런 다음 기사 말미에 '한편 경제산업성 현역 관료가 오후 5시 아사니치신문 츠키지 본사 일 층 로비에서 긴급 기자회견을 가질 예정이다.'라고 덧붙였다.

그 속보를 본 타 매체 기자들이 대거 몰려들어 한적해야 할 휴일의 신문사가 이처럼 북새통을 이루게 된 것이다.

17시 10분이 되자 우에무라와 히라오가 모습을 드러냈다. 카메라 플래시가 터진다. 히라오는 플래시 세례에 익숙하지 않은 듯 처음에는 손을 올리고 눈을 약간 찡그렸지만, 이내 적응이 됐는지 손을 내리고 정면을 똑바로 응시했다.

우에무라 기자가 탁자에 놓인 생수를 한 모금 마신 후 기자회견의 시작을 알렸다.

"총리관저 관방부를 출입하고 있는 아사니치신문의 우에무라입니다. 오늘 저희 아사니치신문에서 제 기명기사로 속보가 하나 나간 걸 여기 모이신 분들은 잘 아실 겁니다. 사실 그 속보 기사의 70퍼센트는 지금 제 옆에 앉아 계신, 현재 경제산업성 관료로 이십 년째 근무하고 있으며 지난 8월 7일 야스베 총리가 공표한 화이트리스트 정령안 개정안 작성의 실무를 담당했던 히라오 아쓰시 수석관리관으로부터 받은 것입니다. 아사니치신문은 일본을 대표하는 정론지로서, 일본의 방향을 좌지우지하는 관저회의가 어떤 형태로 진행되고 있는지, 그리고 현재 일본의 책임자인 야스베 총리가 과연 어떠한 인물인지 밝혀드리고자 합니다. 먼저 히라오 씨가 직접 녹음한 7월 31일 '화이트리스트 정령안 개정을 위한 관저회의'의 음성 데이터 이십 분 분량을 그대로 전부 틀어 드리고 나서 질문을 받도록 하겠습니다."

우에무라는 품속에서 USB 칩을 하나 꺼내 미리 설치된 노트북에 끼웠다. 치지직거리는 잡음이 잠깐 들린 후, 다나카 히로유키 수석비서관의 목소리가 흘러나왔다. 기자회견장에 와 있던 관저담당 기자들은 다나카의 목소리임을 금세 알아듣고 침을 꿀꺽 삼켰다.

"지금부터 화이트리스트 정령안 개정에 대한 최종회의를 진행하도록 하겠습니다. 먼저 오늘은 미야자키 관광청장과 핫토리 경단련 총괄본부장님이 반드시 참석시켜 달라는 의견을 수차례 주셔서 현장의 목소리를 듣겠다는 총리 각하 및 관방장관님의 의향에 따라 초청했습니다……."

처음에는 별 이상한 점이 없었다.

기자회견에 모인 이들도 "이거 뭐야?", "별거 없잖아?" 같은 말을 내뱉으며 웅성거린다. 그런데 녹음 파일이 진행되면 진행될수록 소음은 잦아들고 모여 있던 기자들의 손놀림이 빨라진다. 미야자키 관광청장의 사표를 각오한 발언과 핫토리 본부장의 수출 기업에 타격이 갈 것이라는 소리가 나오면서부터 이번 정령안이 가져오는 실제적인 문제점이 무엇인지 비로소 파악된 듯했다.

사실 7월 1일 발표부터 사십여 일간, 야스베 총리는 줄곧 정보 통제를 실시해 왔기 때문에 각 언론사들도 추정에 의한 보도는 할 수 있었지만 실제 상황이 어떻게 돌아가는지 제대로 알지 못했다. 즉, 이 회견 자리에 모인 기자들도 처음으로 정확하게 알게 된 셈이다.

그렇게 바삐 적어 내려가던 중 야스베 총리가 요시다 경산성 대신의 머리를 치면서 "심복이란 녀석이⋯⋯."라고 말하는 부분이 나오자, 기자들은 허탈한 탄성을 내질렀다. 그리고 연달아 모든 이의 반대를 무릅쓰고 야스베 총리가 다음과 같은 발언을 하는 부분이 기자회견장에 울려 퍼졌다.

"화이트리스트 각의결정은 8월 2일 할 것이다. 그리고 지금 여러분들은 나약하기 그지없다. 우리 일본국을 무시하는 한국에 대해 응징을 해야겠다는 마음가짐이 전혀 없다. 한국은 일본의 은혜를 받은 국가인데, 일본을 업신여기고 이미 결정된 불가역적인 협상들을 모조리 어기고 있다. 개인의 청구권이니 뭐니 말도 안 되는 소리를 하고 있다. 그리고 그들 탓에 우리 일본국 기업들이 힘들어하고 있다. 힘들수록 강하게 나가야 한다. 모든 책임은 내가 질 것이니 나를 믿고 따라오길 바란다, 제군들."

야스베 총리의 발언이 흘러나오자 "지금이 젠장, 무슨 대본영大本營이야 뭐야?"라고 누군가 말한다.

우에무라가 소리 난 쪽을 쳐다보니 니혼게이자이 관저담당 히라노 기자. 그의 말이 기폭제가 되어 기자들의 표정이 붉게 상기된다. 수치스러움과 부끄러움이 가득하다.

음성 파일은 얼마 지나지 않아 끝났다. 우에무라는 UBS 칩을 빼서 손에 들고 말한다.

"방금 여러분들이 들은 이 파일은 아사니치신문 웹사이트에 무료 공개로 풀 생각입니다. 워딩 필사를 제대로 못 하신 분은 웹사이트에서 다운 받아 자유롭게 사용하시길 바랍니다. 그러면 이제 기자회견을 진행하도록 하겠습니다. 질문 있으신 분은 손을 들어 자신의 소속과 이름을 말씀하시고, 자유롭게 물어봐 주시길 바랍니다."

니혼게이자이의 히라노가 손을 들었다.

"먼저 귀중한 공익제보를 해 주신 히라오 관리관님 그리고 대승적 차원에서 타 매체와 제보 공유를 해 주신 아사니치신문 사에 깊은 감사를 드립니다. 저는 니혼게이자이의 히리노입니다. 제 질문은 이 화이트리스트 정령안 개정이 언제부터 말이 나왔고, 처음에는 어떤 의미에서 시작되었는지……."

그때 갑자기 신문사 정문이 소란스럽다.

호루라기 소리가 들리면서 수십 명의 양복을 입은 사람들이 뛰어 들어왔다. 공안조사청 마크를 단 검정색 사복을 입은 사내들이 기자회견장을 우르르 감싼다. 그 뒤로 경시청 공안과 배지를 단 사복경찰이 히라오가 앉아 있는 탁자로 다가간다.

우에무라가 벌떡 일어나 "무슨 짓이야!"라며 호통을 치지만 이내 제지당하고, 사복경찰 중 한 명이 체포영장을 꺼내 히라오에게 내민다.

히라오는 갑작스러운 사태에 놀랐지만 체포영장을 보고 상황을 알아차렸다. 천천히 자리에서 일어난다.

"히라오 아쓰시 씨. 당신을 국가공무원법 제100조가 규정한 비밀유지 의무를 위반한 현행범으로 체포합니다. 당신은 본인에게 불리한 진술을 하지 않을 수 있는, 즉 묵비권을 행사할 권리가 있으며, 또한 일본국 헌법이 규정한 바에 따라 변호인의 조력을 받을 수 있습니다."

사복경찰은 수갑을 꺼내 히라오의 손목에 채우고 끌고 나간다.

카메라 플래시가 터지고, 사복경찰 둘에게 제지당한 우에무라는 울분을 토한다.

"야스베! 이 독재자 개새끼야!"

히라오는 끌려 나가면서 뒤를 돌아본다. 괴성을 지르는 우에무라가 눈에 들어온다.

히라오는 그 모습을 보며 알 듯 말 듯한 미소를 지은 후 다시 경찰 호송차로 향했다.

파멸의 날

—

"전영재 나와라! 매국조중일보 망해라!"

"스파이 전영재 빨리 튀어나와!"

"NO 전영재! NO 야스베!"

2019년 8월 12일 아침.

조중일보 본사 사옥 앞에 수만 명의 시위대가 운집했다. 그들은 'NO 전영재' 혹은 'NO 야스베'라는 피켓을 들고 과격한 구호를 외쳤다.

시위대가 들고 있는 피켓 뒷면에는 일본 아사니치신문의 1면 특종기사 '韓国第1野党と朝中日報,そして経産省の疑わしい取引(한국 제1야당과 조중일보 그리고 경산성의 수상한 거래)' 사진과 그 번역본이 실려 있었다.

우에무라 기자는 전날 기자회견이 있기 전 히라오로부터 오카무라 사무차관과 전영재 논설위원 간의 정보 공유 그리고 한국 산업통상부의 156개 품목 불법 수출 적발 문서가 이 모든 사태의 방아쇠가 되었다는 이야기를 전해 들었다.

애초에는 좀 더 보강 취재를 하고 쓸 생각이었지만, 당일 기자회견장에서 당한 수모 때문에 바로 써 버렸고, 그것이 한국 시민들의 분노에 불을 질렀다.

분노한 시민들은 자발적으로 광화문 조중일보와 여의도 자유애국당 당사 앞으로 집결했다. 그 수는 점점 더 늘어나 마치 2016년 겨울 최근실 전 대통령을 탄핵시킨 촛불집회를 떠올리게 하는 장관을 연출했다.

"선배님, 자유애국당 앞에도 수만 명이 몰렸답니다! 지금 당사 입구가 계란으로 뒤범벅되고, 아주 난리도 아니랍니다!"

유재상이 논설위원실로 황급히 뛰어 들어오며 말한다.

전영재는 대답 없이 창밖만 내다보고 있었다. 창문은 굳게 닫힌 상태지만 밖의 소리가 다 들려온다. 절반은 조중일보, 절반은 자신에 대한 비판 구호였다.

말없이 바깥만 내다보고 있는 전영재를 쳐다보며 어쩔 줄 몰라 하는 유재상 국장 뒤로 중절모를 쓴 지긋한 풍채의 노신사가 방으로 들어오고, 그 뒤를 수행원 두 명이 따르고 있다.

"아! 회, 회장님!"

그 소리에 놀라 전영재도 몸을 돌린다.

조중일보 미디어 그룹의 방조중 회장이 모습을 드러내고, 전영재는 황송한 듯 90도로 허리를 굽힌다.

"자넨 잠깐 나가 있게."

방 회장이 유재상에게 말하자 어느새 부동자세를 취하고 있던 유재상은 "네! 알겠습니다!"를 외치고 황급히 밖으로 나가면서 조용히 문을 닫았다.

방 회장은 90도로 허리를 숙이고 있는 전영재를 쳐다보며 혀를 끌끌 찬 후 방 가운데 소파에 털썩 앉는다.

"뭐 하고 있어? 여기 와서 앉아."

"네! 회장님!"

수행원이 들고 있던 가방을 열자 휴대용 녹차 보온병과 컵한 개가 나온다. 다른 수행원이 공손히 녹차를 따라 탁자 위에 놓는다.

천하에 무서울 것 없던 전영재가 그 녹차를 보자 사시나무 떨듯 공포에 사로잡힌다.

"마셔."

"회, 회장님, 제가 미숙했습니다만, 그래도⋯⋯."

"어허! 마셔!"

"아, 네⋯⋯ 네, 알겠습니다."

전영재가 녹차를 단번에 비운 후 빈 잔을 내려놓는다. 눈에는 두려움이 가득 차 있다.

"뭐 해? 빨리 나가."

"네, 네? 알겠습니다, 회장님."

"두 번 다시 여기 오지 마라."

"회장님, 제가 사십 년간 조중일보를 위해 모든 걸 바쳤습니다. 지금 나가면 저 시위대한테 맞아 죽습니다. '절연의 녹차'가 가지는 의미는 물론 압니다만, 한 번만, 한 번만 봐주십시오. 제발 부탁드립니다."

전영재가 말한 '절연의 녹차'는 조중일보 방 회장의 독특한 취미로, 회사에 막대한 손해, 아니 더 알기 쉽게 표현하자면 방 회장의 심기를 거스른 이를 내칠 때 사용하는 해고 방식이었다.

하지만 최근 십수 년간 이 방식으로 조중일보를 그만둔 사람은 없었고 십수 년 전 이 '절연'이 부당해고라며 검찰에 고발했던 이는 검찰 출두를 며칠 앞두고 싸늘한 주검으로 발견됐다. 당시 이 사건을 담당한 경찰은 '검찰 출두를 앞두고 상당한 스트레스를 받아 마약을 과다 흡입한 것으로 보인다'는 수사 결과를 발표했지만, 이 말을 곧이곧대로 믿는 사람은 거의 없었다. 모두들 방 회장에게 자살'당한' 것이라고 입을 모았고, 그 이후 절연의 녹차는 모습을 감췄다. 그것이 십수 년 만에 다시 부활한 것이다.

"말 다 했으면 빨리 나가. 꼴도 보기 싫으니까."

전영재는 비틀거리며 일어선다. 다리에 힘이 풀렸는지 쓰러질 뻔했지만 겨우 중심으로 잡고 휴대폰 하나와 조그마한 가방만 챙기고 바로 나간다. 그의 뒷모습을 쳐다보는 방 회장의 눈이 소름끼치도록 무섭다.

전영재가 사라지자 방 회장은 자리에서 일어나 뚜벅뚜벅 창문 쪽으로 다가간다. 아까 전영재가 서 있던 자리다. 그의 뒤로 수행원들이 하얀 장갑을 끼고 찻잔을 세척한다. 잔 아랫부분에 '이마리伊万里'가 인쇄돼 있는 것이 얼핏 보인다.

방 회장이 고개를 약간 숙여 사옥 아래를 내려다본다. 수만 명의 시위대가 눈에 들어온다. 그리고 그때 한 무리의 시위대가 조중일보 사옥으로 밀고 들어오는 것이 보인다. 조중일보가 요청한 폴리스 라인과 격렬하게 밀고 밀리는 싸움을 하다가 폴리스 라인 안쪽에서 누군가가 시위대 쪽으로 끌려 들어간다. 전영재였다.

시민들은 전영재를 향해 삿대질을 하고, 다시 경찰 몇몇이 나와 전영재를 구출한다. 그 순간 누군가가 계란을 투척해 전영재의 이마를 맞힌다.

방 회장은 혀를 쯧쯧쯧 차며 오랫동안 그 광경을 내려다보았다.

귀환

—

끼이익!

2020년 9월 11일.

도쿄 후추시에 위치한 도쿄형무소의 육중한 철문이 열린다. 늦여름이 막 끝나고 초가을의 선선한 바람이 한 남자를 감싼다.

빡빡 깎은 머리가 묘하게 어울리는 히라오 아쓰시가 주위를 둘러보다가 치에를 발견하고 손을 흔든다.

그런데 치에 옆에 누군가가 있는 것 같다. 강렬한 햇살을 손으로 가리며 살펴보니 건우의 아내 미치코와 딸 유나가 히라오의 시야에 들어온다.

치에와 미치코보다 먼저 유나가 뛰어와 히라오 앞에 선다. 유나가 포옹이라도 해 줄 줄 알고 두 팔을 엉거주춤 벌리던 히라오는 황급히 손을 내리며 겸연쩍어한다.

유나는 씩 웃고선 뭔가를 내민다.

"이게 뭐야?"

"두부."

"이걸 나한테 왜 주는 거야?"

"몰라. 근데 치에 아줌마도 엄마도 그러는데, 형무소 나오면 두부를 먹어야 한대."

"그래? 알았어."

히라오는 흰 봉지를 까더니 일부러 거칠게 두부를 먹고, 그런 히라오를 치에가 찍는다.

미치코는 유나의 손을 잡아 뒤로 빼고, 히라오와 치에가 감격스러운 포옹을 한다. 비록 일 년간의 수감에 불과했지만 포옹만 보자면 수십 년 만의 재회 같다. 히라오를 껴안는 치에의 표정이 한없이 자랑스럽다. 부부의 기나긴 포옹을 유나와 미치코가 뿌듯한 듯 쳐다보고, 넷은 도쿄형무소 앞길로 나섰다. 그 순간 수십 개의 카메라가 플래시를 터뜨렸다.

"히라오 상! 출소 축하드립니다!"

"다시 돌아온 것을 진심으로 환영하네!"

송석진과 우에무라가 꽃다발을 들고 히라오에게 다가오고, 그 뒤로 수십 명의 시민들이 '양심과 정의의 상징 히라오 아쓰시를 지지하는 일한시민모임'이 적힌 플래카드를 들고 열렬한 환영의 박수를 보내고 있다.

쑥스러워하면서도 그들에게 둘러싸여 기쁜 표정을 짓고 있는 히라오와 그에게 질문하며 촬영하는 기자들 사이로 저 멀리 은색 혼다 어코드 세단이 보인다.

스즈키 야스히토 국장이 어코드에 기대어 서서 흐뭇한 미소를 짓고 있다.

취재진의 질문에 답하던 히라오가 스즈키와 눈이 마주치고, 그 역시 웃음을 짓는다.

스즈키는 조용히 엄지손가락을 치켜 올렸다.

그 순간 후덥지근한 바람이 신선한 가을바람으로 확연히 바뀌었다.

2020년 10월 25일, 중의원 총선거일.

"출구조사 속보를 알려 드리겠습니다. 조금 전 투표가 모두 끝난 제49회 일본국 중의원 총선거에서 여당인 자민당이 과반수 의석을 획득하지 못했습니다. 작년부터 미중 무역 분쟁에 따른 경제 파탄, 소비세 인상 그리고 무엇보다 대한민국을 화이트리스트에서 제외한 정령안 개정 과정에서 밝혀진 관저회의 스캔들로 인기가 실추한 야스베 총리가 도쿄올림픽 폐막 후 정치적 생명을 건 내각총해산을 실시했으나 각종 스캔들과 추문을 이기지 못하고 중의원 총선거에서 패배하였습니다. 다시 한 번 알려 드립니다. 2012년 9월 집권 이후 전후 최장 기간 총리로 일본을 이끌어 왔던 야스베 총리의 실각이 확정되었습니다. 자민당을 누르고 과반수를 획득한 '민주야당연합'이 연립내각을 새롭게 구성할 것으로 전망됩니다. 다시 한 번 알려 드립니다…….”

“와! 승리했다!”

“최고야, 최고! 드디어 물러나는구나!”

일순 터져 나오는 우렁찬 환성이 오쿠보 코리아타운의 한국 식당 ‘건우된장찌개’ 안을 가득 메웠다.

히라오를 지지하는 일한시민모임이 통째로 빌린 그곳에서 출구조사가 발표되는 저녁 여덟 시를 숨죽이며 기다리던 사십여 명의 일본인들과 한국인들은 마치 2002년 한일월드컵을 방불케 하는 축하 무드에 휩싸였다.

NHK 아나운서의 목소리가 끝나기도 전에 사람들의 건배 세례를 받느라 정신이 없던 히라오에게 송석진이 무선 핸드마이크를 건넸다. 히라오는 마이크를 받고 인사를 했다.

“한국과 일본 그리고 일본과 한국의 평화와 민주주의를 위해 애쓰는 여러분들께 과문한 제가 한 말씀 드리겠습니다.”

히라오의 목소리가 울려 퍼지자 사람들은 박수를 하기 시작했다. 이어 히라오가 다시 운을 떼자 너 나 할 것 없이 입을 다물었다.

“다 아시겠지만 저는 경제산업성의 관료였고, 방금 아나운서가 말한 화이트리스트 스캔들의 당사자입니다. 그리고 그것 때문에 일 년간 징역살이를 했습니다. 뭐, 괜찮았어요. 경산성 시절엔 절대 불가능했던 규칙적인 생활을 통해 건강해졌으니까요.”

좌중에서 웃음이 터져 나왔고, 히라오도 미소를 띤다.

"여기 계신 분들은 다 저를 이해하는 분들이라고 생각합니다만, 아직도 저에게 왜 그런 짓을 했는지 묻는 분들이 있습니다. 그런데 저도 사실 평범하게 자랐고, 물론 공부는 좀 열심히 했습니다만, 아무튼 한국어만 알았을 뿐이지 아무것도 몰랐던 그저 그런 공무원이었습니다. 그러한 저를 각성시켜 준 사람, 한국인이지만 그 누구보다 일본 사회를 사랑했고 좋아했던 친구가 지금 이 자리에 없습니다."

히라오는 잠시 말을 멈췄다.

히라오의 말을 숙연하게 듣던 사람들 사이에서 작은 흐느낌이 들려왔다. 송석진은 손수건을 꺼내 이미 눈가를 훔치고 있었다.

히라오는 울컥한 마음을 달랜 후 다시 말을 이어 나갔다.

"그와 저는, 실제로는 두서너 번밖에 만나지 못했습니다. 하지만 저는 그와 지금 이 식당을 운영하고 있는 사모님 미치코 상과 유나짱을 비롯한 그의 아이들, 마지막으로 바로 여러분이 계신 이 오쿠보 길거리에서, 한국과 일본 그리고 일본과 한국이 오늘 실각한 야스베 총리…… 아니, 이젠 야스베 씨라고 해야겠네요."

그의 말에 조금 전의 숙연한 분위기를 떨치려는 듯한 폭소가 터져 나온다.

"그런 야스베 같은 인간에 의해 우리 양국 간의 우정과 교류가 파탄 나는 것을 보고 싶지 않았습니다. 이미 몇 년 전에 그런 헤이트스피치를 보았고, 그것을 막아 낸 것도 일본과 한국의 평범한 시민들이었습니다. 그리고 이번에도 우리들이 막아냈고요. 저는 앞으로도 먼저 간 '친구' 고 서건우 상의 유지를 이어받아 제 목숨이 다하는 그날까지 일본과 한국을 위해 살아갈 생각입니다. 들어 주셔서 감사합니다."

히라오의 말이 끝나자 우레와 같은 박수 소리와 휘파람 그리고 환호성이 튀어나왔다.

조용히 자기 자리를 찾아 다시 앉는 히라오는 식탁 위에 놓인 된장찌개를 안주삼아 참이슬 소주를 한 잔 마신다. 그리고 다시 한 잔을 따라 식탁 반대편으로 민다.

소주잔이 놓인 뒤쪽 벽에는 환하게 웃는 서건우의 액자 사진이 걸려 있다.

히라오는 서건우를 한동안 쳐다본 후, 된장찌개를 다시 한 숟갈 입에 털어 넣었다.

〈화이트리스트—파국의 날〉끝

이미 완성된 읽을거리 마지막 부분에 이런 유의 글을 따로 쓰는 건 원래 부끄러운 행위다. 하지만 이번 책의 소재는 워낙 민감하기 때문에 따로 부연설명을 해 두는 편이 좋을 것 같다.

먼저 이 책 《화이트리스트─파국의 날》은 아주 우연찮게 출간되었다.

7월 1일 일본 정부가 불화수소(에칭가스), 포토레지스트, 플루오린 폴리이미드를 지정해 수출규제를 내리고 포괄수출우대 특혜를 받고 있는 화이트리스트(백색국가) 27개국에서 대한민국만 제외하겠다는 발표를 한 후, 내가 주로 활동하는 SNS 페이스북은 한바탕 난리가 났다. 일본의 일방적인 경제 기습공격이 왜 지금 이 시점에 생겨난 것인가라는 의도 파악부터 시작해, 치밀한 일본의 특성상 이번 공격은 한국 반도체 산업의 종말을 가져올 것이다라는 비관적인 전망은 물론, 이와 정반대인 의견들, 이를테면 한국의 경제 체력이 약하지 않고 일본이 대한국 수출에서는 흑자국이기 때문에 오히려 일본 기업들이 큰일 날 수도 있다, 혹은 일본 정부의 이러한 조치를 경제학적 관점에선 이해 불가능이라고 말하는 분들도 계셨다.

나도 일본에서 십팔 년 동안 살았고, 저널리스트 생활도 십여 년 정도 한지라 그러한 논의에 숟가락 하나 정도는 올리고 싶었다. 분석이나 비평은 차고 넘쳤기 때문에 장르를 소설로 했다. 팩트와 픽션을 오가는, 즉 일본 정부는 화이트리스트를 어떻게 진행시켰을까에 대한 상상력에 기반한 페이스북 연재를 4화까지 했을 때, 출판사로부터 '책으로 내보자'는 연락이 왔고 그때부터 본격적으로 집필에 들어갔다.

총 집필 시간은 한 달 정도 걸렸다. 이 점을 두고 몇몇 이들은 이번 화이트리스트로 촉발된 반일, 극일 붐에 급조된 기획 작품 아니냐고 판단할지도 모르겠다. 사실 청와대의 대응 등은 전적으로 드라마틱한 상상력에 기반했으므로 '국뽕 민족주의'의 요소가 확실히 있다. 하지만 일본 정부의 대응이랄까, 특히 각 성청 내부에서 일어나는 관료와 정치인의 대립에 관한 소설 속 묘사는 아마 실제로도 이렇게 진행된 부분이 있을 것이라고 본다.

일본은 메이지유신 이래 관료와 참모의 사회였다. 이들이 실질적으로 국가를 이끌어 간다는 신화마저 존재했었다. 이 신화가 깨진 것은 일본 민주당이 정권을 잡았던 2009년부터 2012년까지의 시기였다. 당시 민주당은 관료 주도의 탈각과 더불어 정치 주도를 외치면서 '정무삼역회의政務三役會議'를 정례화했다. 정무삼역회의란 각 성청별로 대신, 부대신, 정무차관 등 정치인 출신이 가지는 회의다. 그런데 여기엔 관료 조직의 톱이라 할 수 있는 사무차관이 아예 들어가지 못했다.

이러한 경향은 아베 내각이 들어서도 바뀌지 않았다. 오히려 권장되었고, 아베 신조 총리는 각 성청마다 존재하는 부대신직과 정무차관직을 자신을 지지하는 젊은 의원들에게 분배했다. 이런 세 불리기가 칠 년 동안 이어 온 셈이다.

그 과정에서 관료들은, 물론 겉으로 보기엔 병들고 늙은 개처럼 보였지만 그래도 종종 반항을 했다. 아베 스캔들의 정점이었던 가케후 학원, 모리토모 학원 스캔들은 모두 해당 성의 관료들이 주간 문춘과 아사히신문 등에 제보한 것이었다.

이 소설은 바로 이러한 부분에 초점을 뒀다. 소설 속 대화나 상황 묘사 등 디테일은 상상력에 따른 것이지만, 기본적인 대립 구도와 정치인을 깔보면서도 명령에 따를 수밖에 없는 미묘한 분위기와 그러한 캐릭터들의 등장은 적절한 핍진성을 획득하고 있다고 본다.

이 소설을 이끄는 또 하나의 축은 아베 총리의 판단력 문제 그리고 내각관방실(작중에서는 '관방부'라고 표현)이 주도하는 의사 결정 구조에 대한 의문이다. 아베 총리의 화이트리스트 발표는 너무 뜬금이 없었다. 마치 이명박 대통령이 아무런 이유 없이 임기 말이던 2012년 독도를 방문해 한일 관계가 급속도로 냉각됐던 것처럼 말이다.

뜬금없다고 하는 가장 큰 이유는 무역에서 흑자를 보고 있는 나라가 적자국을 상대로 수출을 하지 않겠다는 모순적 선언을 한 것에서 비롯된다.

자국 기업이 수출을 하면 할수록 돈을 버는데 그 수출 규정을 까다롭게 해서 수출을 막는다?

도저히 이해하기 어렵다. 경제적 관점에서의 판단이 어렵기 때문에 2018년 10월의 신일본제철 강제징용 보상에 관한 한국 대법원 판결, 독도 초계기 사건 그리고 진실화해재단의 해산 등 역사 문제가 나온다. 그리고 급속한 경제적 성장으로 자신들을 추격하고 있는 한국의 콧대를 꺾기 위한 것이라는 비합리적, 심정적 근거도 튀어나오는 것이다.

나는 그 부분을 '닛폰카이기'와 '궁사'라는 소재를 통해 들이댔지만, 이것 역시 상상력에 기반한 것이다. 다만 닛폰카이기가 어떤 식으로든 영향을 줬을 것이라고는 본다. 2006년 아베 총리가 펴낸 책 《아름다운 나라로美しい国へ》를 읽으면 종교적 믿음에 가까운 그의 언설을 볼 수 있다. 아베 총리가 갑자기 이러는 게 아니라, 이미 신토神道에 긍정적이며 야마토 민족의 혼이 어쩌니 하면서 멀리는 메이지시대, 가깝게는 고도성장시대를 그리워해 왔다는 것을 잘 알 수 있다. 거기에 전후 최장 집권까지 하게 됐으니 판단력에 문제가 생기는 것은 어쩌면 당연한 일이 아닐까라는 생각을 하게 된 것이다.

아무튼 본문 원고를 다 쓰고 이미 교정 교열 작업에 들어간 오늘(2019년 8월 12일 현재), 마지막 원고인 '작가 후기'를 쓰는 와중에 한국도 일본을 화이트리스트에서 제외한다는 속보가 떴다. 새로운 팩트가 나왔기 때문에 원고를 수정하는 것은 물리적으로 무리인 것 같다. 이러한 수정 작업을 계속한다면 책이 영원히 출간되지 않을 것이므로, 독자 제현들께서는 "아, 이번 사태를 이러한 소설적 상상력으로 해석할 수도 있겠구나."라고 생각해 주셨으면 더 바랄 것이 없다.

첫 페이지에도 썼지만, 이 작품 《화이트리스트—파국의 날》은 어디까지나 현실에서 모티브를 따온 '창작소설'임을 잊지 말아 주시길 간절히 부탁드린다.

2019년 8월 12일, 도쿄 이리야에서